「迪亞布羅斯教團……那就是我們的敵人。」

「迪亞布羅斯教團……那就是我們的敵人。」

（嗯……雖然這個團體根本不存在就是了。）

戴爾塔
_Delta

闇影
_Shadow

阿爾法
_Alpha

「吾等乃闇影庭園……」

The Eminence in Shadow

"The Eminence in Shadow" was the one for me.
That's all about it.

The Eminence in Shadow

紐
_Nu

貝塔
_Beta

伽瑪
_Gamma

潛伏於闇影之中，狩獵闇影之人……」

「路人式 奧義之
螺旋迴轉式
受身血腥
龍捲！」
席德・
卡蓋諾
_Cid Kageno
The Eminence
The Eminence in Shadow

「不嘎啊啊啊啊啊啊啊啊啊啊啊啊啊啊啊啊啊啊啊！」
蘿絲·奧里亞納
_Rose Oriana
The Eminence

「很不錯的劍術……
但也令人厭惡。」
「他是個囂張的弟弟……
所以，
我都會欺負他。」
亞蕾克西雅・米德加
_Alexia Midgar
The Eminence
The Eminence in Shadow

克萊兒・卡蓋諾
_Claire Kageno
The Eminence
蘿絲・奧里亞納
_Rose Oriana
The Eminence
「既然這條命為你所救……那麼，我就獻上自己的心吧。」
「呃……我烤了一些餅乾。」
雪莉・巴奈特
_Sherry Barnett
The Eminence

I can't remember the moment any[illegible]e.
Yet, I had desired to become "The Eminence in Sha[illegible]
ever since I could [illegible]emember.
An anime, manga, or movie? No, [illegible]ever's fine.
If I could become [illegible] man behind th[illegible]
I didn't care what type I would be.
Not a hero, not an [illegible]rch enemy,
but the existence [illegible]ntervenes in a story and shows off his power.
I had admired the [illegible]ne like that, w[illegible] more,
and hoped to be.
Like a hero everyo[illegible] wished to be [illegible]hildhood,
"The Eminence in Shadow" was th[illegible] for me.
That's all about it.

The Eminence
in Shadow

01

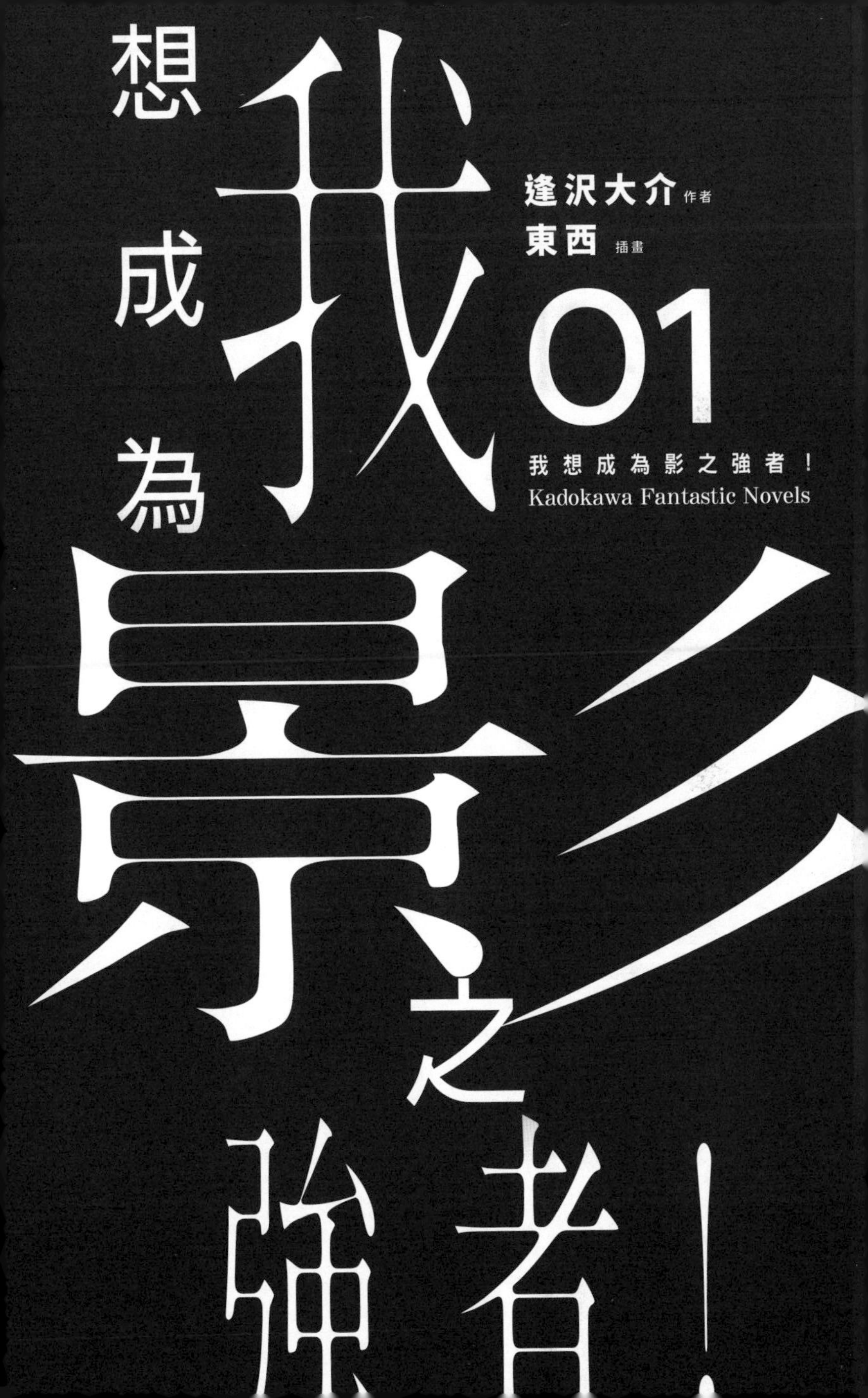
想成為
我
影之
強者！
逢沢大介 作者
東西 插畫
01
我想成為影之強者！
Kadokawa Fantastic Novels

Not a hero, not an arch enemy,
but the existence intervenes in a story and shows off his power.
I had admired the one like that, what is more,
and hoped to be.
Like a hero everyone wished to be in childhood,
"The Eminence in Shadow" was the one for me.
That's all about it.

The Eminence in Shadow

I can't remember the moment anymore.
Yet, I had desired to become "The Eminence in Shadow"
ever since I could remember.
An anime, manga, or movie? No, whatever's fine.
If I could become a man behind the scene,
I didn't care what type I would be.

序章

來準備一個最棒的舞台吧！

The Eminence in Shadow
Volume One
Prologue

雖然不記得契機為何，不過自從懂事以來，我便一心憧憬著「影之強者」這樣的存在。

是受了動畫、漫畫，還是電影的影響？不，無論是何者都好。只要是「影之強者」，無論是源自於什麼作品，我都照單全收。

既不是主角，也不是大魔王，而是從不為人知的角落默默介入故事，展現自身實力的存在。

我非常嚮往這樣的「影之強者」，也很想變成這類存在。一如每個人在孩提時代都會憧憬的英雄角色，對我來說，我的英雄就是「影之強者」。只是這麼一回事罷了。

然而，不同於崇拜英雄的那些孩子，我的熱情絕不是來得快，去得也快的東西。那在我的內心更深處持續燃燒，同時推動我往前進，從不曾熄滅過。

空手道、拳擊、劍道、綜合格鬥技……我盡全力學習各種能讓自己變強的武術，並一直掩藏自身實力，以備關鍵之日的到來。

在學校裡，我一貫維持著平凡的形象——感覺一點都不起眼又人畜無害的路人A。不過，在這種日常生活的背後，我把一切的精力和時間都花費在修行上。這就是我的青春，也是我的學生生活。

可是，隨著時間經過，不安也跟著湧現。面對現實的時刻到來了。

是的。就算做這些修行，也只是白費功夫。

無論學會了多少種常見的格鬥技，我仍無法獲得像杜撰的故事裡的「影之強者」那樣壓倒性的強大力量。我所能夠做到的事，頂多就是把幾個小混混痛毆一頓而已。要是敵人使用投射物攻擊，我的戰況就會變得險峻。假使被全副武裝的軍人包圍，我也只能舉白旗投降。

被軍人痛毆一頓的「影之強者」……這也太可笑了吧。

就算以後再繼續修行好幾十年、就算成為全球最強的格鬥家，被一群軍人包圍的話，恐怕也只有挨打的份。不，或許還是可以做出一些反擊吧。人類這種生物，只要確實鍛鍊自己的肉體，就算被一群軍人包圍，或許也可以將他們全數撂倒。

然而，就算有能力打敗軍人，只要被核彈炸到，一樣會灰飛煙滅。這就是人類的極限。只有這點我能夠斷言。我最崇拜的「影之強者」，可不會因為核彈攻擊而灰飛煙滅。所以，我也必須變成這樣的存在才行。

想變得能夠抵抗核彈，我需要的是什麼？

驚人的拳頭力道？

鋼鐵般的肉體？

還是無窮止盡的體力？

都不是。我需要的是其他的、更迴異的力量。

沒錯。諸如魔力、瑪那（Mana）、氣、靈氣等，什麼都好，我需要這類未知的力量。

這就是我在正視現實後得出的答案。

要是聽說某個人在尋找魔力的源頭，無論是誰，都會懷疑那個人腦袋不正常吧。我也不例外。我同樣會懷疑這種人腦袋不正常。

不過，換個方向想如何呢？

目前，無人能夠證明這個世上存在著魔力。但同樣的，也無人能夠證明這個世上不存在魔力。

「正常」並無法讓我獲得自己想要的力量，那必定是存在於「瘋狂」前方的東西。

在那之後，我開始了極為困難的修行。

沒有人知道該如何修練，才能讓自己擁有魔力、瑪那、氣或靈氣這類東西。

我試著打坐、沖瀑布修行、冥想、斷食、將瑜伽練得登峰造極、改信其他宗教、尋找精靈、向神明祈禱，甚至把自己釘在十字架上。正確答案並不存在。我只能在這片黑暗中，一股腦兒地衝往自己相信的那條道路。

就這樣，隨著時光流逝，迎來高中生涯最後一個夏天的我，仍未能發現魔力、瑪那、氣或靈氣……

一如往常地結束修行後，天色已經完全暗下來了。

我撿起被自己脫下後扔在一旁的內褲穿上，再套上制服。儘管仍未獲得未知的力量，但最近持續進行的修行，讓我感受到一些實際的成效。

就像現在也是。

結束修行後，我的腦袋裡出現了一閃一閃的光芒，視野也搖晃不定是魔力……還是靈氣呢……我確實感受到了這樣的影響。

今天的修行，可以說是相當充實吧。

在森林裡將衣服脫光，以全裸的狀態來感受森羅萬象。不斷用頭去撞大樹的樹幹，以物理的方式摒除腦中的雜念，一方面給予大腦刺激，促進未知的力量覺醒。這是相當合理又科學的修行方式。

啊啊……視野變得模糊起來了。

感覺像是腦震盪了一樣。

我踩著輕飄飄的、彷彿在空中漫步的腳步走下森林的山坡。

這時，我突然看到在遠處晃動的光芒。

有如在空中遨遊的兩道水平光線，看起來十分不可思議。像是在刻意誘惑我那樣詭異地延伸出去。

「是……是魔力……？」

我踩著搖晃晃的腳步朝光芒靠近。

那一定……一定就是魔力！

我終於發現了未知的力量！

我不知不覺中小跑步起來。即使被樹根絆倒，我也連滾帶爬、像頭野獸那樣往前衝。

「魔力！魔力！魔力！魔力魔力魔力魔力！！！！」

我衝到兩道光芒的前方，準備抓住……

「啊……？」

車頭燈的光芒將我的世界完全染白。尖銳的煞車聲震懾了我的腦袋。

一陣衝擊貫穿了我的身體。我的……魔力………

單就結果來看的話，我確實發現了魔力。

清醒過來之後，我發現自己的周遭滿溢著魔力。雖然跟最後看到的那兩道光好像不太一樣，不過，反正都只是微不足道的小事。

啊，對了對了，要說更微不足道的小事嘛，就是我轉生到另一個世界去了。一定是我在發現魔力後，也順便打開了轉生的大門吧。怎麼樣都好。

總之，現在的我，是一名剛出生幾個月的男嬰。直到最近，我的意識才變得清晰起來，而且時間感覺也還很模糊，所以無法做出正確的判斷。最重要的是，我聽不懂人們所說的語言。不過，只要明白這裡的文明感覺跟中古歐洲很類似，應該就夠了吧。

反正，我已經獲得魔力了。這樣的結果就是一切。我對過程和附加價值沒興趣。

變得擁有自我意識之後，我隨即察覺到這股魔力的存在。那些輕飄飄地浮在半空中的光點，看起來跟我上輩子進行尋找精靈的修行時，以全裸狀態在花田裡奔跑的感覺一模一樣。

看來，那些修行並非是白費力氣。我能夠隨即察覺到自身擁有的魔力，並恣意操控，便是最好的證據。這樣的感覺，就跟我參考基督教的教義，把全裸的自己釘在十字架上那時感受到的……不對，大概是跟反覆改信其他宗教時，以全裸狀態獻舞祈禱的感覺相同……我想，應該是所有修行都帶來了成效吧。我察覺到自己已經可以開始強化肉體的事實了。

我要把嬰兒生活的所有時間全都花在修行上，然後成為真正的「影之強者」……啊，大便要噴出來了。

話說回來，鳥類似乎會在湧現排泄慾望時直接將糞尿排出。而人類的嬰兒其實也差不多。再怎麼試著透過理性與其抗衡，本能仍會在耳畔輕聲呢喃排泄的訴求。不過，日夜努力修行的我，能夠透過強化後的肉體將肛門括約肌縮緊，以便爭取時間，同時……

「嗚哇啊啊啊啊啊啊啊！」

呼喚他人趕來我的身邊。

約莫過了十年左右的時間吧。

魔力是很厲害的東西，能讓人類輕易做出超越人類肉體極限的行為。例如輕鬆舉起巨岩、以比馬兒快上兩倍的腳程奔馳、跳得比一棟房子的高度還高等等。不過，還是無法抵禦核彈。雖然可以透過魔力來強化防禦力，但地球武器的火力可不容小覷。因為這個世界沒有核彈這種東西，所以這點我倒也覺得沒什麼關係。然而，在這方面妥協的話，「影之強者」的存在還有價值可言嗎？

不，一絲也沒有。

於是，我訂下了「讓自己強大到能夠凌駕核彈」這樣的目標。

為此，每天不斷進行研究和修行的我，最後發現了某種唯一的可能性。最近，我便每天進行著和這種可能性相關的實驗。

對了對了，我似乎出生在一個貴族世家當中。這個家系代代都出了優秀的魔劍士，亦即能夠以魔力強化肉體來進行戰鬥的騎士。而我這個男丁，正是家中備受期待的……才怪，是被視為一個極其平凡的魔劍士見習生來培育的存在。所謂的「影之強者」，可得好好選擇展現實力的對象和場合才行。沒錯，為了總有一天會到來的關鍵瞬間……

魔劍士見習生的修行比較輕鬆，但對我仍有相當大的助益。不僅可以從中學習如何運用這個世界的魔力戰鬥，也是讓我審視自己戰鬥方式的好機會。

老實說，我在上輩子學到的戰鬥技巧，遠比這個世界的相關知識技術更加優異而合乎常理。只要看過現代的格鬥技比賽，就能一目了然。在各式各樣的武術技巧中，無謂的招式或動作會自然被淘汰，只有真正優秀的技巧能夠留存下來，然後相互融合。這樣的結果，可以說是戰鬥的完成體。當然是依照比賽規則而打造出來的完成體，但透過這種再三淬煉的過程，才能在眾多技巧中，讓值得作為基石的精髓展露出來，而後再使其為人所推廣、活用。

相較之下，首先，這個世界的戰鬥技巧不會流傳至國境之外，也不會和不同流派通用。除了所謂一脈相傳、不傳外人的技巧以外，就算想對外傳授，這個世界的人也沒有可用的通路。也就是說，這個世界的戰鬥技巧，不會經過任何融合、淘汰或淬煉的過程。用一句話來說的話，就是有欠琢磨。

然而，這個世界的戰鬥，跟我上輩子所在的現代世界的戰鬥，有著根本性的不同。關鍵就在於魔力。因為有魔力存在，人類基本的肉體能力，可說是變得截然不同。

拿肌力來說吧。這個世界的人可以單手將他人舉起。所以，現代世界的寢技（註：以敵我均倒在地上的方式，壓制住對方的纏鬥技）常識就不管用了。就算能趁對方倒地後跨坐在身上壓制，但對方只憑腹肌的力量，就能輕鬆彈到半空中。被壓制在地上的一方，只要用單腳的力量，就可以把對方踹飛。嗯，寢技不可能管用。

人類有人類的戰鬥方式，猩猩也有猩猩的戰鬥方式。就是這麼一回事吧。

此外，踏出步伐的速度、逼近敵人跟前的距離都不同，因此跟對手保持的距離也不同。應該說這才是最重要的地方。說穿了，格鬥技其實就是如何巧妙操控彼此之間距離的一種遊戲。距離、角度和攻防的位置，都是最基本，卻也最關鍵的要素。

為了掌握這樣的距離，我耗費了不少時間。因為這個世界的人在戰鬥時，全都會和對手保持好一段距離。雙方大概會站在相隔五公尺的位置上對峙。嗯，因為踏出的步伐很大、腳步也很快，所以我能理解他們這麼做的心情啦。一開始見識到的時候，我也湧現了「這就是異世界的戰鬥方式嗎……」的感動。不過，說穿了其實也沒什麼，就只是因為防禦技巧不夠成熟罷了。

愈是不擅長防禦的人，愈想和對手拉遠距離。這是格鬥技中很常見的情況。

畢竟會害怕被對方攻擊嘛。必須待在對方打不到的地方，才能夠放心。因此，在這個世界，充斥著這方一口氣逼近、那方一口氣後退的乏味戰鬥。你說這是打帶跑的戰術？很遺憾，這種無謂又單調的一進一退動作，根本稱不上是打帶跑。

對我來說，無論和對方相隔五公尺或一百公尺，同樣都沒有意義。因為這兩種距離都無法讓攻擊確實命中對手。換成六公尺、七公尺或十公尺也一樣。因為保持這麼遠的距離也沒用，還是試著以步行的方式靠近對手好了。

然而，逼近到某種距離之後，就會變得即使只是一公釐之差，也具有相當大的意義。在這樣的距離之下，我的攻擊能夠命中對手，也能夠對對手的攻擊做出反應，還會因為動作角度等諸多因素的影響，只是朝旁邊挪半步，便有可能扭轉局勢。和戰鬥對象之間的距離，應該要維持在這些細微差距足以左右戰況的程度才對。絕非從五公尺外的地方衝過來攻擊，或是往後跳六公尺遠之類的。

哎呀～因為對異世界秉持的先入為主觀，再加上魔力這種未知要素，我著實困惑了好一陣子。不過，反正最近也好不容易掌握到自己該保持的戰鬥距離了，姑且就先這樣吧。

在這樣的情況下，我每天都確實接受著自家的訓練。參加者是我、姊姊和父親三人，由父親負責指導，然後我們姊弟對戰。比我大兩歲的姊姊頗有戰鬥天分，如果現況繼續維持下去，將來應該會是她繼承家業。在這個世界，只要能充分運用魔力，女人也可以成為強大的存在。因此，由女性繼承家業，似乎也是很常見的事。

所以，我過著每天都嚷嚷「嗚啊啊～姊姊太強了啦……」然後被姊姊壓著打的生活。

我可不能打贏她。因為，想成為「影之強者」的話，我就得徹頭徹尾當個平凡的路人Ａ才行。

過著這樣的每一天的我，因為還必須接受其他貴族教育、參加能讓自己徹底維持路人Ａ形象的交際應酬，能自由行動的時間其實很少。

為此，我自然只能等到大家熟睡的深夜，再悄悄開始修行。想當然爾，這麼做會縮短我的睡眠時間，但我把源自魔力的超回復術和冥想結合，打造出獨特的睡眠方式，讓自己成為超級短眠者，所以依舊能過著神清氣爽的日子。

好啦，今天也要來努力修行。這天，在平常用來修行的森林裡做過基本訓練後，我為自己做了一個特別的安排。

最近，似乎有些小混混藏身於附近的荒廢村落裡。經過調查後，我得知有個規模還不小的盜賊團把那裡當成巢穴。嗯，剛好可以作為試刀的對象。發現強盜時，我多半會把他們殺掉，但人數多到能組成盜賊團的情況，可說是一年只有一次的盛大活動，所以我還挺興奮的。我可是一整年都缺乏對戰者（Sparring Partner）的狀態呢，因此，像這樣的惡人我再歡迎不過了。啊啊，真希望治安能夠再糟糕一點呢。在這個世界的鄉下地方，以私刑制裁惡人意外算是挺正式的做法。畢竟，能夠以法律制裁罪人的人物，只存在於大都會裡頭嘛。那只好由我自己來制裁對方嘍。就是這麼一回事。

而這天，同時也是我把最近一直在測試的新型兵器導入實戰的值得紀念的一天。這項兵器名為「史萊姆戰鬥裝束」。

我來說明這個史萊姆戰鬥裝束是什麼東西吧。

這個世界存在著魔力。人們會以魔力來強化自己的肉體或武器，透過這樣的做法戰鬥。然而，使用魔力時，總會出現無法消弭的損失。例如，將一百的魔力注入一把普通的鐵劍後，劍實際吸收的魔力卻只有十左右。實際上會有九成的魔力損耗掉。這般激烈的耗損率，即使改用魔力傳導性能較為優秀的祕銀劍，注入一百的魔力，只要能吸收五十，就已經算是高級品了。

於是，我開始注意到史萊姆。牠是一種大家都認得的魔法生物，能透過魔力變形和行動。在調查之後，我發現史萊姆的魔力傳導率是驚人的百分之九十九，再加上牠是液體，所以還能自由變形。我大量狩獵史萊姆，磨碎牠們的魔核，針對剩下的史萊姆精華進行研究。被我搗碎的史萊姆魔核數量一下子就破千了。因為自宅附近陷入史萊姆不足的狀態，我還不得不展開遠征行動。

最後，處理作業和強化作業都偏簡單的這種史萊姆精華，被我成功打造成可以穿在身上的戰鬥裝束。不同於一般鎧甲，這襲戰鬥裝束重量很輕，也不會動輒發出金屬摩擦聲，穿起來十分舒適，甚至還能輔助我的身體動作。當然，防禦力也掛保證。

現在，我穿著使用了含有黑色素的史萊姆精華漆黑戰鬥裝束。這身裝束貼合我的身體曲線，沒有多餘的裝飾，只露出雙眼和口鼻的部分。外型看起來跟某偵探漫畫的犯人沒兩樣。等到必須以「影之強者」的身分正式介入某些事件的時候，或許可以來想想什麼樣的設計更適合。

就這樣，我抵達了廢棄村落。儘管時值深夜，屋舍裡頭卻燈火通明。看樣子，這群盜賊是因為奇襲商隊的行動成功了，所以正在舉行慶功宴吧。嗯，運氣真是太好了。盜賊這種生物基本上欠缺計畫性，會把搶來的錢財馬上花個精光。因此，除了襲擊行動剛結束的時候以外，他們手邊不會有什麼值錢的東西。盜賊的東西就是我的東西。我透過這樣的方式，累積能夠讓自己在將來成為「影之強者」的資產。

我帶著極其亢奮的心情闖入這場慶功宴。我不會採取偷襲的方式進攻，因為這樣沒辦法當成練習。

「呀哈～！把值錢的東西統統給我交出來！」

我朝正在享受宴會的眾人這麼大喊。

「你……你這個小不點是幹嘛的！」

我今年才十歲，會被叫成小不點也是理所當然。

「喂喂，我叫你們把錢拿出來啦！」

看到那個將我喚作小不點的失禮男子被我一腳踹飛，其他盜賊們才紛紛拿起武器。

「喂，少瞧不起人啦。就算你是個小鬼，我們也不會放……！」

「喝啊～！」

我一揮刀，輕易砍下了這名傲慢又囉唆的男子的腦袋。想當然爾，手上這把可以只在需要時掏出的優秀武器，也是由史萊姆打造而成。而且，這把史萊姆劍還有另一種相當便利的功能。

便利功能之一，可以伸長。

「喝啊喝啊喝啊喝啊喝啊啊啊啊！」

我讓史萊姆劍伸長，撂倒了附近的所有小嘍囉盜賊。

能夠像鞭子那樣恣意甩動，卻也同時具備了刀劍的銳利度。這是我第一次將這把武器運用在實際戰鬥上，所以原本也有些不安，但看來實用性應該算是相當充足。

「喝啊喝啊喝啊喝啊啊啊啊……咦？」

就這樣得意忘形地揮刀一陣子之後，我突然發現周遭變得很安靜。咦？敵方只剩下一個人了耶。

「你……你這混蛋到底是何方神聖……？」

「沒辦法了。只好拿你來試第二種便利功能嘍。」

「你……你在說什麼啊……？」

「你看起來好像多少比其他傢伙強一些，應該是他們的頭目吧？很遺憾的，你能贏過我的可能性為零，不過，要是你能充當我的練劍對手，或許可以多活個兩分鐘吧，加油嘍。」

「少……少瞧不起人了，臭小鬼！我好歹也在王都……！」

「好，到此為止。別說廢話了，放馬過來吧。」

「少開玩笑啦啊啊啊！」

頭目A怒髮衝冠地朝我衝過來。面對他拙稚的這道斬擊，我當然……沒有閃開。

頭目A的劍劃過我的胸口，我因為這股衝擊而倒地。

「哈哈，這就是你瞧不起人的下場啦。我可是擁有王都武心流的免許皆傳（註：已習得某流派所有技藝的證明）的……怎……怎麼？」

「你沒有砍到我……喔。」

我若無其事地從原地站起來。

看來，我的史萊姆戰鬥裝束，可以將頭目A這種程度的攻擊完全無效化。我對這樣的防御性能也滿足不已。

「你說的武心流，是王都最近很流行的流派嘛？再多讓我見識一下啊。」

「混帳，那我就讓你看個夠喔喔喔！」

頭目A的攻擊。

哎呀，嗯，遊刃有餘呢。儘管他卯起來揮刀，但我甚至連抽刀應戰的必要都沒有。光是靠身體和腳步的動作來閃躲，就綽綽有餘了。

不過，武心流啊……感覺是我會喜歡的劍術呢。

儘管是這個世界的武術流派，卻罕見地沒有被唯心論（Spiritualism）或老掉牙的既定觀念束縛，而是以合理的方式和敵方拉近距離。即使是頭目A拙稚的斬擊，也能看出武心流這樣的戰法。在一瞬間迅速往前踏出半步，花費更多心力思考如何逼近敵方的這種做法，讓我產生了共鳴。只是，光憑頭目A的能力，還不足以將這樣的劍術徹底發揮。

在頭目A的斬擊告一段落後，我退到他的攻擊距離之外。

「我……我的劍……為什麼砍不到你啊！」

「你比我老爸還要弱耶～雖然應該比姊姊強一點，但再過個一年，大概就會被她追過去了吧。」

「你這個臭小鬼啊啊啊啊啊！」

我彈開頭目A胡亂揮舞的劍，輕輕朝他的小腿前側踹了一腳。這是我移動小腿，同時靈活地扭轉腳踝做出來的一擊。

於是——

「咕……啊……啊啊……為什……？」

頭目A掩著自己的小腿前側，當場跪坐下來。紅色的鮮血從他的小腿一路流淌至地上。

機關很簡單。因為我的腳尖長出了宛如冰錐那樣尖銳的刀尖。史萊姆劍的便利功能之一，就是能依據自身需要，在特定的時刻、特定的位置讓劍伸長。基於這樣的特性，我感覺特別可行的，便是自己站在敵人前方時，以從腳尖伸出的劍攻擊對方腿部的戰術。瞄準腿部的攻擊很難防禦。在防禦、牽制對方的斬擊的同時，出其不意地踹對方的腳。是一種儘管不起眼，卻也挺強力的戰法。

「看來，再繼續打下去也沒意義了。」

「等……等等……！」

「還撐不到兩分鐘呢。」

我以腳尖的劍從下方猛踹頭目A的下顎。這是穿刺之刑。

隨後，我丟下躺在地上抽搐的頭目A，開始掠奪戰利品。

「美術品沒辦法轉賣～食品類也略過，現金、寶石、貴金屬都來吧～」

戰利品多到得用好幾輛馬車承載，上頭還有幾具商人的屍體。

「我已經替你們報仇了，也會善加利用馬車上這些貨物，你們就放心地成佛吧。」

入手還不錯的戰利品之後，我在心中這麼默默禱告。換算成現金的話，大概有五百萬戒尼吧？這裡的一戒尼大概等同於一圓的價值。這些錢財全都會被我當成「影之強者」的活動資金。要是這個世界能變成治安更糟、盜賊到處橫行的狀態就好了呢。就像電玩遊戲那樣，只是走在路上，也會半路突然跳出壞人擋在前方的感覺。

「你下輩子可要更努力一點，讓盜賊在整個世界亂竄喔。」

我朝已經沒有半點反應的頭目A豎起拇指……然後順著他的目光，發現了某樣東西。

「這是……籠子？」

看起來意外巨大又堅固。

「是奴隸啊。可是奴隸沒辦法轉手，所以我不會接收就是了。」

話雖如此，但裡頭也有可能藏著好東西。保險起見，我卸下了原本罩在籠子上的布料。

「這……還真是出乎意料耶。」

出現在裡頭的東西……是一個腐爛的肉塊。儘管勉強可以看出人體的形狀，但性別和年齡完全無從判斷。

不過，那肉塊活著。不對，或許那是擁有意識的生命體也說不定。我隔著籠子觀察時，那個肉塊抽動了一下。

我曾聽說過，這世界存在著〈惡魔附體者〉這種會被教會處刑的怪物。他們原本過著一如普通人的生活，但肉體不知為何在某天突然開始腐爛。如果放任不管，沒過多久就會死亡。但教會卻出資買下活生生的〈惡魔附體者〉，並對其施加以淨化為名的處刑。教會口中的「淨化惡魔」，其實只是單純虐殺病人的行為，但此舉卻獲得了老百姓的熱烈支持。他們認為是教會守住了世界和平，並對其讚美有加。感覺根本跟中世紀歐洲沒兩樣嘛，真是太令人亢奮了。如果把這個肉塊賣給教會，應該會比今天這些戰利品更值錢。不過，想當然爾，我並不會轉賣，所以討論這些也沒有意義。

那麼，就給你個痛快吧。

將史萊姆劍插進籠子的縫隙裡時……我察覺到一件事情。

這個肉塊蘊含著十分強大的魔力。跟打從年幼時就開始進行提昇魔力訓練的我相比，其魔力強大到堪稱是怪物等級。此外……

「這種波長……是魔力失控……？」

或許是因為魔力失控，才會讓這個肉塊變成現在這副模樣？以前，我也曾因為魔力失控而吃過苦頭。倘若當時的我沒能將魔力抑制住，恐怕也會變成這個樣子吧？

除此以外，我在那天感受到了魔力為肉體帶來影響的可能性。在魔力失控後，肉體說不定會因為習慣魔力，而蛻變成能夠更順利操控魔力的體質。不過，因為刻意讓魔力失控的做法太危險，我最後打消了這樣的念頭。

倘若這個肉塊是魔力失控下的產物，我或許能拿來當成實驗的材料……然後，在沒有半點風險的情況下，變成又朝「影之強者」接近一步的存在。

「這塊肉想必會很有用處……」

我朝肉塊伸出手，注入魔力。

已經差不多過了一個月了嗎……

想起獲得肉塊的那一天，我在同一座廢棄村落裡嘆了一口氣。

為什麼會變成這樣？

肉塊實驗原本進行得十分順利。因為不是自己的身體，所以完全不需要顧忌什麼。我每天都注入大量魔力，懷著滿心期待進行各式各樣的實驗。這是一段讓人很開心的時光。對我來說，能夠更靠近魔力的精髓、實際感受到自己的力量明顯日益提昇，便是至高無上的喜悅。我以更精密、更細緻、更強力的方式將抑制魔力的力量提昇至極限，在魔力失控的現象徹底獲得控制的瞬間……一名金髮的精靈族少女出現在我的眼前。

呃，因為我過度熱中於如何抑制魔力，直到目睹這一幕的瞬間，我才發現那個肉塊的原形是一名金髮精靈族人。好厲害啊，竟然能從那種腐爛的肉塊變回原樣。妳現在自由了，快點返回自己的故鄉吧。願幸福常駐妳的未來——我原本打算以這種爽朗的態度送她離開，但精靈族少女卻表示她已經無法回去故鄉，還說要報答我的救命之恩。不，我沒有刻意要救妳啦，這只是偶然之下的產物罷了。

因為事情變得很麻煩，我原本打算溜掉，但最後還是決定將她列為「影之強者」的部下A。她看起來不會隨便背叛，腦袋好像也滿聰明的，感覺是個莫名有才幹的人物。雖然年紀和我一樣是十歲，但精靈族的精神年齡都比較早熟的傳聞，看來似乎不假。

「那麼，從今天開始，妳就是阿爾法。」

不管是A還是阿爾法，其實都無所謂啦。

「我明白了。」

少女點點頭。金髮藍眼、皮膚白皙的美女，她是很典型的精靈族人。

「至於妳的工作……」

說到這裡，我停下來思考。這部分很重要。她的工作確實是輔佐「影之強者」無誤。不過，

說起來，「影之強者」是什麼樣的存在，又有著什麼樣的目的？她的工作內容，跟我在這個世界的目標「影之強者」的核心設定息息相關。

設定非常重要。倘若戰鬥理由是「因為打小鋼珠輸了一堆錢，所以想找人出氣」，感覺就太遜了。不過，在這方面我可是萬無一失。畢竟，無論是來到這個世界之前或之後，我都持續妄想著自己心目中最完美的「影之強者」的形象。我將至今想像過的幾千、幾萬種「影之強者」的設定組合起來，一瞬間導出最理想的結論。

「就是在暗中阻止魔人迪亞布羅斯復活。」

「魔人迪亞布羅斯……？」

阿爾法不解地微微歪過頭。

「妳應該也知道，在遙遠的過去，魔人迪亞布羅斯一度引發了瓦解世界的危機。不過，在分別來自人族、精靈族和獸人族的三名勇者奮鬥下，迪亞布羅斯被打倒，世界也恢復了和平。」

「我知道。可是，這不是童話故事而已嗎？」

「不，這是實際發生過的事喔。雖然事實遠比童話故事的內容來得複雜……」

至此，我露出苦笑。像我這種程度的妄想能力，要把這個世界的傳說也加入「影之強者」的人設之中，可說是輕而易舉。

「被勇者們打倒的迪亞布羅斯，在死前對他們施加了詛咒，就是〈迪亞布羅斯的詛咒〉。」

「〈迪亞布羅斯的詛咒〉？我沒聽說過這個東西呢。」

「〈迪亞布羅斯的詛咒〉確實存在。〈惡魔附體者〉……就是過去侵蝕妳的身體的那種疾病。」

「咦，怎麼會……」

阿爾法錯愕地瞪大雙眼。

「打倒了魔人迪亞布羅斯的那三名英雄的後代子孫，長年都為這種疾病所苦。然而，在過去〈迪亞布羅斯的詛咒〉是可以解除的。就像妳這樣。」

直到沒多久之前，都還是〈惡魔附體者〉的阿爾法，現在卻能毫髮無傷地變回原本有著嬌嫩肌膚的模樣。這令人難以置信的事實，正是我這番話最好的證據。

雖然這只是我扯出來的瞞天大謊就是了。

「〈惡魔附體者〉是身為英雄後代的證明。身為拯救了世界的人物的後代，人們對他們照顧有加，也總會獻上最誠摯的感謝和讚譽。但這都是過去的事了。」

「現在，別說是受到感謝了，甚至還……」

阿爾法以扭曲的表情開口。

「有人刻意扭曲了歷史。他們隱瞞這是身為英雄後代的證明一事、隱瞞解除詛咒的方法，還讓〈惡魔附體者〉淪為被輕蔑的存在。」

「……！到底是誰做出這種……！」

「他們正是企圖讓迪亞布羅斯復活的人物。為〈迪亞布羅斯的詛咒〉所苦的人，無疑都繼承了純正的英雄血脈，也擁有強大的魔力。換句話說，對人類而言，這些英雄後代是珍貴的戰力，但對那些人來說，就是礙眼的存在。」

「所以，那些人為英雄後代冠上〈惡魔附體者〉的汙名，消滅他們……」

「沒錯。妳也是被迫背負〈惡魔附體者〉的無罪之罪，還因此失去了故鄉和家人。妳不恨嗎？」

「恨。怎麼可能不恨呢。」

「迪亞布羅斯教團——那就是我們的敵人。他們絕不會讓自己的身分曝光。所以，我們同樣必須藏身於暗處。潛伏於闇影之中，同時狩獵闇影。」

「在不讓自己的身分曝光的情況下，還能擁有這般影響力的存在。這樣一來，敵人或許是掌權者……在不明白真相的情況下受到指使的人，應該也有很多才對……」

我意氣風發地點了點頭。

「這想必會是一條艱困的道路。然而，我們還是必須走下去。妳願意協助我吧？」

「倘若這是你所願，那麼，我就獻上這條性命吧。必須以死來制裁那些罪人……」

阿爾法以一雙藍色眸子筆直望向我，並露出自信的笑容。稚嫩而美麗的那張臉上，有著滿滿的覺悟和決心。

我在內心擺出雙手握拳的勝利姿勢。

好耶，這個精靈也太好騙了！

想當然爾，這個世界不存在迪亞布羅斯教團這種組織，所以不管再怎麼找，也只會遍尋不著。之後，只要隨便把路邊的盜賊冠上迪亞布羅斯教團的嫌疑，再把對方殺掉就行了。還可以潛入看起來很像主角的人們的戰鬥中，拋下「這個世界正在面臨瓦解的危機……」、「魔人復活的時日近了……」這類賣關子的發言後離開。或是在戰場上帥氣現身，在「一群愚蠢的……受人操控的存在啊……」的開場白後，一口氣殲滅所有敵人。啊啊……我的夢想不斷膨脹哩。

對了，至於最重要的組織名稱……

「吾等乃『闇影庭園』……潛伏於闇影之中，狩獵闇影之人……」

「『闇影庭園』……真是個好名字。」

對吧？我超有命名的天分呢。

在今天這個瞬間，「闇影庭園」成立了，這個世界的敵人迪亞布羅斯教團也跟著誕生。我又在通往「影之強者」的道路上踏出了一步。

「總之，妳就先鍛鍊自己抑制魔力的能力，同時進行劍術練習吧。主場戰由我負責，但妳也必須對付小嘍囉，所以得變強一點才行喔。」

「我明白。敵人很強大，我們必須盡全力提昇戰力。」

「沒錯沒錯，就是這樣。」

「也得找出其他的英雄後代，然後保護他們才行呢。」

「咦？噢……嗯，就慢慢來吧。」

扮演「影之強者」的時候，有多名同伴參與、弄個類似組織的設定，感覺會比較有深度，但我不需要太多成員耶。說穿了，就算只有兩個人也不成問題。

「那麼，就先專注在讓自己變強這件事上吧。」

我舉起木劍，接下很難想像前陣子都還是個外行人的阿爾法的犀利一擊。她的悟性很優秀，魔力也很充足，感覺會是個挺好用的幫手。

我在月光下這麼想著，同時揮動手中的木劍。

一章

「影之強者」的教學關卡開始！

The Eminence in Shadow
Volume One
Chapter One

在「闇影庭園」成立約莫過了三年後，我跟阿爾法十三歲了，我的姊姊克萊兒則是十五歲。十三歲這樣的年齡不具有任何特別意義，但十五歲就不同了。嗯，因為，貴族在成長到十五歲之後，必須前往王都的學校就讀三年。基於姊姊是卡蓋諾男爵家倍受期待的一顆新星，以媽媽為首的家人替她舉辦了一場盛大的送別派對，讓人再次感受到她不愧是倍受期待的新星的事實。

這倒無所謂。雖然無所謂，但在正式動身前往王都的那一天，姊姊卻失蹤了。所以，現在卡蓋諾男爵家陷入了雞飛狗跳的混亂之中。

「當我走進克萊兒的房間裡時，裡頭就已經是這副德性了。」

長相不差的老爸以十分紳士的嗓音這麼說明。

「雖然沒看到打鬥的痕跡，但窗戶是從外頭被人撬開。克萊兒和我都沒發現，對方的手法想必相當高明。」

說著，渾身散發出紳士氣質的老爸將手放上窗框，眺望遠方的天空。感覺他的另一隻手很適合捧著盛有威士忌的酒杯。

要是他有頭髮的話……

「所以？」

一道令人凍結的冰冷嗓音傳來。

「對方的手法很高明，所以也無可奈何。你是這個意思嗎？」

是媽媽。

「不……不是這樣，我只是在陳述事實……」

冷汗從臉頰滑落的老爸這麼回答。

下個瞬間——

「你這個禿驢啊啊啊啊啊————！」

「噫～對……對不起、對不起！」

順帶一提，在一旁的我則是空氣般的存在。不受期待，但也不會給家裡添麻煩。我堅守著這樣的位置。

話說回來，姊姊是個好人呢，真是太遺憾了。事件是在晚上發生的。這個時段我都會前往廢棄村落修行，所以無法幫上忙。我以嚴肅的表情在一旁觀看老爸和母親打情罵俏，再乘隙溜回自己的房間，然後整個人倒在床上。

接著——

「可以出來嘍。」

「是。」

這個回應傳來的同時，我房間的窗簾搖曳了一下，身穿黑色史萊姆戰鬥裝束的一名少女現身。

「是貝塔啊。」

「是的。」

跟阿爾法同樣來自精靈族的少女。不過阿爾法是金髮，貝塔則是銀髮。

有著跟貓咪相似的蔚藍雙眸，以及一顆淚痣的她，是繼我跟阿爾法之後的第三名「闇影庭園」的成員。雖然有交代阿爾法要適可而止，但她總是像撿拾棄貓那樣接二連三把人撿回來，所以我們的成員愈變愈多了。

「阿爾法呢？」

「她正在搜尋克萊兒大人遺留下來的痕跡。」

「動作真快。姊姊還活著嗎？」

「我想是的。」

「有可能把她救回來嗎？」

「有可能，只是……需要藉助闇影大人的力量。」

啊，是我要她們稱呼我為闇影。因為我是「闇影庭園」的領導者嘛。

「是阿爾法這麼說的？」

「是的。考量到人質的安全，她說做好萬全的準備會比較妥當。」

「哦～」

說真的，阿爾法現在的實力已經很強了。會讓這樣的她提出協助的要求，可以判斷敵方的力量或許也不容小覷。

「真令人熱血沸騰啊……」

我在瞬間解放凝聚於掌心的魔力，撼動周遭的空氣。

雖然沒有什麼意義，但我很喜歡這種演出效果。

貝塔也很配合地吃驚輕喃「不愧是闇影大人……」這樣。

這陣子因為有阿爾法、貝塔和戴爾塔在，我並不缺乏戰鬥練習對象。不過，我偶爾也需要一些新鮮感，更何況，這是讓我扮演「影之強者」最佳的機會。

「我就久違地認真一下吧……」

我已經習慣像這樣營造出很有「影之強者」風格的氣氛了。再加上阿爾法跟貝塔的人設最近也逐漸定型，感覺更讓人亢奮。

「犯人果不其然是迪亞布羅斯教團的人。而且，恐怕還是幹部等級的成員。」

「幹部等級嗎……不過，教團為什麼要將姊姊擄走？」

「或許是懷疑克萊兒大人是『英雄後代』吧。」

「哼，這些傢伙直覺還挺準的……」

就像這樣。

而且，阿爾法還收集了一堆資料，說什麼「你說的果然沒錯……」、「迪亞布羅斯的後代在一千年前……」、「這塊石碑上可以發現迪亞布羅斯教團的線索……」之類的話。呃，因為我不懂古代文字，所以也搞不清楚啦。或許阿爾法本人其實也懵懵懂懂的吧，只是想挖出一堆感覺煞有其事的資料，營造出自己已經逐漸逼近迪亞布羅斯教團的真相的感覺。我想八成是這麼一回事喔。

「請你看看這份資料。依據我們最新的調查結果，這個地方應該就是將克萊兒大人擄走的犯人的據點……」

說著，貝塔開始把大量的資料在我面前攤開。呃，就說我看不懂啦。這些資料有一半以上都是古代文字，又有一堆莫名其妙的數字之類的。妳們真的很擅長製作這種看起來有模有樣的資料耶。妳們在這方面的才能已經徹底超過我了。

我漫不經心地聽著貝塔的說明，然後取出投擲用小刀，射向貼在牆上的地圖。目標是某個總覺得散發著不太尋常氣氛的地點。

喀！

刺中地圖某一點的小刀發出清脆聲響。

「就是那裡。」

「這裡……是嗎？這裡有什麼……」

「姊姊就在那裡。」

「可是，這裡沒有任何……不，難道……！」

貝塔像是瞬間發現了什麼似的，開始慌慌張張地翻找資料。

呃，嗯，我其實只是把小刀隨便射過去而已啦。貝塔的演技果然很不錯耶。妳想用那招吧？在翻過資料後，說我命中的地方有個祕密據點對吧？

「比對過資料後，我判斷闇影大人說的那個地方，可能存在著祕密據點。」

看吧。

「不過，能在一瞬間吸收如此龐大的資料內容，甚至判讀出祕密據點的位置……不愧是闇影大人。」

「妳的修行還不夠喔，貝塔。」

「我會加倍砥礪琢磨。」

真不錯呢。就算知道是演技，還是讓人超有充實感。妳的言行舉止都很到位喔，貝塔。

「我馬上聯絡阿爾法大人。今晚就採取行動嗎？」

「嗯。」

向我一鞠躬之後，貝塔便離開了。她的雙眼看起來閃閃發亮呢，完全就是充滿敬意的感覺啊。為她奧斯卡影后等級的演技乾杯吧。

一名男子獨自走在昏暗的地下道。

他看上去年約三十五歲左右，有著鍛鍊過的肉體和犀利的眼神，一頭灰色髮絲梳理成整齊的西裝頭。

來到地下道的盡頭後，他停下腳步。前方有一扇門，門的兩側各站著一名士兵。

「卡蓋諾男爵家的女兒就在這裡頭嗎？」

「是的，奧爾巴大人。」

士兵們朝奧爾巴行禮，回答了他的提問後，便打開那扇大門。

「請您多加留意。雖然已將她上銬，但她仍會激烈反抗。」

「哼，你們以為我是誰？」

「唔！真……真是萬分抱歉！」

奧爾巴拉開大門，走進裡頭的房間。

這裡是一座由石磚打造而成的地牢，固定在牆面上的封魔鎖鍊繫著一名少女。

「妳就是克萊兒・卡蓋諾吧？」

聽到奧爾巴的聲音，被喚作克萊兒的那名少女抬起頭來。

她是一名十分美麗的少女。或許是因為在熟睡時被抓過來的原因吧，她身穿一襲輕薄襯衣，可以窺見豐滿的雙峰以及一雙水嫩大腿。將一頭柔順宛如絲絹、末端修剪得十分整齊的黑色秀髮披垂在身後的她，以兩隻桀驁不馴的眸子從下方怒視奧爾巴。

「我在王都看過你。你應該是奧爾巴子爵吧？」

「哦？我昔日曾擔任過近衛兵……不對，妳應該是在武心祭的大會上看到的？」

「是武心祭沒錯。你被愛麗絲公主的劍砍得讓人不忍卒睹呢。」

克萊兒發出呵呵的輕笑。

「哼，因為受限於名為比賽的這種框架，我才破例禮讓她。若是在實戰上，我可不會輸。」

「就算是實戰結果也不會改變喲，在冠軍賽的初賽就被淘汰掉的奧爾巴子爵。」

「笑話。妳這種黃毛丫頭，根本不明白光是能晉級冠軍賽，就是多麼值得頌讚的豐功偉業。」

奧爾巴瞪著克萊兒這麼回應。

「再過一年，我就能踏上那個舞台。」

「太可惜了，妳並不會活過這一年。」

繫著克萊兒的鎖鍊發出聲響。

下一秒，她的門牙差點咬住奧爾巴的頸部。

上下排牙齒發出喀嚓的咬合聲。

要不是奧爾巴些微偏過頭，他的頸動脈或許就會狠狠被咬斷了吧。

「活不過這一年的，究竟是你還是我呢？要來試試看嗎？」

「用不著試，理所當然就是妳，克萊兒·卡蓋諾。」

面對露出獰笑的克萊兒，奧爾巴以一記上勾拳猛擊她的下顎。

就這麼撞上後方石牆的克萊兒，依舊對奧爾巴投以和方才相同的犀利視線。

奧爾巴放下自己揮空的拳頭。

「妳向後跳開了嗎？」

克萊兒露出自信滿滿的笑容。

「你是在打蒼蠅嗎？」

「哼，看來，妳不是會被自身的強大魔力左右的人吶。」

「有人教導過我，魔力的關鍵不在於量，而是運用方式。」

「妳有個好父親呢。」

「我怎麼可能從那個禿驢身上學到什麼呀。是我弟弟教我的。」

「弟弟……？」

「他是個囂張的弟弟。跟他對戰的時候，贏的人總是我。然而，我卻從他的劍技中學到很多。相較之下，他無法從我的劍技中學到任何東西。所以，我每天都會欺負他。」

克萊兒露出惡作劇的笑容這麼說。

「妳弟弟還真是可憐吶。那麼，我就成了從惡毒的姊姊手中拯救他的英雄了。好啦，無用的閒聊就到此為止……」

奧爾巴望向克萊兒，然後換了個話題。

「克萊兒・卡蓋諾，妳最近身體有沒有什麼不適感？無法順利運用、穩定駕馭自己的魔力；使用魔力時會伴隨疼痛感；或是身體的一部分開始發黑腐壞——妳有出現類似的症狀嗎？」

「你刻意把我擄來這種地方，就是為了玩醫生看病的遊戲？」

克萊兒揚起水潤的唇瓣嗤笑。

「我也曾經有個女兒。我不想以更粗魯的方式對待妳。老實回答我的問題，是對我們雙方最有利的做法。」

「這是威脅嗎？我是愈被威脅，就愈想反抗的個性呢。就算是不合理的反抗也一樣。」

「所以，妳不打算老實回答？」

「這個嘛……怎麼辦才好呢？」
奧爾巴和克萊兒就這樣互瞪了片刻。
率先打破沉默的人是克萊兒。
「好吧，反正也不是什麼了不起的問題，我就大方回答你吧。你問我的身體和魔力有沒有出現任何問題？現在什麼問題都沒有。如果不是被鎖鍊繫住的狀態，倒還挺神清氣爽的呢。」
「妳說『現在』？」
「沒錯，現在。我的身體出現你說的那些症狀，大概是一年之前的事了。」
「什麼？妳的意思是，現在那些症狀都痊癒了？自然痊癒？」
就奧爾巴所知，「那個」至今未曾出現過自然痊癒的例子。
「這個嘛，我沒有特別做什麼……啊，對了對了，弟弟曾拜託我跟他一起練習『柔軟操』。雖然搞不清楚那是什麼，但在練習完之後，我的身體情況感覺就好轉許多。」
「柔軟操？我沒聽說過這個東西吶……不過，曾經出現過這些症狀的話，就代表妳也是適應者無誤。」
「適應者……？什麼意思？」
「妳沒有必要知道。反正妳也馬上就會壞掉了。噢，也得對妳弟弟展開調查……」
話說到一半，奧爾巴的鼻梁突然遭受到一陣衝擊。
「咕！」
他後退到大門旁，摀著流出鮮血的鼻子瞪視克萊兒。

血。

「克萊兒．卡蓋諾，妳這傢伙……！」

理應手腳都繫上鎖鍊的她，不知為何，現在只有右手腕的鎖鍊鬆脫，該部分也不停冒出鮮血。

「妳削去手掌的肉，甚至還把手指的骨頭折斷嗎……！」

用來限制克萊兒行動的鎖鍊並非普通的鎖鍊，而是封魔鎖鍊。也就是說，她是以自身的肌力削下手掌的肉、粉碎掌心和手指的骨頭，藉此掙脫鎖鍊的控制，然後揍了奧爾巴一拳。這樣的事實令奧爾巴錯愕不已。

「倘若那孩子有個什麼閃失，我絕不會放過你！我會把你、你所愛的人、你的家人和朋友一個不留地殺光……！」

奧爾巴以全力揮出來的拳頭，擊向了克萊兒的腹部。被封魔鎖鍊封印住行動的她，無以防禦奧爾巴以魔法強化過的這記攻擊。

「妳這個黃毛丫頭……！」

奧爾巴不屑地咒罵，克萊兒整個人癱軟下來。從她的右手流出的鮮血，在地上形成一灘紅褐色的汙漬。

「也罷。反正這樣就明白了……」

奧爾巴這麼輕喃，同時將手伸向那灘血漬。這時，一名氣喘吁吁的士兵打開門闖了進來。

「不得了了，奧爾巴大人！出現入侵者了！」

「入侵者？是什麼來頭？」

「不清楚！敵方人數雖然不多，但我們完全無力招架！」
「呫！我去解決他們！你們負責固守這裡！」
奧爾巴「嘖」了一聲，轉身離開地牢。

當奧爾巴抵達的時候，現場已經成了一片血海。負責看守這座重要設施的士兵，必定都擁有一定程度的實力。其中甚至還有能力跟近衛兵不相上下的優秀人才。然而……
「怎麼會……有這種事……！」
在這座地下設施中，唯一能被外頭的光芒照射到的大廳，現在倒臥著無數具屍體。
看上去全都是一刀斃命的狀態。
面對壓倒性的力量差距，他們一個個被砍殺倒地。
「是妳們嗎……！」
奧爾巴瞪著眼前那群身穿黑色裝束的人物。從身材曲線來看，她們都是身型嬌小的少女。
一共有七個人。然而，這一行人的存在感相當薄弱，在這個只有幽幽月光照射的空間，要是不仔細觀察，甚至不會發現她們就在這裡。少女們以極為罕見的魔力控制能力，抑制住自身散發出來的氣息。這七個人全都是力量足以和自己匹敵的強者——奧爾巴承認了這一點。
其中一名全身沾滿鮮血的少女，在月光照耀下，以高傲的眼神定睛凝視奧爾巴。

「……！」

這個瞬間，奧爾巴發自本能地怯懦起來。沒有理由，只是因為對方很危險。本能這麼告訴他。

砍殺敵人時回濺的鮮血，沾滿了包覆著少女整個身子的漆黑裝束，還不時滴落地面。她握著同樣沾滿鮮血的一把刀，懶洋洋地讓刀尖在地面拖行，描繪出一條長長的血痕。

「妳們是什麼人？目的又是什麼？」

奧爾巴努力按捺內心的動搖這麼問道。

很不幸的，實力和自己不相上下的敵人一共有七個。戰鬥不是明智之舉。

奧爾巴一邊埋怨自身的不走運，一邊思考解決這個困境的對策。

然而——

渾身是血的少女並沒有聽到他說的話。

她笑了。

渾身是血的少女，在沾滿鮮血的面具後方笑出聲來。

我會變成她的獵物……！

在奧爾巴這麼想的瞬間——

「退下吧，戴爾塔。」

聽到這句指示，渾身是血的少女停下原本的動作，老實地退到後方。目睹這一幕的奧爾巴放心地吐出一口氣。接著，另一名少女取代她走到前頭。

「吾等乃『闇影庭園』。」

如果不是在這種情況下聽到，這是道迷人到足以為之傾倒的嗓音。

「我叫做阿爾法。」

走到前頭的這名少女，不知何時脫下了面具。在月光照耀下，她的白皙肌膚顯得越發透亮。

她朝奧爾巴走近一步。

「……！」

她是一名金髮的精靈。

美到令人屏息的少女。

她又朝奧爾巴走近一步。

「吾等的目的……是殲滅迪亞布羅斯教團。」

接著，她將不知何時握住的那把黑色刀劍揮向半空中。

夜空被劈開了。

這記漆黑的斬擊，讓奧爾巴產生了這樣的錯覺。

這道攻擊帶來的風壓和劍壓，威脅、恫嚇著他。

要怎麼做，才能在這樣稚嫩的年紀，獲得這般強大的力量？嫉妒和戰慄的感情，讓奧爾巴渾身打顫。不過，更令人錯愕的，是少女方才道出的那句話。

「妳……怎麼會知道這個名字？」

迪亞布羅斯教團——無論是這個組織的名稱或是這座設施，包含奧爾巴在內，知情的人寥寥可數。

「吾等洞悉一切。魔人迪亞布羅斯、〈迪亞布羅斯的詛咒〉、英雄後代，以及……〈惡魔附體者〉的真相。」

「妳……妳們怎麼會……」

在阿爾法的這番發言當中，有些甚至是奧爾巴最近才得知的情報。那些都是不可能外洩，也絕不能外洩的最高機密。

「你以為致力於探究〈迪亞布羅斯的詛咒〉的人，只有你們嗎？」

「咕……！」

情報外洩是絕不能容許的事情。不過，他有能力殺光眼前這些少女，守住最高機密嗎？不可能。這是困難至極的任務。

既然這樣，奧爾巴該做的……就是活下去。活下去，然後告知本部這些少女的存在。所以，他往前踏出腳步。

「啊啊啊啊啊啊啊啊啊啊！」

奧爾巴魄力十足地拔劍出鞘，將刀刃劈向阿爾法。

「哎呀，真是衝動。」

阿爾法用自己的劍輕易卸開奧爾巴的劍，然後回擊。奧爾巴的臉頰被劃出一道傷口，血沫噴濺至半空中。

不過，他沒有因此停下動作。

即使攻擊一而再、再而三被阿爾法避開，奧爾巴從未停下自己的劍，只為尋求勝算。

不過，他的每個攻擊都以分毫之差揮空。將無謂動作控制在最小限的阿爾法，完全看穿了奧爾巴的劍法，所以才能完美避開他的攻擊。

相反地，奧爾巴的手、腳和肩膀都被阿爾法砍傷。

不過，他還沒有遭受致命傷。

在逼問出相關情報之前，她不會殺了我——看穿這一點的奧爾巴輕笑。他看見勝算了。

在不知道第幾次的攻擊揮空後，奧爾巴的胸口終究還是挨了一刀，他不禁往後退幾步。

「再打下去也只是浪費時間呢。」

奧爾巴沒有出聲回應。他掩著被砍傷的胸口跪坐在地，以揚起笑容的那張嘴……服下了某種東西。

「你在做什……什麼！」

下個瞬間，奧爾巴的身軀突然膨脹了一倍。他的膚色變成淺褐色、肌肉變得更加結實、雙眼泛出紅光。

最重要的是，他擁有的魔力總量也跟著爆發性提昇。

「……！」

面對奧爾巴在完全沒有預備動作的情況下劈過來的一劍，阿爾法雖然瞬間擋了下來，但這股衝擊仍讓她皺起眉頭。阿爾法就這樣像是被彈飛似的往後跳。

「挺有趣的表演呢。」

她甩了甩被震得發麻的手，不解地歪過頭。

「這是魔力失控的波長嗎……勉強將其抑制住，然後……」

「阿爾法大人，妳還好嗎？」

看到第一次這樣後退的阿爾法，後方的少女出聲喚道。

「沒事的，貝塔，只是事情變得稍微麻煩……哎呀？」

將注意力拉回奧爾巴身上後，阿爾法發現眼前空無一人。

不對。奧爾巴剛才所在的地方，現在出現了一個通往下方階層的四方形洞穴。是暗門。

「……他逃掉了。」

「逃掉了呢……我們追上去吧。」

看到少女隨即打算跳進洞穴裡，阿爾法開口攔阻她。

「沒必要。因為他在前方等著呀。」

「他……？這麼說來，闇影大人有說過他要先行出發，所以會跟我們分開行動。難道……」

「是的。看到闇影大人朝一個神祕的方向衝出去，我原本還擔心他會不會迷路呢。」

阿爾法露出柔和的笑容。

「原來他是已經預知到這樣的發展了……不愧是闇影大人呢。」

望向洞穴內部的少女們，雙眼因尊敬之情而閃閃發光。

「迷路了。」

我在沒有半個人的地下設施這麼輕喃。

大家一起攻進敵方據點的時候，事情都還算順利，但因為厭倦應付小嘍囉，我決定先繞路去打敗大魔王，結果就落得現在的下場。虧我還特別演練過遇到大魔王時該做何反應呢。

不過，這座設施的規模還真大耶。這次感覺是盜賊團占據了廢棄的軍事設施？

「嗯？」

就在這時候——

感覺好像有人從地下道的遠處朝這裡衝過來。遲了半晌後，對方也發現了我的存在。他在跟我還有一段距離時停下腳步。

「被搶先堵住去路了嗎……」

男子有著一身相當健壯的肌肉，不知為何，雙眼還泛著紅光。那是怎樣？也太酷了吧。他會從眼睛射出光束嗎？

「不過，只有一個人的話，倒很好對付。」

接著在露出扭曲笑容的下個瞬間，那個紅眼男消失了。不對，他是以會讓普通人產生「他消失了」這種錯覺的驚人速度移動。

但——

我以一隻手擋下了紅眼男的劍。只要知道他是從哪裡衝過來，就算速度再快，也不會構成什麼威脅，而一身的蠻力，也得看他是否懂得如何運用。

「啥！」

我輕推錯愕的紅眼男的肩膀，和他拉開距離。

他擁有的魔力量遠超過阿爾法。不過，遺憾的是，他完全不懂得該如何運用，是個空有龐大魔力的蠢蛋。

順帶一提，我並不偏好「以魔力強化自身的速度和力量，再胡亂揮拳攻擊，就會給人很強的感覺吧？」這種以蠻力亂打一通的戰鬥方式。不，我不是瞧不起肉體能力喔。若要我做出「從力量和技巧中擇一」這種終極的選擇，我會毫不猶豫地選擇力量。因為不具力量的技巧毫無價值可言。然而，只注重單純的力量、單純的速度、單純的反應等物理方面的強悍，而對細節不屑一顧，或是將其摒棄、放棄──像這樣不完美而扭曲的戰鬥方式，是我最深惡痛絕的。

能否擁有優秀的肉體能力，端看個人的資質高低，但技巧可以努力鍛鍊起來。因此，我的目標「影之強者」，是絕不會在技巧方面輸給他人的存在。我會以技巧輔佐力量、在速度方面多下功夫、針對自身反應檢討更多的可能性。儘管肉體能力很重要，但我絕不會進行只仰賴這方面的醜陋戰鬥。這就是我的戰鬥美學。

老實說，這種蠻幹哥會讓我有點煩躁。

所以，就讓我來指導他正確使用魔力的方式吧。

「Lesson 1。」

我輕輕舉起史萊姆劍，就這樣朝紅眼男走去。

一步、兩步、三步。

在踩下第三步的時候，紅眼男揮劍。代表這就是適用於他的最佳攻擊距離。這個瞬間，我對自己加速。

我將最小限度的魔力全數集中於腳部，然後壓縮，再一口氣釋放出來。只是這麼簡單的動作而已。

只是這麼簡單的動作，就能讓經過壓縮的些許魔力的威力爆發性提昇。

紅眼男的劍從半空中劃過。

現在，我來到了適用於我的最佳攻擊距離。

這一刻，已經不需要速度了。也不需要力量，甚至連魔力都不需要。

我漆黑的刀刃輕撫過紅眼男的頸子，只劃破了表層的皮膚。

在紅眼男的頸子上留下一道血痕後，我拉開和他之間的距離。同時，他的劍也掠過我的臉頰。

「Lesson 2。」

待紅眼男揮下劍，我配合他的動作再次往前。這次不使用魔力。

也因此，紅眼男的速度要比我快很多。不過，無論速度再怎麼快，也無法在攻擊的同時採取其他動作。

所以，我順利逼近他。

只是小小的半步。

這是一段微妙的距離。對我來說太遠、對紅眼男來說太近的距離。

沉默維持了一瞬間。

紅眼男陷入猶豫。

而我看穿了這樣的他。

下一秒，紅眼男選擇拉開距離。

我也猜到了。

我已經從紅眼男的魔力移動判讀出他的行動模式。所以，儘管他的速度比我快，我卻能率先採取行動。

在紅眼男後退之前，我早一步朝他逼近，以刀尖劃過他的腳，留下了比剛才更深一些的傷口。

「咕……！」

發出痛苦的呻吟聲之後，紅眼男大大朝後方退開。

我沒有馬上追過去。

「Lesson 3。」

因為好戲還在後頭呢。

過去，自己可曾感受過這般實力差距？被漆黑刀刃砍中數次的奧爾巴開始思考這個問題。

跟名為阿爾法的精靈戰鬥時、在武心祭上輸給公主時，他都不曾感受過這樣的差距。真要說的話……大概就像是在孩提時代剛學會握劍時，跟自己的師父對峙當下的感覺了吧。孩童和成年人、專家和外行人的對決，根本算不上是一場勝負。

奧爾巴現在感受到的差距一如當時。

對方是一名看起來並不強的少年。至少，他完全沒有散發出在奧爾巴和阿爾法交手時感受到的那種魄力。要形容的話，就是極其「自然」。從架勢、魔力到劍術，一切都相當自然。腕力和速度也沒有什麼特別之處。不對，應該說根本不需要。少年僅是憑藉純粹的技巧，便能施展出幾近完美的劍術。面對和奧爾巴之間令人絕望的魔力高低差，他光是以劍技便成功顛覆了局面。

因此，奧爾巴湧現了壓倒性的敗北感。

他現在之所以還能以雙腳站立、還能保住一條性命，全都是因為少年選擇這麼做。只要少年有這個意思，他可以讓奧爾巴的小命在一瞬間消散。

現在的奧爾巴，就算被砍傷，只要不是致命傷，肉體就能自行重生。當然，這樣的恢復力仍是有限的，副作用也很大。然而在大量失血、肌肉被劈開、骨骼被打斷後，想痊癒就得花上好些時間。

不過，儘管身陷這樣的危機，奧爾巴依舊活著。

不對，應該說是被對方留下活口。

奧爾巴開口問道。

「為何……？」

為何讓我繼續活著？

為何和我敵對？

為何能擁有這般強大的力量？

我說，為何——

一身漆黑裝束的少年從上方傲視他。

「潛伏於闇影之中，狩獵闇影……這是吾等唯一的存在目的。」

那是道深沉卻又帶著些許哀愁的嗓音。

光是這樣的一句話，便讓奧爾巴理解了這名少年的存在意義。

「你打算反抗『那個』嗎……」

這個世上有著不會被法律制裁的人物。奧爾巴知道這些人的存在，也認為自己是其末端的一員。

權利、特權階級、不為人知的第二身分——法律的光芒無法照射到世界的每個角落。

奧爾巴得到了這樣的恩惠，同時卻也被位居更高處的人們踐踏、折磨。

所以，他尋求更大的力量……然後終至失敗。

「無論你——你們多麼強大，都不可能取勝。這個世上的黑暗……遠比你們所想像的更加深邃。」

正因如此，奧爾巴才會這麼開口。

這不是忠告，而是渴望。他希望這名少年也狼狽地被擊垮、失去一切，最後陷入絕望。但同時，他也害怕看到現實背叛這樣的渴望。這只是他無趣的嫉妒和羨慕罷了。

「那麼，我們會繼續深潛，無止盡地深入。」

少年的嗓音中沒有一絲怯懦，也不帶任何魄力。有的只是一種絕對的自信，以及堅若磐石的覺悟。

「少說得這麼輕而易舉。」

他無法認同。

絕對無法認同。

因為這也是奧爾巴過去視為目標，最後卻被殘忍地粉碎的東西。

這一瞬間，他做出了跨越最後一條線的覺悟。他從懷裡取出藥丸，然後一口氣全數吞下。他已經頓悟自己無法繼續活下去的事實。既然這樣，至少也要用這條命教教眼前的少年。

讓他明白這個世界的黑暗。

奧爾巴散發出來的氛圍變了。

原本橫衝直撞的失控魔力現在安分了下來，被進一步壓縮的高濃度魔力，充斥在他的肉體內部。血管爆裂、鮮血噴出、肌肉裂開、骨頭折斷，卻又全都在一瞬間自行修復完成。超越人體極限的龐大魔力，現在凝聚在這個身體上。

教團稱這樣的狀態為「覺醒」。

走到這一步，就無法恢復原狀了。不過……取而代之的是可以獲得極大的力量。

「啊啊啊啊啊啊啊啊啊啊啊啊啊！」

奧爾巴發出宛如猛獸的咆哮聲，然後消失蹤影。

鈍重的聲響傳來。同時，漆黑少年也整個人被打飛。

少年朝牆面踢了一腳，穩住重心後著地。

然而，奧爾巴的劍再次一把將他砍飛。

「太慢了、太輕了、太脆弱了！這就是現實！」

奧爾巴的追擊逼近。

一陣重擊聲之後，少年再次被打飛。

奧爾巴的斬擊不但快、有力，而且毫不留情。

這是壓倒性的暴力。

老虎想要殺死兔子的時候，不需要使出任何花招，只要驅使自身的力量即可。因為另一方不可能反抗。漆黑少年只是單方面地任憑他宰割。

本應如此才對。

「唔！」

奧爾巴的胸口噴出鮮血。不知何時，那裡出現了一道不算淺的刀傷。他一瞬間停下動作，但隨即在下一秒再次將少年打飛。

「沒用，沒用啦啊啊啊啊！」

奧爾巴胸口的刀傷應該已經劈開皮肉、直達骨頭了才對。不過，傷口在下一刻開始冒泡，然後瞬間再生。

「這就是力量！這才是強者！」

奧爾巴加速。

身子持續濺出鮮血的他，以刀劍劈開空氣戰鬥的模樣，看起來宛如一道緋紅閃光。

漆黑與緋紅。

兩者在相互碰撞後，漆黑被打飛，緋紅噴出鮮血。

這是一場無法以肉眼追逐的攻防戰。

只有鮮紅的殘像，以及不斷被打飛的漆黑，勉強能讓人判讀這裡的戰況。

然而，這樣的戰況並沒有持續太久。兩者的差距實在太明顯了，可以輕易想像出漆黑被打得體無完膚的結果。

這理應是一場不可能吃敗仗的戰鬥才對。奧爾巴不斷揮劍，以壓倒性的力量蹂躪著漆黑。

可是，為什麼？

為什麼漆黑的少年仍以同樣的姿態站在自己的面前……？

「為何……為何打不倒……？」

漆黑看起來彷彿跟剛開戰時沒兩樣。他幾乎沒有驅使魔力，也幾乎沒有移動自己的身體，就只是順著奧爾巴的蠻力被他打飛。宛如落在湍急河流上的落葉。

然而，漆黑不只是順著奧爾巴的動作，還會利用他的力道，精準地揮刀砍傷他。漆黑不會做無謂的、多餘的動作，只是讓一切順其自然。

「真是醜陋。」

漆黑開口。他以宛如看穿一切的雙眸傲視奧爾巴。

「你懂什麼……你這傢伙懂什麼！」

奧爾巴怒吼。

接著，他將所有的魔力注入自己的肉體和劍刃，伴隨咆哮聲揮下一刀。

即使這條命會斷送在這裡，他也要消滅眼前的漆黑。

這一擊，可說是奧爾巴畢生最強大的一擊。

然而——

「遊戲到此為止。」

他被一刀劈成兩半。

宛如直闖無人之境，漆黑刀刃在沒有被任何阻力干擾的狀態下，一氣呵成地完成劈砍動作。

奧爾巴的劍、龐大的魔力，以及歷經千錘百煉的肉體，全都被這刀劈成兩半。

即使不靠魔力、腕力或速度，漆黑仍能以純粹而高度的技巧，淬煉出近乎完美的劍技嗎——

奧爾巴這麼思考。

不過，他錯了。

「這是……什麼……」

那是能夠斷絕一切的斬擊。

在瀕臨極限的狀態下，奧爾巴確實看到漆黑刀刃砍向自己手中的劍、魔力、皮肉、骨骼，將他的一切一刀兩斷。

這一刀有著高濃度的魔力、極大的力量，以及壓倒性的速度。最重要的是……還有高超的技巧。

這就是……這才是完美的形態。

漆黑擁有一切的一切。

他只是沒有施展出來罷了。方才讓他使出全力的那一刀，沒有砍不斷的東西。

「竟是……這般的……」

鮮血噴出。

奧爾巴的上半身落地，下半身在晚了半拍後跟著倒下。儘管被砍斷成上下兩截，他的肉體仍試圖再生。然而，這副軀體已經破損得不堪負荷了。開始腐爛的肉體，為地面染上一片緩緩擴散的黑漬。

漆黑俯視著奧爾巴。奧爾巴仰望著漆黑。

和漆黑交手過後，奧爾巴全都懂了。觀察一個人的劍技，便能了解對方的人格。漆黑的劍是認真、有著一股傻勁而不知變通的凡人之劍。是在嚐盡各種艱辛刻苦的努力後，才能換來的劍技。

奧爾巴以為他只是個什麼都不懂的孩子。然而，不是這麼一回事。他是在了解一切的狀態下選擇一戰。

無力感。

奧爾巴的人生充滿著無力感。他總是想要做些什麼，卻又什麼都做不成。

不過，倘若是這名漆黑少年……

「米莉……亞…………」

奧爾巴將手伸向鑲著藍寶石的那把短劍，緩緩閉上雙眼。

在逐漸變得朦朧的意識中，浮現在他的腦海裡的，是已經身故的、最心愛的女兒的笑容。

就像這樣，擊退盜賊團兼救援姊姊的作戰結束了。發現姊姊的時候，她是昏過去的狀態，所以我只鬆開了拴住她的鎖鍊，就這樣將她留在地牢裡。到了隔天，她帶著一臉不悅的表情返回家中。畢竟她還挺強壯的，過了一個晚上，她手上的傷也已經好得差不多了。之後，姊姊一邊休養一邊調查事件，過了一星期左右的忙亂生活後，便出發前往王都。在這段期間，不知為何她老愛來纏著我，麻煩死了。

而阿爾法一行人，似乎忙著調查盜賊團，以及消滅他們殘存的黨羽。噢，不是盜賊團，是教團才對。不過，無論稱呼為何，他們到頭來也還是一群盜賊而已。

話說回來，盜賊團裡的那個紅眼大叔，感覺是個少見的人才呢。我能脫口說出「那麼，我們會繼續深潛，無止盡地深入」這種感覺就像是「影之強者」會說的台詞，完全是託那個大叔的福。我都想僱用他來擔任優秀的配角了。

完美地扮演了「影之強者」的我，以及能在那個關頭臨機應變的表演能力，全都是可圈可點的必看之處。當下沒有觀眾實在令人遺憾至極，不過，再忍耐兩年就行了。兩年後，我也會前往王都。王都，就是那個王都。是這個世界屈指可數的大都市，也是這個國家唯一擁有百萬人口的都市。那裡絕對會有立場跟主角差不多的人物存在，或許還會有等同於最終魔王的人物。此外，也存在著這種周邊小型城鎮不可能發生的事件、陰謀、鬥爭。讓「影之強者」突然介入這些紛擾的話……噢，這麼一想，現在的我也不過只是打倒了盜賊團，就得意忘形的井底之蛙呢。我的故事甚至還沒有進入序章啊。

為了關鍵的兩年後，在我更進一步追求力量的某天，以阿爾法為首的七人集結在我的身邊，說是想向我報告教團的調查進度和詛咒的研究結果。最近她們似乎都很忙的樣子，所以七個人能夠全員到齊，算是挺罕見的情況。雖然內心想著「這類調查或研究，都只是白費功夫啦，所以記得適可而止喔」，但我還是聽完了她們的報告。

簡單統整一下的話就是——

跟魔人迪亞布羅斯戰鬥過的英雄全都是女性。因此，迪亞布羅斯的詛咒只會出現在女性身上。

這還真是嶄新的推論耶。不過，遺憾的是，英雄全都是男性的設定比較普及呢。噢，但除了我以外，「闇影庭園」的成員清一色是女性嘛。這點或許能說明她們為何做出這種推論吧？

此外，出現〈迪亞布羅斯的詛咒〉症狀的人，比例上是精靈族最多，其次是獸人族，最後才是人族。這跟種族的壽命有關。因為人類的壽命較短，英雄血脈會隨著代代傳承而變得稀薄，所以不容易出現症狀。相反的，精靈的壽命很長，體內的英雄血脈也相對的濃，因此容易出現症狀。獸人則是介於這兩者之間。噢，的確。「闇影庭園」的成員中只有我是人類，而且也是唯一非〈惡魔附體者〉的存在。其他七名成員分別是兩名獸人和五名精靈。不用說，她們原本都是〈惡魔附體者〉。感覺我瞎掰出來的這個設定還挺有模有樣的嘛。

除此以外，阿爾法等人還報告了其他諸多事項，但我都沒聽進去。

接著，她們開始報告教團的調查結果。聽說那是個世界規模的超大型組織。哦～真厲害呢。

〈惡魔附體者〉或〈迪亞布羅斯的詛咒〉——無論套用哪種稱呼都沒差，總之，教團似乎會把出現症狀的人稱為適應者，並盡可能趁早將這類存在擄走、消滅。之後，阿爾法提出「為了對抗這樣的他們，『闇影庭園』恐怕必須分散至世界的各個角落行動」這般想法，並建議讓七名成員以輪流的方式，僅留一人在我身邊，其他六人則是前往世界各地，負責保護〈惡魔附體者〉、對教團進行偵察行動，或是妨礙他們的活動等等。

聽到這裡，我明白了一件事。她們已經發現這個世上根本不存在名為迪亞布羅斯教團的組織了。所以，才會提出這種「我們不想再陪你演這齣鬧劇了，讓我們自由行動吧」的要求。想分散至世界的各個角落，指的就是這麼一回事吧。不過，因為我多少還是有替她們治好〈惡魔附體者〉症狀的恩情，所以她們還是會以輪流的方式，至少留下一名成員在我身旁，也希望我能接受這樣的安排。就是這個意思吧。

我覺得有點哀傷。在前世，大家還是個孩子的時候，都會憧憬英雄人物。我也同樣憧憬「影之強者」。然而隨著年齡增長，大家不知不覺間連年幼時期憧憬過的英雄都忘得一乾二淨，獨留下這樣的我。也就是說，她們也變成大人了吧。

儘管陷入些微傷感的情緒之中，我仍爽快地送她們離開。真要說起來，我原本就沒打算招攬這麼多人。只要有我，以及留在我身邊輔佐的一名成員，就已經足夠了。看著仍依依不捨的她們離去的我，在內心暗暗發誓，就算全世界只剩下自己一個人，我仍要以「影之強者」為目標努力下去。

她開始變得再也不害怕殺人。

貝塔揮刀，將沾附在漆黑刀刃上的鮮血甩落，血滴在灰色的地面上描繪出一道鮮紅的線條。

現在是被黑暗籠罩的深夜時分。幾名士兵倒臥在四周。

「給他致命一擊吧。」

貝塔下達指示後，穿著黑色裝束的少女們，將刀尖刺入擔任護衛的士兵身體裡。

其中一名少女的手不停顫抖。儘管如此，她的刀仍精準地刺入對方的要害。

「咕……嘎啊啊！」

一息尚存的士兵發出淒厲的慘叫聲。少女的刀尖停了下來。在還不習慣的時候，這樣的慘叫聲可能會數度在夢境中重現。

貝塔將手按上全身僵硬的少女的刀，將刀身扭轉了一圈。葬送一條性命的手感，從刀刃傳達到掌心。

「啊……啊啊啊……！」

少女顫抖著發出慘叫聲。貝塔摟住她的肩頭，下達了另一個指令。

「將目標救出來。」

聽到這句話，少女們紛紛跳上馬車的載貨台。接著是一陣陣鎖鍊被砍斷的聲響。片刻後，她們將一塊腐爛發黑的肉塊搬了出來。「那」還活著。

「馬上趕回阿爾法大人身邊。」

少女們小心翼翼地捧著那塊肉，一起奔跑著離開了。原本在貝塔懷中發抖的少女，也鼓起勇氣追上她們。

看著這樣的少女的背影，貝塔微微瞇起眼。

培育進行得很順利。

直到前陣子，都還不曾握過劍，也理所當然不曾殺過人的這些少女，在訓練中確實成長著。

那樣的她們，總讓貝塔覺得彷彿看到了過去的自己。過往回憶跟著在腦中復甦。

至今，她仍記得自己第一次殺人時感受到的觸感。

貫穿敵人心臟的刀尖，以及緊抓著貝塔的手不放的敵人的手。明明已經受了致命傷，其力道卻強烈得令人難以置信。

「就算心臟被刺穿，人類還是有一小段時間可以活動。所以，不能太大意。我說，妳有在聽嗎，貝塔？」

阿爾法冷靜的嗓音傳進貝塔耳中。儘管如此，貝塔卻無法理解她這句話的意思。

貝塔的身體和思考都僵住了。

她無法採取行動，也無法動腦思考。

「真拿妳沒辦法耶。」

敵人的腦袋在半空中飛舞。

是阿爾法砍下了敵人的頭。

大量鮮血噴濺，屍體也跟著癱倒在地。

被敵人的血濺得滿身的貝塔，眼眶開始溢出斗大的淚珠。

「找出自己戰鬥的意義吧。」

一句冰冷的話傳來。

還是個孩子的時候，貝塔十分不擅長由自己主動採取行動。

加入「闇影庭園」後，她總是緊緊跟在阿爾法身後。從以前就認識阿爾法的貝塔，判斷只要跟隨著她，便不會出錯。

只是默默跟在阿爾法後頭的貝塔，遲遲找不到自己戰鬥的意義，也不明白這麼做的必要為何。

結果就是無論過了多久，貝塔都無法習慣殺人。為了執行任務而殺人時，她總會嘔吐，甚至每天害怕到顫抖著入睡的程度。在半夜大叫驚醒也絕非罕見的事情。

某晚，闇影喚住了這樣的她。

「妳渴望智慧嗎……？」

「什……什麼？」

貝塔戰戰兢兢地露出不解的表情。

對她來說，闇影是個儘管讓人摸不著邊際，卻相當強大的存在。

「若是妳渴望智慧……我就賜給妳吧。」

他所說的智慧，莫非是能夠在自己殺人的時候，讓心痛減輕的東西嗎？

貝塔懷著這樣的期待點了點頭。

「我……我渴望智慧。」

她以略微顫抖的嗓音回答。

「那我就賜給妳……」

接著，闇影開始娓娓道來。

「從前從前，在某個地方，住著一位老爺爺和一位老奶奶……」

這不是什麼智慧，只是一則童話故事而已。根本莫名其妙。

儘管不知該做何反應，但貝塔也沒有勇氣反抗讓阿爾法傾慕不已的闇影。

默默聽著闇影說故事的同時，貝塔發現他說的故事意外有趣，回過神來，她發現自己完全聽入迷了，甚至因此忘了時間。

那晚，貝塔陷入了深沉的睡眠之中，完全沒有作惡夢。

從那天開始，到了夜晚，闇影總會守在貝塔的枕畔，說有趣的童話故事給她聽。

那些童話故事，盡是連喜歡閱讀的貝塔都不曾聽過、新鮮又有趣的故事。闇影所說的故事，總能讓她聽得忘記時間，然後在不知不覺中沉沉睡去。她變得不會在深夜時從睡夢中驚醒了。

《灰姑娘》和《白雪公主》是她最中意的兩個故事。

或許是從那時開始吧，貝塔變得會以視線追尋闇影的身影。

回過神來的時候，她發現自己愈來愈常跟在闇影身邊。一開始只是戰戰兢兢地盯著他看。但過了一年後，她變得十分喜歡黏在闇影身邊。

對「闇影庭園」而言，闇影是至高無上的存在。

至高無上的強大、知識和意志。這樣的至高無上，讓貝塔感到相當舒適，不知不覺中，這樣的闇影，也變成她心目中至高無上的存在。

曾幾何時，貝塔心中的迷惘消失了。

倘若沒有闇影的力量，她早就因為身為〈惡魔附體者〉而慘遭殺害了。被家人捨棄、又被國家追緝，因為發生了太多太多的事情，她一時沒能馬上理解。因為失去的東西太多了，她也沒發現自己後來獲得的東西。

不過，在迷惘消失的現在，貝塔明白了。

是闇影給了她嶄新的人生、嶄新的力量。

這樣確實的感受，滲透至貝塔的內心深處。

她找到了戰鬥的意義。

為了不讓記憶和這份心意褪色，也為了不讓自己再度陷入迷惘，她開始每天記錄關於闇影的點點滴滴。貝塔找到了自己的生存意義。

一開始只是以簡單詞彙構成的紀錄，在不知不覺中慢慢變成文章、變成一整篇故事。

聽到一陣輕微的聲響後，貝塔停止回想過去。

她抽出漆黑的刀刃，朝馬車載貨台走近，然後蹲下來檢查車體底部。

「噫！」

她和一名年輕士兵四目相接。對方的年紀想必跟貝塔差不多吧。

他慌慌張張地從馬車下方爬出來，準備就這樣逃跑。

他一無所知。在一無所知的情況下，擔任〈惡魔附體者〉的馬車的護衛，又將在一無所知的情況下死去。

貝塔毫不猶豫地揮刀。

「住……住手……！」

正打算逃走的他，頸部瞬間噴出大量鮮血。

就這樣前行了幾步後，年輕士兵的身體癱軟倒地。

貝塔拭去噴濺到臉上的鮮血，抬頭仰望夜空中的明月。豐盈的滿月從雲層之間探出頭來。

月光照亮了貝塔純真的微笑。

那就像是盛開在深沉夜色中、美麗卻也殘酷的花朵。

貝塔不再迷惘。

倘若能討他歡心，即使那是一條極惡之路，她也願意走下去。

二章

在學園裡要徹底當個路人！

The Eminence in Shadow
Volume One
Chapter Two

成長到十五歲的時候，我前往位於王都的米德加魔劍士學園就讀。那是這片大陸上最頂尖的魔劍士學園，除了國內的魔劍士以外，也會有許多來自國外、前途指日可待的魔劍士來這裡念書。進入這間學園後，我努力維持著一如路人角色會有的中下成績，就這樣度過約莫兩個月左右，我發現了感覺能勝任主角的人物。

其中一人是亞蕾克西雅・米德加公主。她是候補名單中最厲害的大人物。

光是聽到米德加公主這個稱呼又或是她的名諱，就連黑猩猩都會明白她是個大人物。她就是這種名氣響噹噹的非凡存在。順帶一提，她的上頭還有個更有名、更厲害的愛麗絲・米德加公主。但遺憾的是，愛麗絲公主已經從這間學園畢業了。

於是，我選擇亞蕾克西雅公主來協助我解鎖一個格外盛大的路人角色事件。說穿了，其實是因為打賭輸了，所以必須進行這樣的懲罰遊戲。

嗯，沒錯。這是個非常符合路人形象的事件，亦即「找一個女孩子告白的懲罰遊戲」。

基於這樣的理由，我來到學園校舍的頂樓，站在一段距離外和亞蕾克西雅公主對峙。

一頭整齊的及肩白銀髮絲，還有一雙細長的……呃，該怎麼形容呢，很漂亮的紅色眸子。此外……唉，好麻煩啊，總之，她清秀且冷漠的臉蛋，會讓人湧現「好啦好啦，是個美女呢」的感想。不巧的是，因為阿爾法一行人的緣故，我已經看膩美女了。還是稍微古怪又有個性的人比較好。

雖然我做出挑戰亞蕾克西雅的選擇，但有勇無謀的挑戰者可不只我一人。在她入學兩個月後，就已經有一百多個蠢蛋向她挑戰，然後被她冷酷的一句話擊潰。

「我沒興趣。」

哎呀，畢竟，身為公主的人物，在畢業後八成就得接受政治聯姻的安排，所以，她或許是對這種小孩子的辦家家酒沒興趣吧。不過，在這方面，向她告白的那些貴族也一樣。畢業沒多久後，在前方等著的就只有政治聯姻這個選項。所以，他們才會想趁還在念書時，盡情享受自由戀愛的滋味吧。

不過，不管怎麼說，這些都是對背地裡的世界一無所知的人們的兒戲。

然而，我仍有以路人身分加入這種兒戲的使命。因為懲罰遊戲而向學園偶像告白，結果被對方狠狠拒絕，這完全就是專屬於路人角色的事件啊。像個路人般跑完這個事件後，我就能晉升為自己心目中最完美的路人角色，同時，這也代表著我又朝邁向「影之強者」的路踏出了一步。

為了今天的這個瞬間，我思考了一整晚。該怎麼做、該如何告白……才是最像個路人角色會說的告白台詞呢？

除了用字遣詞以外，從咬字到音程、發出抖音的方式，我都熬夜研究了一番，最後總算是學會了最強的路人告白技能，然後踏上今天這個決戰之地。

決戰。

沒錯。對路人角色來說，這可是一場重大的決戰。一如「影之強者」有屬於「影之強者」的戰鬥，路人也有屬於路人的戰鬥。既然這樣，在現在這個瞬間，我就必須以一名路人的身分，表演得盡善盡美。

在下定決心後，我望向前方。

亞蕾克西雅公主……雖然妳帶著一臉毫不在意的表情站在我面前，但只要我認真起來，在刀出鞘的下個瞬間，妳的腦袋就會和身體分家喔。妳就只是這種程度的存在罷了。

所以，刮目相看吧。

這就是這個世上最像路人的告白！

「亞……亞……亞……亞蕾克西雅公竹……」

我用三個「亞」構成不連續的斷音，再以抖音讓「亞蕾克西雅」五個字的音程忽上忽下，然後用「公竹」表現出極其逼真的咬字障礙。

「我……我喜歡妳……！」

我沒有望向亞蕾克西雅公主本人，而是讓視線在地面游移，甚至還讓雙腿微微打顫。

「請……請……請跟我交往……吧……？」

除了台詞極其普通又經典到無趣的程度，這段告白連發音、音程和咬字都糟糕得不可思議。

最後，再佐以些微的疑問語氣，便能將缺乏自信的個性表現得淋漓盡致。

太完美了……！

這正是我所追求的路人A的形象啊。太滿足了，我太滿足了！

「以後請多多指教。」

「嗯？」

因為大感滿足，已經準備轉身離開的我，此刻卻出現了幻聽。

「妳剛才說什麼？」

「我說……以後請多多指教。」

「啊，是。」

好像不太對勁耶。

「那……那麼，我們一起回去吧。」

就這樣，我和亞蕾克西雅公主一起走回宿舍，帶著笑容以「明天見」向彼此道別後，我返回自己的房間，倒在床上，將臉埋進枕頭裡大喊：

「為什麼走到愛情喜劇主角的路線去了啊啊啊啊啊啊啊啊啊啊啊啊啊啊啊啊！」

「這太奇怪了吧！」

「太奇怪了。」
「確實很奇怪。」
隔天中午，我在學校的餐廳，將昨天告白的經過告訴另兩名身為路人的友人。結果三人都得出了相同的結果——不管怎麼想，都事有蹊蹺。
「說真的，你可沒有能跟亞蕾克西雅公主交往的條件啊。就連我都不太可能了耶。」
這麼開口的人是尤洛。他是加里男爵家的次男，有著細瘦高挑的身型，也很注重穿著打扮，但審美觀相當糟糕。如果從遠處看的話，或許有點氣質型帥哥的感覺……不對，果然還是沒有。
想當然爾，這樣的尤洛・加里，同樣不具備足以和亞蕾克西雅公主交往的條件。畢竟他是獲得我認可的路人朋友。
「如果席德同學能和亞蕾克西雅公主交往，那本人或許也可以呢。啊～要是本人有跟她告白就好了呢。」
這麼說的人是賈卡。他是伊莫男爵家的次男，有著比較嬌小的體型，以及不修邊幅的外觀，感覺就像是每個棒球社都會有一個的粗俗的成員。是個無論從遠處看、從近處看、從各個角度看，都和氣質型帥哥完全沾不上邊的罕見人才。
不用說，他也是個壓根無法匹配亞蕾克西雅公主、徹頭徹尾的路人角色。
啊，順帶一提，我的名字是席德。席德・卡蓋諾。只要還叫這個名字的一天，我也是一個徹頭徹尾的路人角色。
「不，這種結果實際上一點都不好。感覺好像有什麼隱情啊，很可怕耶。更何況，我跟亞蕾克西雅公主生活的世界根本就不一樣。」

「就是啊～你也沒有我這樣的氣度，頂多只能撐一個星期吧。」

「本人覺得撐三天就差不多了呢。請你看看周遭。」

聽到賈卡這麼說，我環顧四周，發現學校餐廳裡的人全都看著我竊竊私語。

「妳看，那個就是……」

「真的假的～！看起來很平凡耶……」

「會不會是哪裡搞錯了啊……」

「啊，那種的說不定是我喜歡的類型喲……」

「咦～！」

這類的。

「聽說他是以公主的弱點當作把柄，威脅公主跟他交往喔……我聽一個叫尤洛・加里的人說的。」

「真的假的啊，我絕對要宰了那傢伙……」

「假裝是在實際演練時發生意外……」

「要是這時候不動手，就枉為男人了啊……」

或是這類的。

我的聽覺很敏銳，所以這些低語幾乎全都被我聽進耳裡。我瞅著眼前的尤洛・加里。

「嗯？怎麼啦？」

「沒什麼。」

路人角色的友情，是非常虛幻又不堪一擊的東西。

「是說，我到底該怎麼辦啊？在主動告白後，又馬上跟她提分手，也太奇怪了嘛。」

把公主甩掉可一點都不像路人角色會做的事情。真要說的話，在順利跟她交往的那一瞬間，其實就已經不像路人了。

「有什麼關係，你就跟她交往啊。運氣好的話，這說不定能成為一段不錯的青春回憶喔。」

尤洛以一臉調侃的笑容這麼表示。

「就是啊。即使是某種陰錯陽差，但可是能和公主交往耶，如果只是因為一些阻礙而退縮，就太可惜了。」

「但我就是不能這麼做啊～」

像這樣閒聊的時候，我的傳聞也正在不斷擴散，讓我跟一名平凡的路人A形象愈離愈遠。

「不過，變成這種結果的話，你就得把『自己是因為懲罰遊戲而告白』一事隱瞞到底了。」

賈卡這麼說。

「也是。要是被揭穿，感覺事情會變得很麻煩呢。拜託你們倆保密嘍，特別是尤洛。」

「我？我不會說出去啊。」

「當然，本人也不會。」

「真的拜託你們喔。」

我嘆了一口氣，開始品嚐今日特餐之中的九百八十戒尼貧窮貴族套餐。快點解決這餐，然後離開這個令人不舒服的學校餐廳吧。

就在這時候——

一群女僕朝我對面的座位靠近，俐落地將今日特餐之中的十萬戒尼超有錢貴族套餐的菜色一一擺放在桌上。

然後——

「這個座位沒有人坐吧？」

亞蕾克西雅公主登場。嗯，我知道會發展成這樣，所以才打算趕快吃完自己的套餐。

「請……請請請請請請……請桌！」

「如……如如如如如……如果妳不嫌棄跟我們共桌的話，請務必坐在這裡！」

尤洛跟賈卡的反應，讓他們看起來完全像是小嘍囉角色。這就是前一刻還大言不慚地表示自己也有資格跟公主交往的男人的模樣嗎？哎呀，你們果然是我認證的、徹頭徹尾的路人角色。

「妳想坐就坐吧。」

我這麼對靜待我回答的亞蕾克西雅公主開口。

「打擾了。」

她在椅子上就坐。

「今天天氣真好呢。」

總之，祭出天氣話題的話，應該能撐一點時間吧。我這麼想著。

「是呀。」

應酬用安全牌對話持續著。

她以優美的動作，開始品嚐眼前豪華無比的午餐。像公主這樣的人物，果然都受過十分良好的禮儀教育吧。相較之下，所謂的下級貴族，頂多只能算是長了毛的平民而已。

「超有錢貴族套餐的分量很多呢。」

「是的，我每次都吃不完。」

「好可惜喔。」

「其實，我比較想點沒這麼貴的套餐，但要是我不點這個超有錢貴族套餐，其他人就不好點餐了。」

「噢，原來如此。既然妳吃不完，可以分我一些嗎？」

「嗯，是無所謂啦……」

「對了，妳不用太拘泥什麼餐桌禮儀喔。反正這裡是下級貴族專用的座位。」

我從困惑的亞蕾克西雅的碟子裡搶走主菜的肉，在她出聲抗議前塞進嘴裡。

嗯，好吃。

「啊……」

「魚我也收下嘍。」

「等等……！」

哎呀～真是太幸運了。託妳的福，我的胃袋非常幸福呢。現在，我對待亞蕾克西雅的態度，一如昨天那樣超級隨便。

因為——

我正在執行「快把我甩掉啊妳！」的作戰計畫。

「唉……算了，沒關係。」

「感謝招待，那再見嘍。」

「你給我等一下！」

「大吃特吃後以極其自然的動作離開」的計畫失敗了。不得已，我只好又坐回座位上。

「你下午的實戰課程是王都武心流對吧？」

「對啊～」

這間學園的課程，分成上午的基礎課程和下午的實戰課程。基礎課程以班級為單位教授，實戰課程則不分學年或班級，由學生自行選修。也就是說，我們可以從眾多的武器流派當中，選擇適合自己的課程。

「我也是選修王都武心流的課程，所以想跟你一起上課呢。」

「不，沒辦法啦。妳是第一組的學生吧？但我是第九組啊。」

武心流是相當受歡迎的課程。在每一組各招收五十名學生的狀態下，選修這門科目的學生竟然多到能編整成九組。第一組的實力最強，之後依序遞減，校方會依據學生們的實力來分配組別。想先試試水溫的我選擇加入第九組。我想，我最後應該會在第五組前後安定下來吧。

「我已經向老師推薦過你，並在第一組預留你的名額了，所以沒問題。」

「這種做法絕不可能沒問題。我可是很清楚的喔。」

「不然換我到第九組去好了？」
「拜託妳別這樣，我的立場會很為難。」
「這兩者讓你擇一吧。」
「不要。」
「這是公主命令。」
「請讓我加入第一組～」
我的午餐時光就在這種情況下結束。自始至終，尤洛跟賈卡都像兩尊室內擺飾那樣安靜。

「好大喔……」
踏入王都武心流第一組的教室後，我忍不住道出這樣的第一句感想。要比喻的話，就跟一間大型體育館差不多吧。想當然爾，裡頭更衣室、澡堂和小型餐廳等設施一應俱全，大門還是由女僕親自過來開啟的人力自動門設計。
順帶一提，無論颳風下雨，第九組都是在室外上課。因為沒有大門，所以也不需要女僕。
為了避免被人找碴，我迅速換好衣服，然後在某個不起眼的角落等待亞蕾克西雅到來。
片刻後——
「稍微做點暖身運動吧。」

換上武心流道服的亞蕾克西雅登場。女性用的道服是一襲開高衩的連身裙，外觀上跟素面的旗袍有幾分類似。顏色則是黑色。武心流派的學生是以道服的顏色來區分實力高低。黑色最強，白色最弱。

不用說，我當然是白色，還是這間教室裡唯一的白色，簡直顯眼到不行。

我無視周遭懷抱著七分敵意、三分好奇心的視線，開始做一些活動筋骨的暖身運動。

「看起來很有趣呢。」

說著，亞蕾克西雅也開始模仿我的動作。

這個世界的人，基本上都明白在運動之前做暖身操是對身體有益的行為。不過，這個世界並沒有已經明確成形的暖身操做法，大家都是用自己的一套方式在暖身。想認真運動，卻輕忽伸展操的人，必定會把身子弄壞。在這個世界，雖然還能以魔力來勉強彌補不足之處，但最終展現出來的成效一定會受到影響。

在這方面的自我鞭策，亞蕾克西雅似乎還挺重視的。不過，畢竟我對戰鬥很講究嘛。就算是在美國西海岸品嚐到的那杯一如既往的味道（註：藍瓶咖啡的廣告詞），我也有不會輸給它的自信。

就這樣，課程開始了。

「今天，我們有一位新加入的伙伴。」

擔任顧問的老師將我介紹給眾人。

「我是席德．卡蓋諾。請大家多多指教。」

接著投射過來的，是完全沒把我當成同伴的成群視線。

嗯，不愧是第一組。只要稍微環顧一下，就能發現許多重要人物。那邊那個帥哥是公爵家的次男、這邊的美女是現任魔劍騎士團團長的女兒。就連顧問老師都是這個國家的劍術導師，而且還是年僅二十八歲的金髮型男。

「大家要好好相處喔。」

於是，劍術練習時間開始。

先是冥想魔力控制，接著是揮劍練習等一連串的基礎內容。

很好、很好，基礎是很重要的呢。不像第九組，只要稍微練習揮劍，學生們馬上就會開始玩起互砍的遊戲。擁有強大實力的人，果然都很重視基礎。再加上周遭其他人的水準都很高，就算不刻意說恭維話，我也覺得這樣的環境相當不錯。

最重要的是，名為王都武心流的這種劍術，是十分符合常理的一種武術流派。能參加練習，卻不會感到痛苦，實為相當美好的一件事。

「你喜歡王都武心流嗎？」

金髮型男顧問過來向我搭話。我記得他的名字是傑諾‧古力菲。

「我看起來像這樣嗎？」

「嗯，感覺你練得很開心。」

「或許吧。」

聽到我的回答，傑諾老師露出爽朗的笑容。

「一如你所知，王都武心流是武心流的分支，目前算是還很新的流派。固守傳統的武心流、革命創新的王都武心流──一開始，王都武心流遭受到頗大的阻力，不過，託愛麗絲公主的福，現在成了被譽為這個國家中僅次於武心流的流派。」

「我聽說，老師也是把王都武心流發揚光大的劍士之一？」

「跟愛麗絲公主相比，我的貢獻微薄得不值一提。不過，我仍認為王都武心流是自己一手開創的流派。所以，如果你喜歡王都武心流，我會很開心。不好意思，打擾你練習了。」

說著，傑諾老師便去觀察其他學生練劍的狀態。我十分能體會他的心情。我也很喜歡在一旁觀看阿爾法等人練習從我這裡習得的劍術。我的劍術是我孕育出來的東西，看到這樣的東西被他人認同、被拿來練習，著實讓人格外開心。

「你們剛才在聊什麼？」

亞蕾克西雅走過來問道。

「聊王都武心流的話題。」

「哦～接下來要進行團隊練習，我們一組吧。」

所謂的團隊練習，是一種簡單的實戰練習。雖然會和隊友彼此攻擊，但目的不在於擊中對方，而是確認彼此的技巧、反擊能力和動作的流暢度。

「但我們的實力相差很多耶。」

「不要緊。」

說著，我們開始舉起木劍對戰。

我揮劍，亞蕾克西雅擋下我的劍。
亞蕾克西雅揮劍，我擋下她的劍。
她的攻擊打不到我，動作也很慢，而且也不太使用魔力。周遭有幾組學生瘋狂施展魔力，和隊友打得相當激烈，但意外的是，亞蕾克西雅願意配合我的水準練習。
不對，與其說是在配合我的水準……這或許就是她普通的練習方式也說不定。畢竟，團隊練習的重點在於確認彼此的技巧，而不是展露自身的速度或強度。她十分了解這場練習真正的目的。
從亞蕾克西雅的劍術就能看出這一點。她的王姊愛麗絲公主，擁有讓全王國上上下下讚嘆不已的高強實力，還享有天才、鬼才，甚至是當今王國最強的稱號。
相較之下，身為妹妹的亞蕾克西雅，得到的評價就不怎麼樣了。她擁有一定的魔力，劍法也很率真，然而卻遠遠不及愛麗絲公主——這就是一般世人對亞蕾克西雅的評價。
不過，像這樣跟她對峙過後，我明白亞蕾克西雅的劍術其實相當不錯。基本功很紮實，也有確實掌握到基礎，只是不夠起眼罷了。
嗯，不夠起眼。不過，這般不夠起眼的劍術，仍是她努力的結晶。沒有任何無謂的動作，再三磨練、淬煉而成的劍術，是她將基礎一點一滴累積而成的證據。
戴爾塔，妳也學學人家吧。
我在內心對某個劍法讓我難以容忍的獸人少女這麼說。
「很不錯的劍術。」

亞蕾克西雅開口。

「謝謝。」

「但也令人厭惡。」

先禮後兵的做法。

「讓我有種在看著自己的感覺呢。就在這裡結束吧。」

說著，她開始收拾個人物品。課程結束了。

一反自己之前的推測，我似乎順利熬過了這堂課。我迅速收拾完東西、換回制服，再使出全力衝刺返回宿舍……

「給我等一下。」

結果沒能成功。

亞蕾克西雅一把揪住我後頸的衣領，將我拖了回去。

「妳的意思是，這就是妳的答案嗎？」

不知為何，我被她拖到了傑諾老師的跟前。

「是的。我已經決定要跟他交往了。」

「妳可沒有辦法一直像這樣逃避下去喔。」

傑諾老師以嚴厲的眼神這麼表示。

「我是小孩子，不懂大人的事情呢。」

語畢，亞蕾克西雅還發出幾聲「呵呵呵」的高亢笑聲。

從這幾句你來我往的對話，我大概明白了自己被拖來這裡的理由，以及亞蕾克西雅決定和我交往的理由。我一邊在內心祈禱自己不會被捲入，一邊化身空氣般的存在，在一旁默默觀看著這兩人觸發的主角級事件。

「說穿了，就是妳和傑諾老師其實已經締結了婚約，我只是被找來當試探用的砲灰吧？」

放學後，我在校舍後方和亞蕾克西雅對峙。

「我們沒有締結婚約，他只是我的未婚夫候補罷了。」

亞蕾克西雅一臉坦然地這麼說。

「不管是哪一種都無所謂啦。」

「當然有所謂。明明是還沒有決定的事，對方卻擅自開始進行相關準備，一直讓我很困擾呢。」

「這就真的是超級無所謂的事了。不好意思，我沒打算讓自己捲入你們的問題之中。」

「哎呀，我們明明是情侶，你卻這麼無情嗎？」

「情侶？妳只是想要一個方便又好用的砲灰而已吧？」

「嗯，沒錯。不過，我覺得我們彼此彼此耶。」

亞蕾克西雅的臉上浮現令人不快的笑容。

「彼此彼此？妳在說什麼？」
「哎呀，你還想裝蒜嗎，因為懲罰遊戲而來向我告白的席德．卡蓋諾同學？」
亞蕾克西雅這麼說，臉上的笑意也更深了。
嗯，等一下。先讓我冷靜一下吧。
「好過分喲，竟然這樣玩弄少女的純情。」
跟少女的純情完全無緣的這個女人，一邊假哭一邊這麼說。
不要緊，我非常冷靜。
「我完全聽不懂妳在說什麼耶。妳有證據嗎？」
沒錯，證據。不管她再怎麼懷疑，只要那兩人沒有背叛我，證據就……
「那位同學好像叫賈卡來著？跟他搭話後，他面紅耳赤地說出一大堆我不知情的事情喲。你交到了很不錯的朋友呢。」
我在腦中將賈卡痛毆一頓，然後把他做成馬鈴薯泥（註：賈卡．伊莫的日文發音同馬鈴薯），藉此維持心靈的平靜。
「你沒事吧？你的表情看起來很僵硬呢。」
「沒事。因為我的個性很扭曲，所以嘴巴也是歪的。」
「噢，原來如此。」
「但還比不上妳就是了。」
「嗯？你說了什麼嗎？」

「沒事。所以，妳的要求是什麼……」

我認輸了。敗北的原因是交友不慎。

「這個嘛……」

亞蕾克西雅雙手抱胸靠在校舍的牆面上。

「總之，你就繼續假扮成我的男朋友吧。期限就到那個男人死心為止。」

「我只是個男爵家出身的小角色而已。真要說的話，當砲灰恐怕都不夠格耶。」

「這點我知道。只要能拖延時間就好了。剩下的事情我會想辦法處理。」

「此外，我也不想遭遇到危險。對方可是劍術導師。要是發生什麼事，我完全幫不上忙喔。」

「你好吵喔，囉哩囉唆地說一堆。」

說著，亞蕾克西雅從懷裡掏出幾枚金幣，灑在地上。

「給我撿起來。」

一枚金幣價值十萬戒尼。她拋出來的金幣至少有十枚。

「哦～妳覺得我是會為金錢出賣靈魂的男人嗎？」

我隨即趴在地上，一邊小心翼翼地撿起所有金幣，一邊這麼說道。

「我覺得是呀。」

「誠如妳所言。」

十一、十二、十三……啊，還有一枚！

正當我準備將手伸向最後一枚金幣時，亞蕾克西雅的樂福鞋一腳踩在那枚硬幣上。

我仰頭望向亞蕾克西雅。她以一雙緋紅眸子俯瞰著我。我窺見百褶裙之下的春光了。

「你願意對我言聽計從，對吧？」

亞蕾克西雅帶著能讓她的惡劣性格表露無遺的微笑問道。

「那當然嘍。」

我則是回以滿面的笑容。

「你好乖喔，波奇。」

亞蕾克西雅輕拍我的頭幾下，然後跟她在風中飄逸的短裙裙襬一起離去。

我撿起那枚金幣，仔細將亞蕾克西雅留下的腳印擦拭乾淨，再放進口袋裡。

進入米德加魔劍士學園就讀後，我依舊會縮減睡眠時間來進行修行。但在跟亞蕾克西雅變成偽情侶之後，這樣的時間也跟著減少。

「陪我一下吧。」

在這樣的一句話之後，我一大清早被帶到王都武心流第一組的教室。

寬廣的教室裡就只有我們兩個人。朝陽從窗外透入，寧靜的室內充斥著澄澈的空氣。

早晨練習。

亞蕾克西雅專心致志地揮著手中的劍。我也在她旁邊做揮劍練習。
面對自己的劍時，她的態度總是極為真摯。光就這一點而論的話，我倒是不討厭。
我們沒有交談，只是靜靜地揮著劍。很罕見的是，對我來說，這段時光並不會令人感到痛苦。

「你的劍術很不可思議呢。」
亞蕾克西雅這麼說。
「基本功都有做到，但也只是這樣，除此之外一無所有。可是……」
至此，她頓了頓。
不用說，我當然是在刻意壓抑力量、速度、魔力、技巧等一切能力的狀態下，跟她一起做揮劍練習。所以，剩下的自然就只有基本功了。
「不知道為什麼，目光就是會不自覺地被你的劍吸引。」
「謝謝。」
外頭傳來鳥囀聲。儘管聽來悅耳，但那並非是歌聲，而是搶奪地盤的鳴聲。那些鳥兒正在拚個你死我活。
「可是，果然還是令人厭惡。」
亞蕾克西雅這麼說。在這之後，我們沒有再交談過，只是沉默地繼續揮劍。

在那之後又過了兩個星期，基本上，我算是有勉強以亞蕾克西雅的男朋友身分度過每一天。雖然偶爾會被其他學生惡整，但都還在我的容忍範圍之內。最重要的是，傑諾老師並沒有祭出把我打得半死不活這種過於衝動的暴力手段，讓我鬆了一口氣。

不僅如此，在上課的時候，傑諾老師依舊一如往常地細心指導我和亞蕾克西雅。雖然他不再像之前那樣輕鬆地和我搭話，但這也可以說是公私分明的大人作風。

相較之下，這傢伙就……

「那個男人真讓人不爽耶。只是劍術比較高明，就志得意滿的。」

儘管在人前總是裝出溫順有禮的模樣，但亞蕾克西雅時常在背地裡將傑諾老師批評得一文不值。

「是是是，妳說的沒錯。」

我是只會出聲附和的應聲蟲。因為我深知反駁也只是浪費時間。

「波奇，你也看到他那張虛偽的笑容了吧？」

「是是是，我看到了。」

現在是放學後。要返回宿舍時，我們總會稍微繞遠路，走到鮮少人使用的森林步道，再從這條步道走回宿舍。在這段期間，我只是一味對亞蕾克西雅的發言表示同意。她所說的話，我連十分之一都沒吸收進去。

我們緩緩漫步在黃昏時分的森林步道上。按照一般的走路速度的話，大約十分鐘就能走出森林的路程，我們可以慢慢耗到必須花三十分鐘以上的時間。也曾因為走太慢，天色甚至暗到已經能窺見點點星光，但我必須忍耐。雖然有時候也會湧現「妳乾脆去找一面牆，然後對著它說話吧」的想法，但我還是要默默忍下來。

忍耐、忍耐、不停地忍耐。然而，就算是這樣的我，也忍不住想開口說句話。

「呃～方便跟妳請教一下嗎？」

「幹嘛啦，波奇？」

亞蕾克西雅在某個她很中意的樹樁上蹺腳坐下。

坐個屁啊，給我往前走——沒能這麼開口的我，無可奈何地在她身旁坐下。

「說起來，妳到底討厭傑諾老師的哪一點？從客觀角度判斷，作為一名結婚對象，我覺得他的條件非常優秀耶。」

「我說啊～你都沒在聽我說話嗎？」

亞蕾克西雅有些不悅地反問。

「全部都討厭啦，全部。我討厭那傢伙的存在本身。」

「在我看來，他外型帥氣，又是劍術導師，地位、名譽和財產該有的都有，而且也公私分明，給人的感覺很不錯啊。實際上，他也很受女孩子歡迎。」

聽到我這麼說，亞蕾克西雅以鼻子不屑地哼笑一聲。

「只有表面啦。只做表面功夫的話，根本輕而易舉。就像我這樣。」

「原來如此。真是有說服力的發言呢。」

這麼說來，亞蕾克西雅也是相當受歡迎的人物。畢竟她裝乖的模樣，虛偽到我都快吐出來了。

「所以，我不會以表面形象來判斷一個人。」

「不然要從哪裡判斷？」

「缺點呀。」

亞蕾克西雅一臉得意地這麼回答。

「這還真是負面的判斷方式耶。太適合妳了。」

「哎呀，謝謝你。順帶一提，我並不討厭全身上下只看得到缺點，沒幾個優點的你喔。」

「謝謝妳。我頭一次聽到這麼讓人開心不起來的誇獎內容。」

亞蕾克西雅的臉上浮現苦笑。

「你是個很好懂的廢物，這點很棒。也因為這樣，我才討厭那個男人。」

「順便問一下，傑諾老師的缺點是什麼？」

「直至目前，我還沒發現他的缺點。」

「那不是條件超理想的對象嗎？」

「就是因為這樣呀。世上不可能存在毫無缺點的人。倘若真的有這種人，他要不是一個大騙子，就是腦袋有問題。」

「原來如此，感謝妳充滿獨斷和偏見的回答。」

「不用客氣，渾身缺點的波奇。來～去撿回來吧～」

說著，亞蕾克西雅將一枚金幣扔往遠處，我卯足全力衝出去接住。

好耶，十萬戒尼入袋啦。

我把金幣放進口袋裡，回到開心拍手的亞蕾克西雅身邊。

「好乖好乖～」

她伸手摸摸我的頭。要忍耐。

「不開心嗎～不開心是吧～」

被她粗魯摸頭的同時，我再次體會到這傢伙真的不是什麼好東西。

「你的情緒全都表現在臉上嘍。」

「是我刻意表現出來的啦。」

呵呵笑了幾聲後，亞蕾克西雅從樹椿上起身。

「好啦，我們回去吧。」

「是是是。」

「波奇。我明天絕對會用木劍劈向那張令人火大的臉，你等著看吧。」

聽到亞蕾克西雅這麼說，我不禁想問一個問題。

「妳那樣是認真在打嗎？」

「什麼意思啦？」

亞蕾克西雅轉過身，筆直凝視著我。

這想必是個多餘的問題。但對我來說，這是無法忽略的一件事。

「傑諾老師的劍術確實比妳強，但我不覺得你們之間的差異，會懸殊到讓妳只能被他單方面壓著打。」

我喜歡亞蕾克西雅的劍法。因為那是她一步步、一天天累積努力而成的東西。然而，認真跟對手交戰的時候，她的劍法就會開始摻雜無謂的東西。我不願意看到自己認同的劍法，出現這般令人不忍卒睹的變化。

「你倒是說得很輕鬆嘛，明明是白袍等級。」

「只是白袍等級的人說的玩笑話，妳不用認真看待。」

「好呀，我就告訴你吧。事情可沒有你想像的那麼簡單。」

「哦～」

「我沒有天分。我天生擁有較多的魔力，也認為自己至今一直都很努力。我覺得自己還算強。儘管如此，我還是絕對贏不過真正的天才。」

「是這樣嗎？」

「我一直都被人們拿來和愛麗絲王姊做比較。除了想回應周遭人們的期待以外，最重要的是，我本身也十分尊敬愛麗絲王姊，也渴望能夠追上強大的她。然而，我無法變得跟她一樣。打從一開始，我們擁有的東西就不一樣，全都不一樣。所以，我想以自己的做法和步調變強。結果，世人是怎麼評價我的劍法，你應該也知道吧？」

將愛麗絲和亞蕾克西雅姊妹的劍法互相比較的話，必定會聽到一句話。

「凡人的劍。」

「沒錯，順帶一提，你的劍法跟我的劍法，同樣都是凡人的劍。真是遺憾呢。」

亞蕾克西雅抽動單邊臉頰笑道。

「我不覺得遺憾啊。我很喜歡妳的劍法。」

聽到我的回應，亞蕾克西雅先是瞬間屏息，接著惡狠狠地瞪著我。

「過去，有人對我說過同樣的話呢。在武心祭的舞台上狼狽地輸給愛麗絲王姊的時候，她這麼對我說──『亞蕾克西雅，我很喜歡妳的劍法喔』。」

亞蕾克西雅扭曲嘴唇，模仿愛麗絲公主的嗓音這麼說。

「她恐怕根本不了解我的心情吧。不明白那時的我，感覺自己有多麼悽慘。從那天開始，我就一直很厭惡自己的劍法。」

亞蕾克西雅笑了。儘管不明白她此刻的笑容代表什麼，但至少，那看起來並不是開心的笑容。

我有一些話必須說出來。要是不說出來，我就等於是在否定自己。

「我是個個性很淡漠的人。就算世上某個不為人知的角落發生了讓百萬人喪命的不幸意外，我也不會有什麼感覺。就算妳因為發瘋而變成路上的隨機殺人魔，我也覺得不痛不癢。」

「要是我發瘋了，會第一個砍你的。」

「不過，對我來說，有些事情並非完全無所謂。在其他人眼中，這或許只是無趣的瑣事，但在我的人生中，卻是最重要的東西。我會一邊守護對我來說很重要的這點瑣事，一邊活下去。所以，我接下來要說的這句話，絕對不是謊言。」

就只有一句話。

「亞蕾克西雅，我很喜歡妳的劍法。」

片刻的沉默後，亞蕾克西雅開口。

「你這句話有什麼意義嗎？」

「沒有啊。只是，真要說的話，大概就是『自己喜歡的東西被他人否定時，會覺得很火大』這樣的感覺吧。」

「是嗎？」

亞蕾克西雅轉身。

「我今天要一個人走回去。」

然後邁步走遠。

「感覺我們好久沒有像這樣三個人一起吃飯了耶～」

叛徒賈卡這麼說。

「因為這傢伙每天都跟公主一起吃飯嘛。」

尤洛幫腔。

「我也沒辦法啊。」

我這麼回應。

我們三個男生久違地一起踏進學校餐廳。這天，亞蕾克西雅很罕見地不在。

「席德同學，拜託你別再生氣了啦。」

「就是說啊，身為男人，不要為了小事一直記仇啦。」

「本人都已經請你吃過今日特餐的九百八十戒尼貧窮貴族套餐了耶～」

「就是說啊。既然賈卡都請你吃飯了，你就把一切付諸流水吧。」

「我知道啦。」

我重重嘆了一口氣。

「很好～這樣才像男人。」

「謝謝你，席德同學。」

「好啦好啦。」

「那麼，你們實際上進展到第幾壘了？」

尤洛壓低嗓音問道。

「什麼第幾壘？」

「就是跟亞蕾克西雅公主那個啊。你們都已經交往兩個星期了，應該多少有那個吧？」

那個來那個去的，真是一段很無腦的對話。

「什麼都沒發生啊。哪可能發生啦。」
「哇咧～你真是笨拙到無可救藥耶。換成我的話，早就奔回本壘嘍。」
「就是說呀。如果是本人，應該至少也接過吻了。」
「就說我們不是這種關係了嘛。」
隨便敷衍他們後，我繼續享用自己的餐點。就在這時——
「能打擾一下嗎？」
金髮型男的傑諾老師登場。
「好的，請！」
「請便！」
這麼回應後，那兩人便化為餐廳的擺設。
「找我有事嗎？」
我稍稍提高了警戒。畢竟，他還是有可能趁亞蕾克西雅不在時對我動手。
「嗯，你或許已經聽說了吧，從昨天開始，亞蕾克西雅公主就沒有返回宿舍。」
不用說，我自然是初次耳聞這個消息。不過，她想必是踏上尋找自我的旅途了吧。這年紀的人有可能這麼做。
「今天早上派人去尋找她時，我們發現了這個東西。」
傑諾老師掏出只剩一隻的樂福鞋。是亞蕾克西雅的鞋子。
「這隻鞋遺留的現場，有打鬥拉扯的痕跡。騎士團判斷這是一起綁架案，已經開始進行搜索了。」

「怎麼會……！」

發出悲痛叫聲的同時，我在內心大喊「好耶，活該啦！」並使出全力做出雙手握拳的勝利姿勢。

「在鎖定可疑人物時，我們追查到昨天最後跟亞蕾克西雅公主見過面的人。」

說著，傑諾老師筆直望向我。

「騎士團好像有些事想問你。」

一群全副武裝、殺氣騰騰的騎士團成員，現在堵在學校餐廳的出口。

「你願意協助我們吧？」

我領悟了一件事。

大事不妙了。

Not a hero, not an arch enemy,
but the existence intervenes in a story and shows off his power.
I had admired the one like that, what is more,
and hoped to be.
Like a hero everyone wished to be in childhood,
"The Eminence in Shadow" was the one for me.
That's all about it.

The Eminence in Shadow

I can't remember the moment anymore.
Yet, I had desired to become "The Eminence in Shadow"
ever since I could remember.
An anime, manga, or movie? No, whatever's fine.
If I could become a man behind the scene,
I didn't care what type I would be.

三章

「影之強者」正式行動！

The Eminence in Shadow
Volume One
Chapter Three

在那之後，我被帶到一個類似拘留所的地方接受偵訊，直到五天後的傍晚才被釋放。

「好啦，快走。」

士兵粗魯地將我推到建築物外頭，又將我的行李直接扔出來。只穿著一條內褲的我，從行李中挖出衣服和鞋子穿上。因為雙手的指甲全都被拔掉了，所以光是這樣的動作，就花了我不少時間。

大致上打理好之後，我用力吐出一口氣，然後邁開步伐。走在主要通道上的行人們，紛紛對被刑求得滿身是血的我行注目禮。

我又吐出一口氣。

「冷靜……冷靜啊我。對那種小角色發飆，也毫無意義啊。」

我盡可能避免回想起負責偵訊我的那名騎士的長相，努力讓自己維持平靜。

「他們也只是忠於職責罷了。」

刑求造成的傷害，都只是皮肉傷。至於被拔掉的指甲，只要我想，馬上就可以重新長出來。

我不這麼做的理由，都是為了維持自己的路人形象。

「嗯，我永遠都很冷靜。」

沒錯，我很冷靜。

我再次重重吐出一口氣。視野變得清晰起來。嘗試搜尋他人的氣息後，我察覺到自己的身後有著可疑的人影。

「有兩個人負責跟蹤監視嗎？」

綁架犯還沒有被逮捕。想當然爾，亞蕾克西雅也是生死未卜的狀態。我的腦袋還沒有天真爛漫到以為自己被無罪釋放了。現在只是沒有充分的證據，不代表我已經洗刷了自身的嫌疑。

我垂著頭，裝出一副憔悴的模樣走向宿舍。

途中——

「等會兒……」

一個宛如低語的細微嗓音傳入耳中，還附帶一股熟悉的淡淡香水味。

「阿爾法嗎……」

傍晚的主要通道上，有許許多多的市民來去穿梭，但她的身影不存在於任何地方。

待我踏進宿舍房間，點亮裡頭的燈光後，一名少女從昏暗的室內現身。

「你要吃吧？」

黑色的連身裝束緊緊貼合著她的身體，突顯出已經成長為一名女性的她隆起的雙峰。她手上捧著夾著厚切鮪魚排的三明治。是王都知名的餐飲店「鮪當勞」的產品。

「謝謝。好久不見了呢，阿爾法。貝塔呢？」

這五天以來，都沒能吃到什麼像樣食物的我，捧著三明治大嚼起來。不過，這陣子負責輔佐我的人，應該是貝塔才對。

「我收到貝塔捎來的聯絡。事情似乎變得很棘手了呢。」

阿爾法蹺著腳在我的床畔坐下。

披在背後的一頭柔順金髮，以及細長而優美的湛藍色雙眸，都讓人莫名懷念。一陣子不見，她似乎變得越發成熟了。

「就是啊。」

「謝嘍。」

「那邊有倒好的水。」

我這麼回應，將最後一小塊三明治塞進口中。

我將裝在大杯子裡的水一口氣飲盡。

「呼～活過來嘍。」

接著，我脫下鞋子和上衣，整個人撲倒在床上。

「等等，你至少也換套衣服吧？」

「做不到。我要睡了。」

「我說啊……你明白自己現在的立場嗎？」

「相關安排就交給妳啦。」

阿爾法很優秀。把事情交給她處理的話，想必能準備好一個最棒的舞台吧。在這之前，我只要睡大頭覺……不對，是慢慢儲備力量就好。

阿爾法嘆了一口氣。

「你應該明白，再這樣下去，你會被當成犯人的。」

「我想也是。」

在找不到真正犯人的情況下，最可疑的人幾乎百分之百會被處刑。更何況，這次發生的還是王族綁架事件。要是不犧牲誰的性命，事情就無法落幕。

中世歐洲最棒嘍～

「起來啦，三明治還有呢。」

「我起來了。」

我從阿爾法手中接過三明治。

「我們發現了企圖把你塑造成犯人的相關行動。」

「哦～就算放任現況不管，我八成也會變成犯人才對啊。」

「對方或許是想趁早解決這件事吧。貧困的男爵家出身、看起來又毫不起眼的學生，是最理想的嫁禍對象。」

「是呢。換作是我的話，也會這麼判斷。」

「騎士團不能信賴。」

「有教團的人滲透到裡頭嗎？」

「是的，絕對是這樣沒錯。綁架公主的犯人，就是教團的成員。他們的目的是高濃度的『英雄之血』。」

就像這樣，阿爾法一行人的言行舉止，仍相當忠於我的教團設定。真是太感激了。

「她還活著嗎？」

「要是死了，就無法採集更多血液了呀。」

「原來如此。」

「雖然不知道你為什麼會和公主殿下發展成共譜一段羅曼史的關係……」

「我們應該沒有譜成什麼羅曼史才對呢。」

阿爾法以死魚眼的表情瞪著我。

「你一定有什麼理由吧。某種無法對我們說的理由。」

為了迴避直視我雙眼的阿爾法，我移開視線沉默下來。當然，這件事背後不存在什麼了不起的理由。

「我都明白。我好歹也知道你背負著某種沉重的包袱。」

要是我其實沒有什麼沉重的包袱，該做何反應才好呢？

「不過，希望你能更信賴我們一點。像這次的事情，你如果能事先知會我們的話，也不至於發展到這麼嚴重的地步。不是嗎？」

「我……我知道了啦。」

「沒關係。畢竟從旁支援你，就是我們的工作嘛。」

說著，阿爾法露出微笑。

「等這次的事件解決後，請我吃『鮪當勞』吧。剛才那塊三明治，原本是我要吃的呢。」

「好啊。抱歉喔，把妳那份也吃掉。」

「別放在心上。」

語畢，阿爾法起身打開窗戶，將一隻腳跨了出去。她小巧的臀部跟著搖晃了幾下。

「我差不多該走了。你暫時安分休養吧。」

「我知道了。作戰計畫是？」

「我要先召集大家。目前待在王都的成員人數尚嫌不足。也得把戴爾塔叫來才行。」

「也要找戴爾塔來啊？」

「她一直很想見你喲。」

衝鋒棄子戴爾塔——又名特攻兵器戴爾塔。說得簡單點，就是把技能點數全都拿去點在戰鬥方面的呆瓜。

因為很久沒有見到大家了，這種像是開同學會的氣氛倒也不錯，不過，拜託妳們都要正當地生活啊。

「等到準備完成後，我會再向你報告細節。下次見嘍。」

又向我微笑一次後，阿爾法套上緊身裝束的覆面，消失在窗戶外頭。

「以上就是你的報告內容嗎？」

髮絲宛如烈焰那般鮮紅的美女問道。在蠟燭的火光照耀下，她披在身後的豔紅長髮閃耀著光澤，一雙酒紅色眸子則是細細審視著擱在桌面上的搜索資料。看著她凜然動人的美麗身影，負責報告的騎士不禁雙頰泛紅。

「是……是的，愛麗絲大人。我們會持續進行搜索。」

愛麗絲點點頭，指示前來報告的騎士離開。

大門關上後，只剩愛麗絲和另一名人物留在室內。那是一名蓄著金髮、相貌端整的男人。

「傑諾侯爵，感謝你這次的協助。」

「這是在學園的校地範圍內發生的事件，所以我也有責任。最重要的是，我相當擔心亞蕾克西雅大人的安危……」

傑諾垂下眼簾，滿心悔恨地咬住下唇。

「你還有劍術導師的職務在身。我想，不會有人指責這是你個人的過失。現在，我們應該思考的，不是孰是孰非的問題，而是如何將亞蕾克西雅平安無事地救回來。」

「說得也是……」

「另外——」

說到這裡，愛麗絲頓了頓，闔上手邊的搜索資料。
「你說名為席德．卡蓋諾的學生很有可能就是犯人，這是真的嗎？」
「我也不願意懷疑學園裡的學生，但從現況看來，他確實很可疑。不過，從他的實力來判斷，跟亞蕾克西雅大人面對面交手的話，我不認為他能打贏。」
傑諾一邊斟酌著自己的用字遣詞，一邊這麼說。
「這樣一來，就是他有其他共犯，或是使用了藥物。不過，被騎士團盤問時，他沒有供出任何情報。你真的判斷他很可疑嗎？」
「我也不知道。不過，我想相信他。」
愛麗絲點點頭，然後瞇起雙眼。
「我會派遣值得信賴的騎士去監視他。我們就靜候報告吧。」
「但願亞蕾克西雅大人平安無事。」
一鞠躬之後，傑諾轉身離去。
就在他打開大門時，一名少女衝進了室內。
「愛麗絲大人！請您聽我說！」
「克萊兒！妳這是在做什麼！失禮了，愛麗絲大人，我馬上把她帶出去！」
傑諾擋下闖進來的黑髮少女克萊兒．卡蓋諾，試圖將她帶離。
「傑諾侯爵，這位是？」
愛麗絲制止傑諾的動作，然後這麼問道。

「她是……」

「我是克萊兒．卡蓋諾！是席德．卡蓋諾的姊姊！」

「克萊兒！她……她是學園裡成績相當優異的學生，目前是騎士團的實驗生。」

「這樣呀……沒關係，我就聽妳說吧。」

「謝謝您！」

克萊兒．卡蓋諾來到愛麗絲的跟前懇求。

「舍弟他……席德不是會做出綁架亞蕾克西雅公主那種事的孩子！一定是有什麼地方搞錯了！」

「為了避免冤罪，騎士團目前正在慎重展開搜索行動。我們並沒有斷定妳的弟弟就是犯人。」

「可是，如果遲遲抓不到真正的犯人，舍弟還是會遭到處刑！」

「騎士團目前正在慎重展開搜索行動。我們不會因為誤判而處刑任何人。」

「可是！」

「克萊兒！」

傑諾制止了拚命想靠近愛麗絲的克萊兒。

「停止吧。我可以明白妳的心情，但再繼續說下去，就等於是在侮辱騎士團。」

「咕……！」

克萊兒惡狠狠地瞪著傑諾和愛麗絲。

「要是那孩子有個什麼萬一……！」
「還不停止嗎，克萊兒！」
傑諾打斷克萊兒這句話，強行將她拖離房間。
磅！
愛麗絲望向被猛力關上的大門，而後嘆了一口氣。
「擔心家人的心情都是一樣的，是嗎……」
她輕聲唸道。
「亞蕾克西雅，希望妳平安無事……」
過去，她們曾是感情相當要好的一對姊妹。究竟是曾幾何時，兩人開始變得漸行漸遠了呢？
她們已經好幾年沒說過話了。也或許不會再有說話的機會了。
「亞蕾克西雅……」
愛麗絲閉上酒紅色的眸子，一滴淚珠跟著從眼眶滑落。

清醒過來之後，亞蕾克西雅發現自己身處某個昏暗的室內。
這裡沒有窗戶，只有一根點燃的蠟燭作為光源。四面是石子材質的牆壁，正前方則有一扇看起來相當堅固厚重的大門。

「這裡是……」

從學園返回宿舍的路上，在和波奇道別後，亞蕾克西雅便對接下來發生的事完全沒有印象了。試著活動身體後，金屬摩擦的聲響傳入耳中。

轉頭一看，她發現自己的手腳都被固定在台座上。

「封魔拘束具啊……」

她無法凝聚魔力。想透過自己的力量逃脫，想必會相當困難。

到底是誰，又是為了什麼樣的目的，將自己帶到這裡來？綁架、勒贖、人口販賣……設想過幾種可能性後，亞蕾克西雅仍無法歸納出確切的原因。儘管沒有王位繼承權，但她明白自己的公主身分仍然相當有利用價值。到頭來，只憑現有的情報，恐怕得不出答案。

停止思考這個問題後，亞蕾克西雅突然想到一件事。

波奇沒事吧？

那是她最近結交到的一個性格極差的朋友。面對亞蕾克西雅的時候，依舊能直言不諱的他，讓她還挺中意的。倘若波奇也被捲入這起事件，那他的性命恐怕……不，還是別想了吧。

亞蕾克西雅甩甩頭，望向自己的四周。

石牆、鐵門、燭台，還有……看起來像是黑色垃圾的塊狀物。這個塊狀物被放置在亞蕾克西雅身旁，不知為何還繫上了鎖鍊。

好奇地細細觀察半晌後，亞蕾克西雅發現那個塊狀物在動。

那在呼吸。

那是衣著襤褸的某種生物。

「你聽得到嗎？你能聽懂我說的……！」

生物蠕動起來，然後望向亞蕾克西雅。

怪物。

被繫上鎖鍊的，是亞蕾克西雅至今從不曾見識過的、枯瘦而醜陋的怪物。

在牠潰爛發黑的臉上，勉強能看出眼睛、鼻子和嘴巴的形狀。牠的整個身體異常肥大，右手甚至比亞蕾克西雅的腿還要長。相反的，左手則是比亞蕾克西雅的手更細更短，而且像是揣著什麼東西那樣緊黏在軀體上。

這樣的怪物，就躺在亞蕾克西雅的身旁。

相較於四肢都被固定住的亞蕾克西雅，束縛住這頭怪物的，就只有牠脖子上的項圈。若是牠伸出那隻長長的右手，或許有可能碰觸到亞蕾克西雅。

為了避免刺激眼前這頭怪物，亞蕾克西雅止住呼吸，緩緩移開視線。

牠在看我。

亞蕾克西雅感受到怪物正在觀察自己的目光。

在宛如時光靜止的片刻寂靜後……鎖鍊鏘啦啦的聲響傳來。

亞蕾克西雅以眼角餘光望向自己的身旁。那頭怪物趴了下來，似乎是睡著了。她不禁放心地吐出一口氣。

又過了片刻後，正前方那扇鐵門被人打開。

「我終於……終於得到啦。」

一名穿著白袍的瘦弱男子踏進室內。

他的兩頰消瘦、眼窩凹陷、嘴唇也乾燥脫皮。一頭稀疏又油膩扁塌的頭髮，泛著一股惡臭。

亞蕾克西雅冷靜地觀察這名男子。

「王族的血……王族的血……王族的血。」

王族的血。

白袍男子一邊重複這幾個字，一邊取出某個前端有著細長針頭的裝置。他大概是想抽自己的血吧。待在王城裡的時候，亞蕾克西雅也曾被御醫抽過很多次血。

然而——

她不明白對方不惜綁架王族的公主，也要取得血液的理由。

「可以問你一個問題嗎？」

亞蕾克西雅以平靜的嗓音開口。

「嗯……嗯嗯？」

白袍男子則是以奇特的呻吟聲回應她。

「你想拿我的血做什麼？」

「妳……妳……妳的血是魔人之血。我要讓魔人在這個時代復活。」

「原來如此，聽起來很不錯呢。」

雖然完全聽不懂這名男子在說什麼，但亞蕾克西雅明白了兩件事：他的精神不太正常，而且可能信仰某種宗教到走火入魔的地步。

「可是，要是你一口氣抽走太多血，我會很困擾呢。我還不想死呀。」

「嘻嘻……嘻……我……我知道啦。我需要大量的血，所以我只會每天抽一點點。」

「嗯，麻煩你這麼做吧。」

在自己的血還有利用價值的時候，亞蕾克西雅應該不會遭到殺害。她決定不要反抗，盡可能表現得順從一點，在這樣的狀態下等待救援趕來。

「原本……原本不應該是這樣的。全都是那群笨蛋的錯。」

「對呀，我也最討厭笨蛋了。」

應付笨蛋讓人很疲倦呢——亞蕾克西雅盯著白袍男子這麼輕喃。

「把我的……把我的研究所破壞掉。奧爾巴那個笨蛋是最先被幹掉的。」

「對呀，奧爾巴那個笨蛋是第一個。」

「然後就接二連三地……啊啊啊啊啊啊啊！」

「好可憐喔，你一定很辛苦吧。」

「沒錯，就是這樣！我的研究明明只差一點而已了！只差一點就能完成的時候，卻說要把我……把我逐出師門……！」

「怎麼這樣呢，真是過分。」

「混……混蛋……這些沒用的……沒用的飯桶！」

說著，白袍男子朝被鎖鍊繫著的怪物靠近，一腳將牠踹飛。接著又一而再、再而三地朝牠踹了好幾腳，還用力踐踏牠。而怪物只是縮成一團，一動也不動。

「你不是要抽我的血嗎？」

「對了……對了……有妳的血……有妳的血，研究就能完成了。」

「那真是太好了。」

白袍男子舉起裝置，將針頭壓上亞蕾克西雅的手臂。

「這樣……這樣就能完成了……我……我就不會被逐出師門。」

「不要弄痛我喔。」

不然我會想打人呢——亞蕾克西雅在心中補上這麼一句。

針頭刺進亞蕾克西雅的手。她漠不關心地看著玻璃容器逐漸被鮮紅血液填滿的過程。

「嘻嘻……嘻嘻嘻……」

在容器裝滿鮮血後，白袍男子小心翼翼地揣著容器離開。

等到大門關上，亞蕾克西雅忍不住深深嘆了一口氣。

一切都是為了這一天。

在接受偵訊又獲得釋放後，已經過了兩天。這天，我在宿舍的個人房，從自豪的「影之強者」收藏品中精心挑選出合用的東西。

雪茄……我還不是適合抽這玩意兒的年齡。年分酒……這是來自法蘭奇西南部的伯爾多的珍貴酒品，要價九十萬戒尼。不錯喔，跟這個沒有月光的夜晚再相配不過。既然這樣，就得找最高檔的酒杯來盛酒……一樣用法蘭奇的製品好了，就選這只盧易威登的四十五萬戒尼的玻璃杯。再加上古董檯燈，然後把碰巧撿到的夢幻畫作〈莫克的吶喊〉掛在牆上……太完美了。

啊啊，感覺心靈富足又充實呢。

我會刻意去擊退盜賊、趴在地上撿拾金幣，全都是為了這一天。

就這樣，我待在陳列著自己精挑細選出來的收藏品的房間裡，感動到幾乎眼眶泛淚。接著，就是把今天剛收到的這張邀請函亮出來，等到那一刻造訪。

我靜待著那個瞬間。

靜靜等著。

等著……

等待著……！

最後……那個瞬間到來了。

在漆黑少女從窗外踏進來的同時，我輕聲開口：

「時辰已到……今晚將會是闇影籠罩的世界……」

沒錯。一切都是為了這一天……

「時辰已到……今晚將會是闇影籠罩的世界……」

貝塔到來後，這是闇影迎接她的發言。

現在，闇影背對著她，蹺腳坐在椅子上，背影看起來毫無防備。但貝塔很清楚，這個背影，其實是比任何東西都更來得遙遠的存在。在古董檯燈的光暈照耀下，他手中的酒杯泛著晶瑩剔透的光澤。即使是不懂酒的貝塔，也能明白闇影若無其事地啜飲的那瓶酒，是一流的高級品。

貝塔眺望著妝點這個房間的各式高級品，看到掛在牆上的那幅畫時，她錯愕不已。那是夢幻名畫〈莫克的吶喊〉。無論散盡多少家財，都無法入手的夢幻作品。她不禁想問闇影是怎麼弄到這幅畫的，但又發現這樣的提問毫無意義。

因為他是闇影，所以才有辦法弄到這幅畫——這句話足以說明一切。

他會擁有這幅〈莫克的吶喊〉，純粹是一種理所當然的結局。反而應該說除了他以外，這個世界再也遍尋不著其他能匹配這幅畫的人物了。

「闇影籠罩的世界。沒有月光的這個夜晚，和我們再相稱不過了呢。」

貝塔開口。

闇影朝她瞥了一眼，僅是啜了一口酒。

「一切都準備好了。」

「是嗎？」

洞悉一切的一切——闇影宛如先知般的嗓音，讓人產生這樣的錯覺。不，實際上，貝塔接下來要說的話，他想必也幾乎都猜到了吧。

儘管如此，貝塔仍繼續往下說。因為這是她的使命。

「我依照阿爾法大人的命令，將附近所有能夠動員的人集結到王都。一共有一百一十四人。」

「一百一十四人？」

「……！」

是不是太少了呢？

考量到「闇影庭園」的戰鬥力，這樣的人數理應相當充足才對。

然而——貝塔發現了自己的盲點。

多達一百一十四人名的這些烏合之眾，頂多也只能充當配角。實際上，其中的適應者不到整體的一成。今晚的主角是他。作為負責襯托主角的配角，一百一十四人這樣的數字實在是太過、太過不足了。

「非……非常抱……！」

「是僱用了臨演(Extra)嗎……？」

他打斷貝塔的話這麼說。但貝塔並不明白「臨演」這兩個字的意思。

「不，沒什麼，我只是自言自語。」

「是。」

貝塔沒有再追問下去。闇影所說的話就是一切。這背後必定有著她完全無法想像的重大理由，而貝塔並沒有問出答案的權力或力量。

可是，儘管如此——

貝塔仍無法按捺希望有朝一日能站在闇影身旁、支撐他的一切的想法。

有朝一日——為了那一天，貝塔隱藏住自己真正的心情，開口繼續往下說：

「這次的作戰計畫，是針對迪亞布羅斯教團之中的芬里爾派系，對他們位於王都的幾處據點同時展開攻擊。在進行攻擊的同時，我們會調查亞蕾克西雅公主的魔力痕跡，確認她的所在處之後，再將優先目標變更為保護她的人身安全。」

闇影只是以點頭的方式催促她繼續往下說。

「作戰總指揮是伽瑪，阿爾法大人負責現場指揮，我則是在一旁輔佐她。伊普西龍負責後方支援，看到打頭陣的戴爾塔衝出去，就是作戰開始的暗號。至於部隊編制……」

貝塔正準備說明詳細情況時，闇影舉起一隻手制止了她。

他的手上有一封信。

「是邀請函。」

將那封信扔給貝塔後，闇影催促她打開來看。

「這是……」

看到寫在裡頭的拙稚邀請，貝塔不禁感到無言，同時也湧現一股怒氣。

「雖然對戴爾塔有點不好意思，不過，前奏曲就由我來演奏吧。」

「是。我會照這樣安排。」

「跟我來，貝塔。」

說著，他轉頭。

「今晚，這個世界將會知曉吾等的存在……」

能和闇影並肩奮戰的喜悅，讓貝塔渾身打顫。

邀請函裡頭指定的地點，是森林步道的深處，距離亞蕾克西雅公主遭到綁架的案發現場很近。

闇影穿著學生制服前來赴約。

貝塔則是消除自身氣息，藏身於一段距離外的樹林之中。

片刻後，兩個不同的氣息出現了。

同時，有某個東西朝闇影飛過來。以一隻手接下那個東西後，闇影朝它瞥了一眼，然後輕聲呢喃：

「這是……亞蕾克西雅的鞋子嗎？」

就在這時候——

兩名男子從森林步道上現身。

「嗨，小帥哥。你手上怎麼拿著亞蕾克西雅公主的鞋子啊？」

「哎呀呀～魔力痕跡很明顯留在上頭呢。犯人就是你，席德．卡蓋諾。」

那兩名男子身上穿著騎士團的裝備。正是當初偵訊他的兩名騎士。

「原來如此。是這麼一回事啊。」

「嗯，就是這麼一回事。」

聽到席德的回應，騎士們甚至沒有試著辯解，只是露出不懷好意的容。

「要是你能乖乖招供，我們就不用做這麼麻煩的事情了啊～」

「而且，你也不用再挨一次皮肉痛了啊。」

兩人拔劍，有恃無恐地朝席德所在的位置逼近。

真是愚蠢……目睹兩人愚蠢的行為，貝塔無言以對。

「好啦，席德．卡蓋諾。我們要以綁架公主的嫌疑逮捕你。」

「可別反抗喔。因為再怎麼反抗也沒用。」

其中一名騎士笑著朝席德揮下手中的劍。

下個瞬間──

「喔？」

席德以兩根手指擋下他的劍，接著是一道閃光。席德的右腳撫過男子的頸部。

鮮血從男子的脖子噴出。

漆黑短劍從席德的右腳尖探出。

「啊……啊……啊……！」

男子按著自己的頸子倒地。看樣子是當場死亡了。

「混蛋，你幹了什麼好事！」

另一名男子連忙抽刀砍向席德。但他的動作實在過於單調而笨拙。

只是稍稍偏過頭，便輕易閃過男子斬擊的席德，以腳尖劃過對方的雙腿。

男子雙膝以下的部分被硬生生砍斷。

「啊啊啊啊啊啊啊啊啊啊！」

男子按著噴出鮮血的膝蓋發出慘叫。

「我的……我的腳啊啊啊……！」

接著，趴倒在地的他死命和席德拉遠距離。

「你……你這混蛋……對騎士團成員做出這種行為，可別以為自己能全身而退……！要……要是我們死了，最先會被懷疑的人就是你！」

席德無語，只是踩著地上的血跡，緩緩追上男子。

「噫……噫……！你……你已經玩完了……！玩完了啦……！」

男子狼狽又猙獰地拚命爬著。

「等到天亮……兩名騎士的屍體就會被人發現。」

「沒……沒錯！天一亮，你就玩完啦……！」

男子在地面爬行，席德踏著他的血跡逼近。

「不過，沒有任何好擔心的。」

下一瞬間——

回過神來的時候，男子發現席德就在自己身後。

「噫！」

席德的右腳劃出一道閃光。

「等到天亮……一切都會結束了。」

男子的頭顱飛向半空中。

席德在飛濺的血沫之中轉過身。他的身影讓貝塔一震。

出現在那裡的，不是身穿制服的席德。

而是全身包覆著漆黑的闇影。漆黑的貼身裝束、漆黑的鞋子、手上是漆黑的刀刃、一身漆黑的長大衣在風中飄揚。深深罩在頭上的帽兜，將他的臉蛋上半部隱藏在黑影之中，所以只能窺見下半張臉。此外，他的臉上還戴著宛如魔術師的面具，坦露在外的，只有那張嘴，以及面具後方的鮮紅雙眸。

那凜然又美麗的身影，幾乎讓貝塔昏厥。她連忙從雙峰之間抽出自己撰寫的《闇影大人戰記》的便條本，唰唰唰地掏筆速寫，然後在素描旁加上闇影大人的今日語錄，就大功告成了。這段過程只花了五秒。

順帶一提，在貝塔的個人房裡，牆上貼滿了闇影大人肖像畫和闇影大人語錄。在睡前撰寫《闇影大人戰記》，更是她無可取代的生活樂趣。

這時，遠處傳來的爆炸聲，將貝塔拉回現實。

「是戴爾塔嗎……夜想曲就要開始演奏了。走吧，貝塔。」

「是……是！我馬上跟上～！」

貝塔將便條本塞回雙峰之間，匆忙追上闇影的腳步。想當然爾，後者對這樣的她的生態一無所知。

「噫……妳是誰啊！我們做了什麼嗎！」

一片血海。

在只能用這幾個字表現的場所，男子大聲吶喊。

「那個」突然出現了。

沒有任何前兆，也沒有說明任何理由，「那個」突然打破牆壁闖入，然後開始大開殺戒。

這一刻，又有一個人成了漆黑刀刃下的亡魂。

已經沒有半個人打算和「那個」交戰。存在於他們心中的，就只有爭先恐後地逃離這裡的慾望。然而，唯一的出口，卻在「那個」的身後。

「我們對妳做了什麼嗎！什麼都沒有吧！」

「那個」轉頭望向男子所在的方向，然後笑了。

「噫……！」

儘管臉蛋幾乎完全被漆黑面具罩住，凶殘的笑意仍從面具後方溢出。

「救……救命……！」

男子的身體被劈成左右兩半。從腦門到胯下被一刀劈開的他，噴出大量鮮血朝左右側倒去。

沐浴在男子的鮮血之下的「那個」，愛憐地接受了這些灑在身上的血。儘管有著女性的樣貌，她看上去卻是個活脫脫的惡魔。

環顧四周後，「那個」發現獵物剩不到幾隻，於是伸長手上的刀。

漆黑的刀刃伸長。

這不是比喻。漆黑刀刃伸長到足以貫穿牆面的長度。

接著，「那個」將伸長的刀刃用力一揮——

「住……住手……！」

把建築物連同這裡的一切一起斬斷。

「開始了呢。」

佇立在鐘塔上的一名美麗精靈，眺望著遠方某棟建築物誇張地被攔腰砍斷，而後崩塌的過程。她的一頭金色長髮被晚風揚起，在漆黑的夜色中閃閃發亮。

「戴爾塔……那孩子總會做得太過火呢。」

她搖搖頭嘆了一口氣。

既然已經做了，那也沒辦法。阿爾法從鐘塔上方遠眺王都的景色。

王都各處都出現了紛亂的動靜。一切都如同計畫那樣開始了。其中最引人注目的，便是將整棟建築物砍成兩截的戴爾塔的行動。

「實際上，託戴爾塔的福，其他人確實會比較好行動……」

倘若撇開為周遭環境帶來的損害不提，她的貢獻的確相當大。

「我也差不多該行動了。」

這麼輕喃後，阿爾法以漆黑的面具藏住自己的臉。

外頭不知為何吵吵鬧鬧的。

閉目養神幾小時後，亞蕾克西雅睜開雙眼。

會造訪這個房間的，就只有白袍男子和負責照顧她的女性，所以，手腳一直被固定在台座上的她，能做的事大概也只有睡覺了。至於身旁的怪物室友，亞蕾克西雅順利和牠維持著互不干涉的關係。外頭的喧囂聲變得愈來愈激烈，聽起來似乎是發生了什麼爭執。

期待救援部隊前來的亞蕾克西雅不禁笑出聲。

「不知道他們能不能大陣仗地直接撞破這裡的牆壁？」

她毫無理由地這麼輕喃。或許是累積了不少壓力吧，儘管知道這麼做沒用，亞蕾克西雅仍忍不住讓困住自己的台座發出喀嚓喀嚓的聲響。

就在這時候——

「對不起，我吵醒你了嗎？」

怪物抬起頭來。

「不過，你還是起來比較好喔。因為接下來會發生的事一定很有趣。」

明知對方不會回應自己，亞蕾克西雅仍這麼朝怪物搭話。太過無趣的環境，會讓人變得瘋狂。

片刻後，上鎖的房間大門被打開的聲響傳來。那是聽起來同樣慌張無措的聲音。

「可惡……可惡！」

白袍男子猛地打開大門入內。

「你好啊。」

「只差一點……只差一點了啊！」

白袍男子無視嗓音聽起來明顯樂在其中的亞蕾克西雅的招呼語。

「那……那些傢伙……那些傢伙找上門來了！結……結束了，一切都結束了……！」

「放棄吧，反抗也是沒用的。如果你現在解開我四肢的枷鎖，我會試著拜託他們饒你一命。」

但也只是拜託一聲而已——亞蕾克西雅輕聲補上這句。

「那……那些傢伙……怎麼可能放過我……！他……他們會趕盡殺絕……趕盡殺絕啊！」

「騎士團不會做無謂的殺生。只要不反抗，他們應該不至於取你的性命。」

才怪——亞蕾克西雅在內心吐嘈自己。

「妳說騎士團？騎士團這種東西根本無所謂！那……那些傢伙……那些傢伙會趕盡殺絕！趕盡殺絕啊！」

「對方不是騎士團嗎？」

倘若不是騎士團，又會是何方神聖？不對，也可能只是這個男人神經錯亂了而已。

「不管怎麼樣，一切都結束了，放棄吧。」

「不要！不要不要不要不要不要！要……要是我能完成那個的話！」

白袍男子瘋狂搔頭，充血的雙眼轉而望向一旁的怪物。

「我……我還有試做品。用……用這個的話，就算是你這種廢物，也可以派上用場。」

說著，白袍男子將前端有著細長針頭的裝置抵上怪物的手臂。

「還是不要這麼做比較好喔。我有種不祥的預感呢。」

亞蕾克西雅以意外認真的嗓音這麼說。

想當然爾，白袍男子沒有理會她，逕自將針頭戳進怪物的手臂，對牠施打了某種東西。

「好……好啦，讓大家見識一下迪亞布羅斯的力量吧！」

「哇～好期待喲。」

下一刻，怪物的身體開始膨脹。牠的肌肉變得愈來愈發達，甚至連骨頭也愈長愈長。原本又粗又長的右手，現在更詭異而駭人地肥大化，生出了幾乎和人的腿一樣長的爪子。左手則一如往常，像是揣著什麼東西似的緊緊依附在軀體上。

怪物發出尖銳的咆哮聲。

「太……太棒了……太棒啦啊啊啊！」

「這還……真是驚人呢。」

不過，在這麼急遽的成長後，原本束縛著怪物的項圈和鎖鍊，理所當然地因為不堪負荷而迸開了。

「所以我叫你不要這麼做了嘛。」

接著是噗嘰一聲。

還來不及發出慘叫，白袍男子就被怪物的右手壓成肉醬。

「接下來……」

怪物和亞蕾克西雅對上視線。

亞蕾克西雅仔細觀察著牠的動向。目前手腳都被束縛住的她，能做的事情極其有限，但也並非什麼都做不到。她可不想當白袍男子那種蠢蛋的陪葬品。

怪物揮下右手。

亞蕾克西雅配合牠的動作速度，盡可能扭轉自己的身體。只要能避開致命處的話……！

「……！」

怪物的右手沒有碰到亞蕾克西雅，而是破壞了將她困住的台座。被這股力道甩到牆上的她不禁悶哼一聲。

身。

「咕……！」

骨頭沒斷，也沒有明顯的外傷，還動得了——確認過自己受到的傷害後，亞蕾克西雅隨即起身。

不過——

她的眼前已經沒了怪物的影子。

只剩下毀損的台座，以及被撞破的石牆。

「難道……牠是想救我……？」

即使不扭過身子，怪物的拳頭也沒有命中她。倘若如此……不，也或許單純是牠沒能命中而已。

「算了。」

亞蕾克西雅從化為一灘肉醬的白袍男子身上抽出鑰匙，解開身上的封魔拘束具。這樣一來，就可以凝聚魔力了。她伸了一個大懶腰，讓僵硬的身體活動一下後，便從怪物破壞的那面牆踏出牢房。

外頭是一條昏暗的長廊。被怪物輾殺的士兵，屍體東倒西歪地堆疊在一起。

「這把劍我拿走嘍。」

亞蕾克西雅從其中一具屍體上抽走了祕銀劍。雖然看起來很廉價，但應該能發揮最底限的作用吧。

在長廊上前進片刻後，在轉角處拐彎的她——

「要是妳隨便逃走，我會傷腦筋呢。」

「你……你怎麼……會在這種地方……」

亞蕾克西雅的雙眼因錯愕而瞪大。

究竟發生了什麼事？

愛麗絲在深夜的王都裡狂奔，一頭紅髮跟著在空中飄揚。

建築物被砍成兩截——聽到最先捎來的報告內容時，她還忍不住懷疑自己的耳朵。然而，半信半疑地準備前往現場的她，又陸陸續續收到其他下屬的報告。

王都在同一時間發生了大規模的攻擊事件。

得出這樣的結論並沒有花太多時間。然而，對方的攻擊目標完全不具一致性。商會、倉庫、餐飲店、貴族的個人宅邸……雖說這想必是計畫性犯罪無誤，但實在無法判斷對方的目的為何。

儘管如此，王都確實受到了相當大的震撼。

騎士團遵照指示緊急出動，高官要人也紛紛開始避難。雖然時值深夜，市民們仍試圖打開窗戶確認情況，也有不少人跑到現場看熱鬧。愛麗絲一邊高聲指示街上的民眾返家，一邊匆匆趕往現場。

發生了某種事件，而且是絕不普通的事件。

愛麗絲的直覺這麼告訴她。

就在這時候——

慘叫聲傳入她的耳中。

「有……有怪物！請求支援……！」

是騎士團成員的聲音。聽起來在不遠處。愛麗絲轉身趕往慘叫聲傳來的方向。在轉角拐彎、穿越一條窄巷、來到寬廣的主要通道後，出現在眼前的是一頭怪物。

醜陋又巨大的怪物。

牠揮舞著肥大化而沾滿鮮血的右爪，讓騎士們化為沒有生命的肉塊。

「這是什麼……」

嘴上這麼輕喃的同時，愛麗絲迅速採取了行動。

「離他們遠一點！」

在流暢的拔刀動作後，銀白色的刀刃在漆黑夜色中一閃，刺穿了怪物的軀體。

一刀兩斷。

愛麗絲只憑這一刀，就將怪物的巨軀砍成兩半。

「有沒有受傷？」

她無視倒地的怪物，出聲詢問一旁的騎士團成員。

「得救了，是愛麗絲大人……！」

「不愧是愛麗絲大人！竟然一刀就把那頭怪物劈成兩半！」

這些人的身上看不到傷勢。這裡倖存的騎士團成員幾乎都沒有受傷——只看倖存的騎士的話。

「有八名成員慘遭殺害。」

每個死者都是一擊斃命。

看到他們死狀悽慘的遺體，酒紅色雙眸浮現了悲痛的情緒。

「你們回收這些遺體，然後撤退吧。向隊長報告……」

「愛麗絲大人！」

其中一名騎士突然放聲大喊。其他騎士也指著愛麗絲身後，發出常人不會發出的慘叫聲。

「什麼……！」

愛麗絲向後轉身，在千鈞一髮之際揮劍。

她的劍和怪物的右手直接衝突。

「咕……！」

因為力氣不如對方，幾乎因此敗陣的下個瞬間，愛麗絲立刻解放自身龐大的魔力，完美地擋下了那條巨臂。接著，她一口氣逼近怪物，抽刀劈砍牠的腳，同時早一步預測到怪物的反擊動作，率先拉開距離。

下一秒，怪物的右手隨即揮過愛麗絲才所在的位置，扯斷了她幾根長長的紅色髮絲。

「牠能再生……？」

剛才被愛麗絲一刀兩斷的痕跡已完全不復見，甚至連腳上的刀傷都開始癒合。

「怎麼會……被愛麗絲大人砍成兩半，竟然還能再生……」

「這是騙人的吧……」

「你們退下。」

愛麗絲這麼指示動搖不已的騎士們，擋下怪物的追擊。

這一擊蘊含了速度、力量和重量……卻單調無比。

「不過是頭怪物罷了。」

愛麗絲的反擊毫不留情。

她劈砍牠的手、斬斷牠的腳、砍飛牠的頭。一連串完全不曾停歇的攻擊，像是在告訴怪物「這樣還有辦法再生的話，你就試試看吧」。

她單方面地不停揮劍，絕不允許對方還手。

然而，儘管如此——

「你還打算再生嗎……」

怪物仍活著。牠趁愛麗絲的連續攻擊停止的一瞬間重新站穩腳步，揮舞右手驅趕眼前的愛麗絲。

然後——

對著夜空發出尖銳的咆哮聲。

像是回應牠的咆哮聲似的，看不到月亮的夜空開始降下雨滴。一開始只是一滴、兩滴，最後愈下愈大。接觸到怪物的血後，雨水紛紛化為一陣白煙竄起。

「看來得花一點時間了……」

愛麗絲放棄速戰速決，改選擇穩紮穩打的戰法。

她不認為自己會輸。從過去到現在，愛麗絲從不曾浮現自己會輸的想法。不過，面對這樣的對手，看來勢必得花上一點時間。

她舉起手中的劍，衝向眼前已經結束再生的那頭怪物。

下一刻——

伴隨一陣尖銳的碰撞聲，愛麗絲手中的劍被彈飛。

她的手因這股驚人的衝擊而暫時麻痺。

愛麗絲以眼角餘光看著自己的愛劍旋轉著飛往遙遠的後方，同時怒瞪突然現身的亂入者。那名亂入者也朝她瞥了一眼。

待雙方的視線對上，率先打破沉默的人是亂入者。

「妳還不明白嗎？這麼做只會讓牠痛苦而已。」

那是一名身穿漆黑貼身裝束的女子。她以面具遮住自己的臉，所以無從得知長相，但嗓音聽起來還很年輕。

「妳是什麼人？」

愛麗絲沒有掉以輕心。她以雙眼同時監視著漆黑女子和怪物，然後這麼問道。

「阿爾法。」

這麼簡短回應後，女子像是已經對愛麗絲失去興趣那樣轉身背對她。

「等等，妳到底有什麼企圖？要是打算跟騎士團敵對，我可不會放過……」

「敵對……？」

阿爾法打斷愛麗絲的發言，以背對著她的狀態發出嘲弄的輕笑聲。

「有什麼好笑的？」

「敵對……有比這更滑稽的用詞了嗎？一無所知的愚者，竟然厚顏無恥地以『敵對』來指責別人。」

「妳說什麼……！」

愛麗絲的魔力高漲起來。她龐大的魔力像是波紋般擴散開來，吹散了雨滴，揚起了陣陣強風。

然而，面對這樣的她，阿爾法卻是連看都不看一眼。她依舊背對著愛麗絲，拋下「觀眾就要像個觀眾，乖乖待在舞台下方觀看表演。別妨礙我們」這句話之後，逕自朝怪物走去。她的背影看起來沒有一絲絲的緊張，也早已不將愛麗絲的存在放在心上。

「竟然說我是觀眾……」

愛麗絲將麻痺感仍未消散的掌心緊緊握拳，怒瞪著阿爾法的背影。

「真可憐。妳一定很痛吧？」

阿爾法一邊朝怪物走近，一邊和牠說話。

「妳已經不需要再受苦，也不用再悲傷了。」

漆黑的刀刃伸長。長到甚至超越了阿爾法的身高。

「所以，別再哭泣嘍。」

接著，她極其自然地又朝怪物走近一步，然後將牠一刀兩斷。

沒有半個人來得及做出反應。

無論是愛麗絲或怪物本人，都只是愣愣看著漆黑刀刃揮下的過程。因為阿爾法的動作實在是太過自然了。沒有半點殺氣，只有怪物被劈成兩半的事實，彷彿理所當然似的呈現在眾人眼前。

怪物的巨軀倒地，在揚起陣陣白煙的狀態下開始萎縮，變成少女大小的體型。一把短劍從牠的左手滑落。

那是把鑲著紅寶石的短劍。

「獻給我最愛的女兒米莉亞」。

劍柄上刻著這樣的字樣。

「但願妳在來世……能有個安祥平靜的人生。」

語畢，阿爾法的身影便消失在白煙之中。

遠方傳來雷鳴。愛麗絲仍茫然地佇立在原地。不斷落下的雨點，在打濕她的頭髮後從臉頰滑落。

她的身子不停打顫。然而，愛麗絲並不明白自己這種反應代表著什麼。

「亞蕾克西雅……」

她輕聲開口呼喚。妹妹就在這場騷動的中心——這樣的預感驅動了愛麗絲。

「亞蕾克西雅，妳一定要平安無事……」

愛麗絲拾起劍，然後拔腿狂奔。大雨仍下個不停。

「你……你怎麼……會在這種地方……」

在轉角處拐彎後，一張熟悉的臉孔映入亞蕾克西雅的視野。

「妳問原因嗎？因為這座設施是我的啊。我是那個男人的出資者，就只是這樣罷了。」

一頭金髮、端正的五官相貌，以及滿溢著自信的笑容——是傑諾老師。

「太好了。因為我一直覺得你的腦袋不太正常呢。看來你果然不正常。」

一步、兩步。亞蕾克西雅一邊慢慢往後退，一邊這麼開口。傑諾的身後有個樓梯，那八成就是通往外頭的路。

「會嗎？但也無所謂了啦。只要有妳的血就好。」

「每個人都動不動就提到血耶。你們是在研究吸血鬼嗎？」

「對妳來說，意思或許差不多吧。」

「不用對我說明了。我對超自然現象沒興趣。」

「我想也是。」

「我想你應該也明白吧，騎士團馬上就會趕過來了。你的一切都會在這裡結束。」
「結束？妳說我的什麼會結束？」
傑諾以一如往常的笑容問道。
「你的地位和名譽都會被撤除，想當然也會被處刑。我會替你放下斷頭臺上的刀刃。」
「不會演變成這樣的。我會跟妳一起從密道逃脫。」
「聽起來是個很浪漫的邀約呢。但我最討厭你了。」
「但我還是會帶妳一起走。只要有妳的血和研究成果，我就能被內定為圓桌騎士的第十二席，然後跟劍術導師這種無趣的地位說再見。」
「圓桌騎士？那是什麼瘋子的集團嗎？」
「圓桌騎士是由教團精心挑選出來的十二名騎士組成。成為圓桌騎士的一員後，就能獲得過去完全無法比擬的地位、名譽和財富。我的實力已經獲得教團認同了，接下來只需要實際的功績。關於這方面，可以用妳的血和研究成果來補足。」
傑諾做作地敞開雙臂笑道。
「怎樣都無所謂啦。我已經對血的話題感到厭煩了。」
「其實愛麗絲公主是比較理想的人選，但我就用妳將就一下吧。」
「我要宰了你。」
「失禮了，我忘記妳很討厭被拿來跟自己的姊姊做比較呢。」
「……！」

亞蕾克西雅充滿魄力的一擊成了戰鬥開始的暗號。她的劍筆直刺向傑諾的頸子，然而——

「好可怕、好可怕。」

傑諾在千鈞一髮之際彈開亞蕾克西雅的劍，也擋下了之後的追擊。

兩把劍激烈衝突，數度在空中迸出火花。

光看在空中揮舞的劍，或許會覺得這場交鋒勢均力敵。

不過，握著劍的這兩人，臉上的表情卻截然不同。亞蕾克西雅的神色緊繃，傑諾則是一臉游刃有餘的笑容。

最後，是亞蕾克西雅先受不了這場攻防戰。

她「嘖」了一聲，然後和傑諾拉開距離。

「才一陣子不見，妳就開始選用廉價的劍了嗎？」

傑諾的視線落在亞蕾克西雅的刀刃上。露出苦澀表情的亞蕾克西雅同樣望向手上那把劍。才剛開始交戰沒多久，亞蕾克西雅的劍刃便已經出現好幾處缺損。

「不是說真正的高手不會被劍的好壞左右嗎？」

亞蕾克西雅以僵硬的表情這麼逞強。

「原來如此。真正的高手確實是這樣呢。」

傑諾笑道。

「然而，妳只是個凡人。這點身為劍術導師的我可以保證。」

亞蕾克西雅的表情瞬間明顯扭曲成泫然欲泣的模樣。但在下個瞬間，憤怒的神色蓋過了原本的表情。

「既然這樣，你就看清楚我是否真的只是個凡人吧。」

語畢，她霸氣十足地揮劍。

光憑自己現在的實力，無法透過一般的戰鬥方式打贏傑諾——亞蕾克西雅也很清楚這一點。更何況，她現在只有一把廉價的劍當作武器，所以恐怕也撐不了太久。不過，她每天進行揮劍練習時，可不是什麼都沒在思考。她很清楚以姊姊為目標的自己欠缺什麼，也試著努力彌補這個缺點。而且，她一直都站在比任何人更接近姊姊的地方，觀摩她的劍術。亞蕾克西雅甚至能在腦中分毫不差地描繪出姊姊的劍法。

既然這樣，想依樣畫葫蘆，也是輕而易舉的事情。

「喝啊啊啊啊啊啊啊！」

這一刀如愛麗絲公主再現。

「唔……！」

笑容首度從傑諾臉上消失。他接下這記攻擊的劍，也滿滿注入了魔力。

兩把劍激烈衝突，又猛地將彼此彈開。

平分秋色……不對。

感覺是亞蕾克西雅些微占上風。

傑諾的臉上出現一道鮮紅的線。他用手抹了抹臉頰，以錯愕的表情確認手上沾染的血。

「真令人驚訝。」

這是發自內心的坦率感言。

「我沒想到妳還留了這一手呢。」

像是要確認血的顏色般，傑諾從各個不同角度眺望自己的手掌心。

「我會讓你為了瞧不起我的行為後悔萬分。」

「咯咯！」

然而，傑諾卻笑了。

「雖然令人驚訝，但也只是東施效顰的程度。完全比不上本尊。」

他搖搖頭這麼說。

「你還真敢講耶。」

「難得有這樣的機會，我就稍微認真點好了。」

說著，傑諾舉起自己的劍。

「……！」

周遭的空氣變了。

在傑諾身上流竄的魔力，濃度變得更加緻密。

「告訴妳一件事吧。至今，我從不曾在外人面前展露自己真正的實力。接下來要讓妳見識的劍技，才是我真正的劍，也是下一屆圓桌騎士的劍。」

接著，大氣撼動。

「怎麼會……」

層級差太多了。

傑諾的這擊斬擊，蘊含著亞蕾克西雅從未見識過的威力。那正是天才與凡人之間令人絕望的差距的體現。那甚至是可能足以和她的姊姊匹敵的力量。

面對帶著壓倒性劍壓逼近自己的刀刃，亞蕾克西雅完全沒有辦法防禦。

只能以長年修行練就而成的反射動作擋下。

她沒有感受到衝擊。

兩把劍激烈衝突，然後粉碎。

只有亞蕾克西雅的劍單方面被擊碎，變成粉塵散落在空中。望著閃亮亮的祕銀碎片，亞蕾克西雅突然覺得自己好像是從某個很遙遠的地方眺望這一幕。

某個很遙遠的地方。

年紀還小的時候，亞蕾克西雅覺得揮劍是一件讓人很開心的事——那段遙遠的兒時記憶，現在在她的腦中復甦。

她的身旁總是能看到姊姊的身影。那是——早已被亞蕾克西雅遺忘的往日回憶。

「妳無法變得像妳姊姊那樣。」

一滴淚珠從亞蕾克西雅的眼眶溢出。

「乖乖跟我來吧。」

只剩下劍柄的那把劍從手中滑落地面，發出清脆的聲響。

就在這時候——

喀、喀。

傑諾身後的階梯傳來聲響。

喀、喀、喀。

有人踏著階梯往下。

喀、喀、喀、喀。

在這樣的聲響靜止後……

一名穿著漆黑長大衣的男子現身。全身上下都被漆黑包覆的他，頭上的帽兜拉得很低，臉上還戴著像是魔術師會戴的面具。

男子悠然地朝傑諾走近，在距離攻擊範圍還差一步的地方停下來。

「漆黑籠罩之人……你就是最近一直在教團周遭嗅個不停的野狗嗎？」

傑諾以犀利的眼光瞪視著漆黑男子。

「吾名闇影。乃潛伏於闇影之中，狩獵闇影之人……」

那是道深邃、低沉，宛如來自深淵的嗓音。

「原來如此。只是擊潰了我們的幾個小型據點，似乎就讓你們有些得意忘形了，不過，被你們瓦解的那些據點，沒有半個教團的主力鎮守。你們不過是一群只對小嘍囉出手的下三濫罷了。」

名為闇影的那名男子，似乎站在和傑諾敵對的立場上。對亞蕾克西雅來說，這是個好消息。只是，她也不認為這名男子和自己是同一陣營的。

「無論狩獵對象是誰、狩獵範圍在哪裡，結果都一樣。」

「很遺憾的，結果並不會一樣。教團的主力就在這裡。今天在這裡充當我的狩獵目標，便是你的宿命。」

傑諾將劍尖朝向闇影。

「下一屆圓桌騎士第十二席成員——傑諾·古力菲。我會把你這條命當成獻給圓桌騎士的功績。」

語畢，宛如一陣疾風的突刺逼近闇影。

然而——

闇影的身影突然消失，突刺劃向一無所有的半空之中。

「什麼……！」

下一秒，闇影出現在傑諾的身後。只是一轉眼的功夫，傑諾便被對手入侵到自己毫無防備的背後。

無法動彈。

傑諾像是忘記了時間那樣停下手中的劍，甚至屏住呼吸，將一切的注意力專注於自己的身後。

雙方一動也不動。

闇影只是雙手環胸，和傑諾背對背地站著。
隨後，他這麼開口：
「那麼……你所謂的教團主力在哪裡？」
傑諾的臉孔因屈辱而扭曲。他在轉身的同時揮劍朝後方劈砍。
然而，自己的身後沒有半個人。
「這怎麼可能……！」
大衣在風中翻動的聲響傳來。
定睛一看，他發現闇影若無其事地站在一開始出現的位置上。
就連在一旁觀戰的亞蕾克西雅，也完全無法以雙眼捕捉到闇影的動作。倘若這不是什麼障眼法或騙術的話，他恐怕是實力相當高強的……不，說是實力有違常理的強者也不為過。
傑諾壓抑著內心的動搖緩緩轉身。
「原來如此。我似乎有些太小看你了。不愧是讓好幾個小型據點毀滅的存在。」
他不再掉以輕心，直盯著闇影並提高自己的魔力。高漲的魔力撼動了這一帶的空氣。這龐大魔力更超越將亞蕾克西雅的劍粉碎的那一擊。
闇影確實是超乎常理的強者。不過，傑諾同樣是異於常人的強者。從年幼時期開始，他就被眾人捧為神童，也曾在無數場大會中獲得優勝，甚至當上了國家級的劍術導師。在國內，沒有任何一名劍士不曾聽聞過他的名諱。
「就讓你瞧瞧下一屆圓桌騎士的力量吧。」

好快……！

亞蕾克西雅只能勉強看到傑諾的劍在半空中揮過。

銀白色的刀刃劃破空氣，朝闇影的頸子逼近。

然而——

「真是遲緩的劍……」

闇影以不知何時抽出的漆黑刀刃輕易擋下這一擊。

「咕……！」

傑諾使出渾身的力氣，企圖以蠻力壓制住闇影的刀。

不過，闇影卻收回用力的手，並反過來利用傑諾的力道輕易將他拋飛。

「哼……！」

在撞上牆壁的前一刻，傑諾勉強轉換成減輕衝擊的姿勢，將手中的劍重新握好。他臉上的表情已經藏不住動搖。

雙方都維持著一動也不動的狀態。

不過，闇影只是不動而已。

相較之下，傑諾則是動不了。他有種彷彿自己所有的動作都被封印住的錯覺。

「你不進攻嗎，下一屆的圓桌騎士？」

「……！」

傑諾的臉上滿是憤怒。對敵人的憤怒，更多的是對自己的憤怒。

「別瞧不起人啦啊啊啊啊啊啊啊！」

他在高聲咆哮的同時揮劍。

刀刃宛如一陣疾風般來襲。

好比翻騰的烈焰那樣猛烈的連續攻擊。

然而，所有的攻擊都沒有奏效。

「啊啊啊啊啊啊啊啊啊啊！」

用以鼓起幹勁的咆哮聲聽起來分外空虛。簡直像是成年人和小孩子在練劍。

在一旁觀戰的亞蕾克西雅感受到莫大的震撼。從過去到現在，傑諾曾經在他人面前表現過這樣的一面嗎？即使捨棄了遊刃有餘的笑容，以及完美人格的面具，他的劍仍完全碰不到漆黑男子。在亞蕾克西雅的世界裡，姊姊是最強大的存在。就算現在換成姊姊和傑諾交手，她也不覺得前者能像這樣把後者壓著打。

鏗、鏗、鏗。

感覺和這個戰場格格不入的清脆交劍聲在這一帶迴響。聽起來跟練劍的聲音沒兩樣。

漆黑刀刃和銀白刀刃交會的軌跡。

亞蕾克西雅不禁看著這場練習入神。她的目光不自覺地被漆黑刀刃深深吸引，再也離不開。

因為那可是……

「凡人的劍……」

是亞蕾克西雅的劍術的終極目標。

在年幼時期，亞蕾克西雅曾構思過自己心目中理想的劍術的完成形。無關天賦、力量或速度，單純將基本功日積月累後成就的「一無所有之人的劍」。然而，看到這樣的劍術被他人拿來跟姊姊做比較，又被揶揄成「凡人的劍」之後，亞蕾克西雅便迷失了方向。

儘管如此，她仍無法捨棄這樣的理想。

而這所謂的凡人的劍，現在將名為傑諾．古力菲的天才完全壓制住。

「好厲害……」

亞蕾克西雅喜歡他的劍術。只要觀察劍法，就能明白對方一路走來的歷程。漆黑男子的劍法，就只是純粹地、一心一意累積起來的劍法。

說不定，姊姊其實也和自己有著相同的想法？

「王姊……」

此刻，亞蕾克西雅感覺自己終於明白了姊姊曾幾何時說過的那句話。

「嘎……咕……可惡！」

已經不知道是第幾次了。傑諾的身體在空中翻轉，而後又因為闇影的追擊重重墜地。

氣喘吁吁的他惡狠狠地瞪著闇影。那雙滿是怒意的眸子，看起來仍無法徹底接受這樣的現實。

「你……你這傢伙……到底是什麼人……！既然擁有如此強大的力量，為何要隱藏自己的真面目！」

若能變得像闇影這麼強大，財富和名譽要多少有多少；這樣的強大力量，也能讓他變得世界聞名。然而，卻無人知曉他的劍術。就算用面具遮住臉，只要見識過他的劍技一次，就絕對不可能忘記。可是，無論是傑諾或亞蕾克西雅，都是今天才頭一次目睹這個劍技如此高超的存在。

「吾等乃『闇影庭園』。為潛伏於闇影之中，狩獵闇影之人。是僅為了這個目的而存在的組織……」

「你是認真的嗎……！」

傑諾和闇影的視線對上。

亞蕾克西雅完全成了被遺忘在一旁的局外人。她甚至不明白這兩人戰鬥的理由或目的。

血、魔人，以及教團——至今出現了好幾個關鍵字。

然而，亞蕾克西雅完全不明白這些關鍵字代表的意思。她只覺得是狂人的瘋言瘋語。

可是，如果……如果這些不是單純的瘋言瘋語的話。如果在世界的某個角落，確實有她所不知道的重大事態正在發生的話。

「好吧。既然你認真了，那我也得回應你這份心意才行。」

說著，傑諾從懷裡取出幾顆紅色藥丸。

「服下這種藥丸，能讓人類成為超越人類的覺醒者。不過，常人無法好好控制這樣的力量，最後只會自取滅亡。但圓桌騎士就不同了。只有能夠駕馭這股壓倒性力量的人，才有權利加入圓桌騎士。」

語畢，傑諾一口氣吞下掌心的藥丸。

隨後——

「覺醒者第三級。」

他的魔力形成迎面而來的颶風。

傑諾身上的傷勢在一瞬間痊癒。他的雙眼充血、肌肉變得更加結實、肌膚表面的微血管也跟著隆起。看起來幾乎要被自身壓倒性的強大力量壓垮。

「就讓你見識一下最強的力量吧。」

臉上恢復了從容笑容的傑諾說道。

現在的他，確實擁有凌駕於愛麗絲公主之上的力量。這樣的他，毫無疑問是世上最強大的存在。目睹這一幕的亞蕾克西雅勢必會這麼想，然後頹靡、絕望吧。沒錯……如果是尚未見識過闇影的劍術的亞蕾克西雅。

然而，現在的亞蕾克西雅，實在不認為眼前的傑諾是世上最強的存在。

不僅如此——

「太醜陋了……」

「真是醜陋……」

亞蕾克西雅的嗓音和闇影的重疊。這兩人心目中理想的劍術是一樣的。所以，湧現的感想也會相同。

「你們說醜陋……？」

傑諾臉上的笑容消失。

「別用這點程度的力量來自詡是世上最強。你這是在褻瀆『世上最強』幾個字。」

「你這傢伙！」
「沒有任何一條路，可以讓人靠借來的力量成為最強的存在。」
說著，闇影在這晚首次提高了自身的魔力。從剛才到現在，他幾乎都沒有使用魔力來戰鬥。闇影的魔力十分緻密。緻密到甚至令人無法察覺。
不過，這是什麼？
他高漲的魔力具現化成藍紫色的線條。數條非常、非常細的絲線宛如閃電，又像是血管那樣纏繞住闇影的身體，描繪出動人的流光。
「好漂亮……」
亞蕾克西雅不禁沉醉在眼前的光景之中。不是因為流光的美，而是那淬煉得無比緻密的魔力，美到讓她看得入迷、心生憧憬。
「這是……什麼……」
傑諾同樣大為震撼。至今，他還不曾看過有人能夠將魔力以如此動人的形式呈現出來。
「何謂真正的世上最強……你就好好烙印在眼球上吧。」
集中在漆黑刀刃上的魔力開始形成紋路。一邊呈螺旋狀打轉，一邊將力量集中。
彷彿一切都會被吸進那個螺旋裡似的——
強大到駭人的力量注入了漆黑刀刃。
「這便是我定義的世上最強……」
闇影舉起刀。

那是準備施展突刺的姿勢。
只為了貫穿敵人而擺出的架勢。
「住……住手……」
在此刻不停打顫的，究竟是大地、空氣，抑或是傑諾呢？
不，是所有的一切。
所有的一切都在不停顫抖。
亞蕾克西雅發現自己同樣在打顫。但不是出於恐懼，而是來自歡喜。
這就是終點。
這才是……最強的劍技。
「刮目相看吧……」
他將被流光纏繞的漆黑刀身往後拉。

「奧義——I Am Atomic。」

然後射出。
所有的聲音都消失了。
激烈的光流吞噬了傑諾，從亞蕾克西雅身旁奔騰而過。光流貫穿、吞噬了牆壁、大地和一切的一切，飛向遙遠的夜空另一頭。

然後爆炸。

閃光渲染了整片夜空，將王都染成一片藍紫色。

遲了半晌後……爆炸形成的衝擊波，從很遠很遠的地方掃向王都，將烏雲吹散、使房舍動搖、讓大地撼動，然後轉往別處。

只留下美麗的星空和滿月。

傑諾因為這擊而徹底蒸發，沒有留下半點殘渣。

牆上的大洞直直通往地表。

而後……穿著漆黑大衣的闇影也消失在夜色之中。

過去……曾有個嘗試抵抗核彈的男子。

他苦苦鍛鍊自己的肉體、精神和技巧。

然而，核彈的強大威力，仍是遠不能及的存在。

無法徹底死心的男子，在持續瘋狂的修行後，得出了這樣的答案。

【問題】如何讓自己不在核彈爆發時蒸發？

【回答】讓自己成為核彈即可。

從這種簡單易懂的思考中誕生的，便是他的終極奧義「I Am Atomic」。威力也是核彈級的！

不知道在原地茫然佇立了多久之後，亞蕾克西雅突然發現某個呼喚自己的聲音。

「亞蕾克西雅……亞蕾克西雅……！」

遠方有個上氣不接下氣的聲音這麼吶喊著。亞蕾克西雅認得這個聲音。

「王姊……愛麗絲王姊……！」

她吶喊著衝出去。

亞蕾克西雅沿著牆上的大洞一直向前奔跑，最後順利來到地面上。

「亞蕾克西雅……亞蕾克西雅！」

愛麗絲朝她衝過來。

「王姊……我……我……！」

還沒來得及反應，亞蕾克西雅的身子便被對方緊緊摟住。愛麗絲被雨水打得濕透的身體，既冰涼又溫暖。

「幸好妳平安無事……真的是太好了……」

愛麗絲用力地抱住亞蕾克西雅。

後者也戰戰兢兢地將手環上前者的背部。

「對不起，很冷吧？」

亞蕾克西雅在愛麗絲的懷裡搖搖頭。她的眼淚再也止不住地溢出。

兩名學生現身在初夏的頂樓。其中一人是銀髮美少女，另一人則是黑髮的平凡少年。

「雖然是感覺存在著某種內幕的事件，但表面上是對外宣稱已經解決了。不過，王姊正在編整相關的專家調查部隊，而我也打算協助調查，所以之後要忙的事還有很多。」

少女這麼說。

「妳也不要忙過頭嘍。」

少年回答。

「因此，你的嫌疑已經徹底洗清了。給你添麻煩了呢。」

「這個倒是無所謂啦。」

一陣風吹過兩人之間。少女的裙襬揚起，露出白皙的大腿。

「這裡熱炸了，我們進去裡頭吧？」

這天的天氣非常好，正午的太陽持續灑落毒辣的陽光。黑色的影子在兩人腳下伸長，遠處傳來生息於夏天的蟲子的鳴叫聲。

「等等。我還有兩件事想說。」

「在這裡說？」

「在這裡說。」

少女瞇起眼望向澄澈的藍天。

「首先，我想多少向你表達感謝。之前，你說你喜歡我的劍對吧？雖然很晚才說，但謝謝你。」

「沒關係啦。」

「我終於能喜歡自己的劍了。雖然不是託你的福。」

「妳不覺得後面那句話太多餘了嗎？」

「因為這是事實。」

兩人的視線對上。先移開視線的是少年。

「不過，能變得喜歡自己的劍，也是件好事嘛。」

「是呀，太好了。」

少女微笑。

「那第二件事呢？」

「我們之前一直假裝是男女朋友的關係，但傑諾已經在這次的事件中死了……」

「所以，我終於可以被炒魷魚了嗎？」

「這種情況下，我有一個提案。」

少女像是有些難以啟齒似的斟酌著自己的發言。

「如果你願意的話……」

她的紅色雙眸不安地左右飄移。

「我想再試著維持這樣的關係一下子。」

一下子就好——少女以細微的嗓音這麼說。

少年回以爽朗的微笑。

「我拒絕。」

然後豎起中指這麼回應。

少女唰地拔劍出鞘。

傍晚，造訪頂樓的學生，發現這裡出現了大片的血跡。

然而，儘管遺留在現場的血跡十分大量，附近卻沒有看到任何遺體。針對學生和學園相關人士展開調查後，也沒發現半個身受重傷或是失蹤的人，讓這起事件被迷霧籠罩。

之後，這件事成了名為「沒有屍體的殺人事件」的學園七大不可思議之一。

某天，愛麗絲的妹妹亞蕾克西雅問了她一個奇妙的問題。

聽到她問「請告訴我絕對能讓對方原諒自己的賠罪方式」，愛麗絲不禁蹙眉。

她一邊思考「這孩子是在期待我說出什麼樣的答案呢」，一邊回以「沒有這樣的賠罪方式」這種理所當然的答案。

看到亞蕾克西雅露出不滿的表情，愛麗絲開始諄諄教誨她極為普通的常識，但亞蕾克西雅卻是一副不受教的態度。

在亞蕾克西雅別過臉，不開心地表示「說起來，我本來就討厭道歉」之後，愛麗絲也放棄繼續說教，這件事就這樣不了了之。

不過，這讓愛麗絲湧現了強烈的使命感。

她必須想辦法幫助妹妹才行。

從提問來判斷的話，想必是這個傻妹妹給親近的人添了什麼麻煩。但從樣子看來，她似乎仍處於無法跟對方言歸於好的狀態。

仔細想想，這是妹妹第一次向自己請教賠罪方法之類的問題。

從以前到現在，只要做了什麼壞事，亞蕾克西雅總會十分有禮地道歉。儘管是完全感受不到誠意、只有表面功夫的賠罪，但如果對方也是跟她只有表面交情的人物，就不會察覺到這一點。至今，這樣的做法都沒有衍生任何問題。

可是，她現在卻來詢問自己該如何跟別人賠罪。這代表亞蕾克西雅已經結交到不是只有表面關係的朋友。

那個妹妹——

交到了朋友。

此刻，充斥在愛麗絲內心的，是喜悅、些許的落寞，以及壓倒性強烈的使命感。

可是，口頭勸告只會引來亞蕾克西雅反彈，進而造成反效果。愛麗絲為了這個問題徹夜苦思，但仍想不出理想的解決方式。

真要說的話，愛麗絲總是本著真摯的態度，而非以巧妙手段與他人交流接觸。這種坦承直率地面對他人的交流方式，並不適合亞蕾克西雅。而且，就算勸她嘗試這種方式，她恐怕也聽不進去，只會換來「王姊，妳看，我都起雞皮疙瘩了呢」這樣的一句話。不只是在人際關係上，這對姊妹可說是從裡到外的個性都完全相反。

因此，愛麗絲決定仰賴某個傳聞。

姊妹久違地一起休假的這天，愛麗絲帶著亞蕾克西雅來到最近當紅的某個商會。

「王姊，這裡是？」

「這是四越商會，現在似乎是王都裡相當受歡迎的店鋪喔。聽說這裡有販賣非常美味的點心。」

「點心嗎？我是不討厭啦……」

看到亞蕾克西雅露出複雜的表情，愛麗絲連忙打圓場。

「就……就是啊，有種叫做巧克力的點心，十分受到女性歡迎喲。所以……我想……或許拿來當成禮物也很適合呢。」

亞蕾克西雅的視線變得冰冷。

「如……如果送給跟自己關係要好的朋友，對方應該會很開心吧。」

愛麗絲相當不擅長隱藏自身的想法。她勉強擠出來的笑容看起來很空虛。

「我大概明白妳的意思了。我們趕快進去吧。」

亞蕾克西雅露出無可奈何的眼神這麼說。

「啊，不可以啦。大家都在排隊呀。」

許多人排隊等著進入四越商會，感覺是盛況空前的狀態。

「要是我們也跟著排隊，才真的會給其他人添麻煩呢。」

在亞蕾克西雅這麼說之後，一名來自商會的女性抓準了時間點現身。

「兩位是愛麗絲大人和亞蕾克西雅大人對吧？歡迎兩位大駕光臨。」

身穿藍色連身裙制服的女性謙恭地向兩人低頭致意後，便領著她們入內。仔細一看，周遭群眾的視線都集中在兩名公主身上。

「原來如此。」

看到愛麗絲恍然大悟地點點頭，亞蕾克西雅嘆了一口氣。

制服女子領著她們穿越擁擠的店內，來到相對沒有人潮的某個角落。這名有著深褐色髮絲的女性，向兩人說明這裡是名流專用的購物區。

這個購物區的裝飾不會過於繁多，而是走簡素又美觀大方的風格，看在已經習慣華麗裝潢的兩人眼裡，可說是相當新鮮。再加上每樣商品都讓人耳目一新，就連原本興趣缺缺的亞蕾克西雅，雙眼也開始因為興奮而閃閃發亮。

一名有著蒼藍髮色、美若天仙的精靈來到兩人面前。

「讓兩位久候了。敝人是四越商會的會長露娜。這種點心叫做巧克力，是我們的新產品。」

端到愛麗絲和亞蕾克西雅面前的，是一口大小的褐色圓球狀物體。

「這是『松露巧克力』，是我們最近剛推出的產品。」

「『松露巧克力』呀……」

「但外觀看起來不怎麼美味呢。」

亞蕾克西雅做出有些微妙的反應。

「但……但是香氣很迷人呀。」

愛麗絲連忙從旁緩頰。

「我們有提供試吃的服務，歡迎兩位品嚐看看。」

露娜以從容的微笑回應。

「那就承蒙妳的好意……」

「那我吃一顆看看。」

將松露巧克力放進口中的瞬間，兩人的表情跟著變得燦爛起來。

「這……嚐起來是相當有深度的甜味呢。感覺就算吃好幾顆都不會膩。」

「微苦的滋味更進一步襯托出甜味。口感溫潤、濃醇，而且香氣也很棒。我要買這個。」

別說是亞蕾克西雅了，就連愛麗絲也把所有的巧克力商品都買過一輪。商會表示會把兩人買的商品直接送往王城。就連服務也做得相當周到。

「亞蕾克西雅，要不要請商會替妳把巧克力包裝成禮物的樣子？」

「沒有這個必要，王姊。」
「這……這樣啊。」
在兩人準備離開時，露娜喚住了她們。
「如果兩位不嫌棄的話，要不要再看看其他的商品呢？一定會有能讓兩位中意的東西。」
「這個嘛……」
原本沒打算在這裡逗留太久，但開發出巧克力這種商品的四越商會其他的商品，勾起了愛麗絲的興趣。亞蕾克西雅看起來好像也有點感興趣的樣子。
「那就麻煩妳了。」
「我明白了。」
露娜俐落地對一旁的工作人員下指示後，其他商品陸陸續續出現在兩名公主眼前。
不只有點心類的商品而已。罕見的珍饌、乾糧、茶類、酒類、日用品、飾品……
每樣商品都新奇又充滿魅力，讓兩人支出了超出預期的購物資金。
接著，一塊迷你的布料出現在兩人面前。
「這是……？」
亞蕾克西雅捻起那塊有著蕾絲邊的黑色布料，不解地歪過頭。
「這是女用內褲。」
露娜微笑著回答。
「是內褲嗎？」

「妳說這個是……？」

愛麗絲和亞蕾克西雅不禁愣愣地盯著那塊T字狀剪裁，還綴上白色蕾絲邊的布料。仔細觀察的話，或許能看出這是一條女用內褲，但布料的面積實在是太少了，幾乎完全遮不住臀部，更別說上頭還有半透明的薄紗設計。

「這項產品叫做丁字褲。」

「丁……丁字褲……」

愛麗絲感到汗毛直豎。這種內褲的設計，真的只能勉強遮住私處而已。儘管造型很可愛，但目的未免太明顯了。

這……這樣的內褲，真的可以存在於這個世上嗎？

「據說，男性看到女性穿著這樣的內褲，都會欣喜若狂喲。」

這句話讓亞蕾克西雅做出反應。

「王姊……」

「亞蕾克西雅，難道妳……」

「我對自己臀部的形狀還挺有自信的。」

「問……問題不在這裡！」

這個妹妹在說什麼啊！

「這……這……這……這種不知羞恥的內褲，可不是身為公主的人物能穿的東西！」

「我對自己臀部的形狀還挺有自信的。」

「妳剛才說過了！不行，我不允許，絕對不允許！」

「不嫌棄的話，您也可以試穿看看。」

原本想怒吼「別多嘴！」的愛麗絲，在開口前一刻勉強按捺住這樣的衝動。

「那我要試穿。」

「不可以！」

「王姊，只是試穿而已呀，有什麼關係呢。」

「不可以。妳總會像這樣營造出非買不可的氛圍，然後莫名其妙就買下去。我很清楚這一點！」

亞蕾克西雅不禁咂嘴。

「愛麗絲大人，我想您或許是有什麼誤解。丁字褲可是為了女性而打造的一種內褲喲。」

說著，露娜起身。

「其實，我現在就穿著跟這個同款的丁字褲。」

露娜向後轉。

兩人的視線不自覺集中在她黑色禮服之下的完美蜜桃臀上。

「兩位看得出來嗎？我身上這套禮服的質料很輕薄，但內褲的形狀卻完全不會透出來。」

「確……確實是這樣呢。」

穿著質料輕薄的服裝時，內褲的形狀難免會透出來。在出席正式場合時，為了避免這種困窘的狀況，有些女性甚至會放棄穿上內褲。

不過，改成穿丁字褲的話，就不會有這種問題了。隔著外衣的一層布料，其他人完全看不出來裡頭穿著什麼樣的內褲。

「妳裡面真的穿著丁字褲嗎……？」

「您要確認一下嗎？」

露娜將禮服裙襬稍稍撩起，露出裡頭的性感大腿。

「不……不用了！」

「開玩笑的。」

露娜放下裙襬，露出性感的微笑。

「那麼，兩位要不要試穿看看呢？」

「我要。」

「只……只是試穿一下的話……」

於是，露娜領著兩人來到寬闊的更衣室。

看著亞蕾克西雅喜孜孜地換上那件布料單薄的內褲，愛麗絲忍不住露出不安的表情。

她撩起裙子，拉下裡頭的白色內褲褪到腳踝處，再舉起腳脫下。將換下來的內褲掛在牆面的掛勾上後，亞蕾克西雅舉起手將丁字褲撐開。

「這幾乎……完全是透明的呀……」

愛麗絲傻眼地開口。

「感覺透氣性十足呢。」

亞蕾克西雅的嗓音聽起來樂在其中。

她先是半蹲下來，然後讓右腳穿進丁字褲裡，另一隻腳也如法炮製。

將丁字褲往上拉到腰部後，亞蕾克西雅有些困惑。

「咦，穿起來的感覺好像……」

說著，她直接將整片裙子撩起來。看到這樣的妹妹，愛麗絲不禁啞然。

「怎麼會……」

愛麗絲感覺眼前一片白。

「亞蕾克西雅大人，您前後穿反了。」

「噢，原來如此。」

無視思考停止的愛麗絲，露娜和亞蕾克西雅若無其事地對話著。

亞蕾克西雅迅速褪下丁字褲，將前後反轉後重新穿上。

「觸感很不錯呢。」

「是的。這款產品使用了我們自豪的新素材。」

亞蕾克西雅時而抬起腿、時而蹲下、時而將丁字褲撐開，仔細確認實際穿起來的感受。

「王姊，請妳看看。」

這句呼喚讓愛麗絲回過神來。

「妳看。」

語畢，亞蕾克西雅再次撩起裙襬。

出現在愛麗絲眼前的，是幾乎完全坦露在外、形狀圓潤的翹臀。
亞蕾克西雅白皙的肌膚，在燈光照耀下透出動人光澤。
她懷著玩心刻意扭了幾下腰，臀部的兩塊肉跟著彈力十足地晃動。
「快……快停下來，太羞恥了！」
「妳看，完全看不出內褲的形狀呢。」
亞蕾克西雅放下裙襬後，確實看不到內褲的痕跡。
「請妳也看看正面吧，很可愛呢。」
亞蕾克西雅轉過來和愛麗絲面對面，然後再次撩起裙襬。
造型確實很可愛。但這個實在是……
「亞……亞……亞……亞蕾克西雅，這條內褲看起來根本是透明的呀……」
「勉強有遮住啦。」
沒有遮住、沒有遮住、沒有遮住──愛麗絲在內心默唸了這句話三次。
「我要買這個。請給我同款不同色的三件。」
「感謝您的購買。」
「不行，絕對不可以！」
愛麗絲猛然回神。
「身……身為米德加王國的公主，我無法認同造型這麼不知羞恥的內褲！」
「王姊……！」

「我絕～～～～對無法認同！」

「只是一件內褲而已呀，有什麼關係呢！」

愛麗絲和亞蕾克西雅怒目相視。露娜彷彿看到兩人的視線擦出火花。

「我明白了。」

「亞蕾克西雅，妳能明白我的堅持了嗎？」

「我希望自己能將王姊說的話聽進去。過去，我一直被沒有必要傾聽的聲音左右，而錯過了真正必須傾聽的聲音。王姊，妳曾說過妳喜歡我的劍法對吧？」

亞蕾克西雅維持著向愛麗絲展示半透明內褲的姿勢，同時以極其認真的眼神望向她。

「是的，我還記得。」

「我的劍代表了我這個渺小的人類。所以，如果有人願意認同這樣的我的劍，我希望自己也能重視對方說的每一句話。」

「亞蕾克西雅……」

愛麗絲感動到渾身顫抖，姊妹倆的心意終於在此刻相通了。

「倘若王姊不認同丁字褲這種東西，我會放棄。雖然真的很想穿丁字褲，但我還是會放棄。所以，請妳回答我，王姊。妳真的絕對無法認同丁字褲的存在嗎？」

面對亞蕾克西雅彷彿能看穿自己內心的視線，愛麗絲不禁慌張起來。

「嗚……嗚嗚……其實……也不是絕對無法認同……」

「不是絕對，是嗎？」

「……是的……」
「那我要買！」
「非常感謝您的購買～！」
雖然覺得自己好像完全被亞蕾克西雅牽著鼻子走，但看到妹妹臉上開朗的笑容，愛麗絲也不禁露出微笑想著「唉，算了」。

Not a hero, not an arch enemy,
but the existence intervenes in a story and shows off his power.
I had admired the one like that, what is more,
and hoped to be.
Like a hero everyone wished to be in childhood,
"The Eminence in Shadow" was the one for me.
That's all about it.

The Eminence in Shadow

I can't remember the moment anymore.
Yet, I had desired to become "The Eminence in Shadow"
ever since I could remember.
An anime, manga, or movie? No, whatever's fine.
If I could become a man behind the scene,
I didn't care what type I would be.

四章

「闇影庭園」的表與裡？

The Eminence in Shadow
Volume One
Chapter Four

夏天即將到來。

在這種氣溫下的某天，我精神抖擻地揮著木劍。現在是下午的實戰課程時間，終於擺脫亞蕾克西雅的我，今天和尤洛、賈卡一起上課。因為傑諾老師之前鬧出那樣的醜聞，想學習王都武心流的學生變少了，於是我們三人跟著晉升到第七組。

「所以，你跟亞蕾克西雅公主怎麼樣啦？」

在一旁練習揮劍的尤洛問道。

「就跟你說我們已經分手了，在那之後也沒碰過面了嘛。」

而且我還差點被她殺掉。

「真是浪費耶～你們連親親都沒有？」

賈卡接著問。

「沒有沒有。」

像這樣，我們一邊聊著沒營養的話題，一邊一如往常缺乏幹勁地揮劍。這才是第七組應有的氛圍。儘管這麼做只是在浪費時間，但因為是打造路人形象的必經之路，所以也只能走下去。

「武心祭的季節快到了呢～你們有去報名選拔大會了嗎？」

「當然啦。只要在大會上表現一下，至少就可以輕鬆拐兩三個女孩子回房間呢。」

尤洛這麼說。順帶一提，他還是處男。

「唔呼呼，一次應付三個有點辛苦呢～」

賈卡這麼說。順帶一提，他也是處男。

「席德，你好像沒去報名？」

他們所說的武心祭，是每兩年舉辦一次的劍技格鬥大會。除了國內以外，國外知名的劍士也會前來參加。此外，武心祭會釋出部分的名額給學校，選拔大會便是讓學生們爭取這些參賽名額的活動。想當然爾，身為平凡路人的我，壓根不打算參加，也不可能參加這種會吸引他人目光的大會。

「我不會參……」

「所以我幫你一起報名嘍，快感謝我噗呼！」

尤洛突然按著腹部悶哼一聲。

「尤……尤洛同學！你怎麼突然這樣子？」

快狠準地擊中他腹部的一拳。除了我以外，大概都沒人看到出拳的動作。

「喂喂，尤洛，你怎麼啦？一副像是被人用右勾拳直擊胃部然後倒地的樣子。」

我鬆開右拳這麼問。

「你……你形容得好具體喔，席德同學。」

「不行，他完全昏過去了。幫我一起把他攙扶到保健室吧。啊！選拔大會的報名之後可以再去取消嗎？」

「這個本人也不太清楚呢。啊，尤洛同學口吐白沫了。」

我們佯稱尤洛是因為突然發病而昏倒，在取得老師的同意後，將他送往保健室。

前往保健室的路上——

「那是在幹嘛？」

我發現某個重裝備的集團踏進校舍。

「那是……愛麗絲公主也在其中呢。」

亞蕾克西雅也在。她在一瞬間和我四目相接後，隨即不悅地移開視線。

我沒將她因為發狂而淪為隨機殺人魔的事情告訴任何人。在她沒來糾纏我的期間，我不打算把頂樓發生的那件事說出去。這是互不侵犯條約。就隨便她去享受砍人的快感吧。而且，她的劍技最近似乎也提昇不少，能這樣磨練自己的技巧，我覺得是一件好事。只要別來砍我就好。

「對了，聽說愛麗絲公主好像打算委託米德加學術學園進行什麼調查呢。」

雖然外表看起來是這副德性，但賈卡其實是個消息很靈通的人。我們就讀的米德加魔劍士學園，是一所規模非常大的學校，同一棟校舍裡還存在著米德加學術學園。後者似乎是負責鑽研學問和進行研究的學園。雖然我也不大清楚就是了。

「哦～」

話說回來，亞蕾克西雅好像說過愛麗絲公主有意編整新的部隊？

我和賈卡眺望著騎士團成員離開，把尤洛丟到保健室之後，就直接蹺課了。

這間寬廣的會客室裡，目前進行著只有少少幾人參與的討論會。

「我想委託被譽為王國最聰穎的人物的妳，來解讀這個古文物。」

這麼開口後，紅髮美女愛麗絲遞出一個尺寸有點大、看起來類似鍊墜的東西。

「但我目前還只是學生的身分……」

看到鍊墜後，粉紅色頭髮的美少女這麼婉拒。

「妳的研究成果在國內外都廣為人知，雪莉．巴奈特。我想，妳在這個領域的專業能力，恐怕無人能出其右。」

「可是……」

「這也是個好機會，妳就試著接下委託吧？」

一名有點年紀的男子打斷了雪莉的發言。

「魯斯蘭．巴奈特副學園長……」

「妳直接稱呼我為父親也無妨喔。」

魯斯蘭笑著這麼表示。

雪莉以看似有些困擾的微笑回應。

「雪莉，妳總有一天會成為邁向世界的研究者。愛麗絲公主的這個委託，想必能將妳導向輝煌的未來才是。」

「可是，我沒有這麼……」

「雪莉，我總是這麼對妳說吧？要妳更有自信一點。是妳的話，一定做得到。這是只有妳才能勝任的工作吶。」

魯斯蘭將手擱在雪莉細瘦的肩頭上說道。

「我明白了……」

雪莉接下愛麗絲遞過來的古文物。

「是古代文字嗎……而且還是用暗號寫成的。」

「這是在自稱『迪亞布羅斯教團』的某個宗教團體設施中發現的。我們判斷他們恐怕是在研究古代文明，但無法更進一步了解詳情。上頭的暗號應該也跟古代文明有關才對。」

「這的確是適合我的委託內容呢。」

雪莉倍感興趣地凝視著那個古文物。

「此外，我想指派騎士團的成員來看守這個古文物。」

「您說看守……？」

愛麗絲這句話讓魯斯蘭做出反應。

「其實，名為迪亞布羅斯教團的宗教團體，也企圖入手這個古文物。」

「這還真是危險吶。」

魯斯蘭的目光變得犀利。

「畢竟，這個古文物原本就是從他們的設施扣押回來的。當然，除此以外，我們還扣押了許許多多的資料和物品回來保管。不過，說來羞愧，前陣子發生了一件意外——保管庫不知被何人縱火，導致所有的證物都被燒燬，只剩下這個古文物而已。」

「噢，您是說先前那場火災嗎？這麼說來，您就是在那之後另行編組了一支新的騎士團吧，愛麗絲大人？」

「是的。雖然規模還很小。」

「我記得名字是叫做『緋紅騎士團』？您今天也是跟他們一同蒞臨這裡吧。」

「是的……」

「您就這麼不信任現存的騎士團嗎？」

愛麗絲沒有回答魯斯蘭這個尖銳的提問，只是以同樣的表情望向他。

「唔，好吧。但我最多只同意兩名守衛常駐。」

「兩名嗎……倘若輪到我擔任守衛，這麼做倒是沒有問題……」

愛麗絲露出困擾的表情。

「要是您總是親臨任務現場，可會讓騎士團的工作停滯不前。」

這麼開口的，是坐在愛麗絲左側的一名身型高壯的騎士。他蓄著宛如雄獅鬃毛那樣的落腮鬍，身材十分健壯，臉頰上還有道長長的刀疤。

「說得也是……那麼，紅蓮，守衛的工作就全權交由你負責。」

「是，請交給屬下吧。」

紅蓮朝愛麗絲低頭致意。

「王姊，這樣的話，我也要幫忙。」

坐在愛麗絲右側的亞蕾克西雅開口。

「派遣騎士團成員過來擔任守衛的話，能追查漆黑事件的人力就會相對減少。」

愛麗絲沉默下來。

「『緋紅騎士團』的人手目前仍相當不足。更何況，我還看過『他』，所以應該是適任的人選才對。」

「可是，亞蕾克西雅，妳現在還是……」

「我還是學生。儘管還是學生，但只要有實力，身分就不是問題。這可是王姊說過的話喲。」

「我沒有說過這種話。」

「但妳對雪莉小姐說了類似的話。」

看到愛麗絲微微鼓起腮幫子的反應，亞蕾克西雅回以從容的微笑。

「以前明明是那麼可愛的孩子……」

愛麗絲輕聲咕噥。

「王姊，我聽得見喔。我想知道『他們』的目的為何。還有……是否打算與我們為敵。」

「可是，這麼做太危險了。」

「我明白。」

愛麗絲和亞蕾克西雅就這樣凝視著彼此半晌。
「我知道了。在不會影響學業的範圍內，我會讓妳協助危險性較低的任務。」
「謝謝妳。」
亞蕾克西雅微笑著朝愛麗絲低頭致意。
「古文物的研究工作就麻煩妳了。」
嘆了一口氣之後，愛麗絲對雪莉這麼說。

傍晚，在今天的課程結束後，我前往學生事務組，提出取消選拔大會出賽申請的要求。
「打擾了。」
一鞠躬之後，我走出事務組。
「結果怎麼樣？」
在外頭等我的尤洛和賈卡走過來。
「因為初賽的組別已經都分配完畢了，沒辦法取消。」
我嘆了一口氣。
「哎呀，打起精神來啦。如果在場上表現出帥氣的一面，可會招來源源不絕的桃花喔。」
「就是啊。俗話不是說『危機就是轉機』嗎？」

我搖搖頭。

「不是輸贏的問題，我只是單純不想參加這種大會。」

「真拿你沒辦法耶。我介紹你一間不錯的店，打起精神來吧。」

「不……不錯的店？」

賈卡的嗓音變得亢奮。

「噢，不是你想的那種店啦，是最近大家都在討論的四越商會。聽說他們推出了各式各樣新奇的商品。其中，有一種叫做巧克力的甜食，簡直好吃到爆炸喔。」

「甜食嗎，感覺不錯呢～」

「呆瓜，自己吃有什麼意義啊。」

尤洛朝賈卡的腦門拍了一掌。

「要買來送給女孩子才對啦。只要送甜食給她們，女孩子一下就會上鉤嘍。」

「原……原來如此。不愧是尤洛同學，我上了一課呢～」

「對吧對吧？」

尤洛一臉得意。

「好啦，我們走吧，席德。」

「一起去吧，席德同學。」

兩人睜著閃閃發亮的眼睛望向我。

「我知道了啦，走吧。」

我嘆著氣這麼回應。這個世界的巧克力，倒是讓我湧現了幾分興趣。

我被尤洛領著來到王都的主要通路。傍晚時分的這裡滿是人潮，位於黃金地段的每間店鋪，都湧進了大量的客人。而其中人潮分外洶湧的，便是傳聞中的四越商會。

「嗚哇～好壯觀喔～」

那是一棟聳立在大街上的嶄新豪華建築物。而且外觀設計相當有美感，散發出一種現代建築的氛圍。該怎麼說呢，我強烈覺得自己走錯地方了，就像前世不小心踏入一流名牌精品店時的感覺。入口處有著長長的人龍，排隊的人也全都是貴族或相關人士。一眼就能看出會來這裡的人，都是上流階級的消費者。隊伍最末尾站著一名身穿制服、拿著告示牌的大姊姊。還要等八十分鐘才能入場的樣子。

「要等八十分鐘呢。」

我開口。

「感覺勉強能趕上宿舍的門禁時間就是了。」

賈卡這麼說。

「既然都已經來了，就去排隊吧。」

尤洛提議。

「可是，聽說街上最近出現了隨機砍人魔呢。要是搞到太晚……」

「呆瓜～這裡可是有三名魔劍士耶。把對方打跑就好啦。」

尤洛拍了拍懸掛在腰間的劍說道。

「說……說得也是。」

「噯，你說有隨機砍人魔出沒，是什麼意思？」

我打斷兩人的對話，提出這個疑問。

「聽說王都最近到了晚上，就會有隨機砍人魔出現。而且對方的身手相當高強，疑似連騎士團都出現了犧牲者……」

賈卡壓低嗓音解釋。

「哦～真可怕，這樣晚上就不敢在外頭遊蕩了呢。」

砍人活動什麼的也太開心了吧。請務必讓我參加啊。

「喂～趕快過來排隊吧。不然會趕不上門禁啊。」

在尤洛催促下，我們來到隊伍最末尾排隊。

「這……這……這位姊姊，妳……妳好漂亮喔。妳……妳……妳的興趣是？」

尤洛隨即向手拿告示牌的制服大姊姊搭訕，但被對方以身經百戰的微笑敷衍帶過。而且，不知為何，那個大姊姊笑容滿面地盯著我看。

「打擾了。這位客人，能占用您一點時間嗎？」

她有著深褐色髮絲，以及相同顏色的雙眸，臉蛋看起來高雅而有氣質，是一名高水準的美女。她身穿的制服，是繡有商會ＬＯＧＯ、剪裁素雅的靛青色連身短裙。這樣的打扮，讓我聯想到上輩子那個世界的空中小姐。

「咦，我嗎？」

我指著自己問道。

「是的，想請您協助我們填寫一份問卷。不會花太多時間的。」

問卷調查啊……感覺是這個世界很罕見的事呢。

「是可以啦……」

「非常感謝您。」

「我……我……我也可以幫忙填問卷！」

「本……本人也可以！」

尤洛和賈卡使盡渾身解數毛遂自薦。

「只需要一位客人協助我們就足夠了。」

語畢，大姊姊摟著我的手臂，從長長的人龍旁走進店內。踏進店裡的前一刻，我轉過頭，發現尤洛和賈卡以絕望的眼神看著這邊。

我跟著大姊姊走進這間豪華的店舖。

這裡的室內裝潢表面上看起來不是走華麗路線，比較講求細節的完美與否，因此能營造出讓人心情平靜的氛圍。就算是外行人，也能看出設計相當有美感，有著現代建築的感覺。

大姊姊領著我穿越賣場，走到工作人員專用的一扇大門前。來到這裡之前，我一路上瞄到的商品都很驚人。

除了超人氣的巧克力以外，店內還充斥著諸如咖啡、化妝品、肥皂等在這個世界初次亮相的商品。此外，服飾、飾品、鞋子、內衣褲等商品的設計也都相當精緻，看起來既新奇又美觀。連我都能明白「要是這個世界出現這種東西，鐵定會大賣啊」的商品，琳瑯滿目地陳列在店內。

不管怎麼想，這個商會都很厲害。在不遠的將來，鐵定會掌握霸權。我可以斷言。

穿越工作人員用的大門，在走廊上前進片刻後，我的眼前出現了一座像是只會在電影中的高級郵輪上登場的豪華階梯。沿著階梯往上後，是一條鋪著紅毯、明亮又寬廣的長廊。沿著長廊走到底之後，一扇有著優美雕刻、閃閃發光的大門出現。

兩名美麗的女性站在大門外頭。向我一鞠躬之後，她們緩緩打開大門。

裡頭是個看似大型展演廳的空間。除了宛如希臘神殿那樣的圓柱以外，還有泛著晶瑩光澤的大理石地板。

一直延伸至展演廳深處的紅毯，兩側有許多美麗女子排排站著。

「呃？」

我才剛踏進室內一步，她們便全都一起向我單膝下跪。

「那個，不是要填問卷……？」

房間最深處有一張巨大的椅子。作工宛如精細藝術品的那張椅子，沐浴在從天窗落下的橘紅色夕陽餘暉之中。

沒人坐在那張椅子上頭。

一名有著藍色長髮的美麗精靈站在椅子旁。穿著一襲妖豔黑色小禮服的她，有著宛如模特兒的標緻身材，外貌也十分姣好優雅。我記得那張臉。

「我在此恭候大駕已久，吾主。」

她像是女演員那樣對我單膝下跪。

「伽瑪……」

她是繼阿爾法、貝塔之後的第三名老成員。看起來充滿智慧的臉蛋，再加上散發出知性氣質的湛藍眸子，只要看一眼，就能明白「這傢伙腦袋絕對很靈光」的她，正是「闇影庭園」的參謀伽瑪。

伽瑪是一名非常聰明的女性。雖然很聰明，但她其實有一個重大的缺點。

她的稱號是「最弱的伽瑪」。

沒錯，儘管是「七影」之中的大前輩，但她的戰鬥力卻是全員之中最弱的。所謂的「七影」，指的是最初加入「闇影庭園」的七名成員。因為聽起來很帥氣，所以我決定用這個名字。

在這七人之中，伽瑪的運動神經和戰鬥能力，都糟糕到致命的程度。

若說「七影」中戰鬥天賦最強的人是戴爾塔，那麼，最差的就是伽瑪了。不過，倘若問我個人的感想，我認為這兩人百分之百是同類。聽到我這麼說，伽瑪想必會暴怒，戴爾塔則是會無比開心吧，但總之，她們絕對是同類。

在指導伽瑪和戴爾塔劍術時，我明白了兩個道理。

第一，無論多麼有天賦，跟一個笨蛋說什麼都是白費力氣。

第二，無論多麼聰明，跟一個沒有天賦的人說什麼都是白費力氣。

於是，我決定以相同的方式指導這兩人。

「對自己的劍注入最大量的魔法，然後卯起來砍殺敵人」。

除此之外，我不求更多了。這是我最厭惡的「只用肉體能力卯起來打」的戰鬥方式。在這兩人面前，我的信念就這麼輕易瓦解了。至今，每當回想起那天發生的事情，我的頭就會開始痛。

不，算了，趕快忘掉吧。

「許久未見了，吾主。」

伽瑪踩著優雅的模特兒台步靠近我。她以煽情的動作扭腰擺臀地走來，每走一步，腳底的高跟鞋便跟著發出清脆聲響。

然而——

「呸嘎！」

她在極其平坦的地面跌了一跤。

「這……這雙鞋子太高了呢。」

然後怪罪於自己的高跟鞋。

待伽瑪掩著鼻子起身後，周遭的大姊姊們以俐落無比的動作，唰唰唰為她遞上另一雙低跟鞋。

「那……那麼，吾主，請您過來這邊。」

換下高跟鞋後，伽瑪以若無其事的態度這麼對我說。

這倒無妨。看到女性出糗時，有兩種選擇——佯裝沒看到，或是刻意拿這件事調侃她。前者是我慣用的作風。不過，儘管如此，我還是有一句話想說。

「妳流鼻血嘍。」

唰唰唰。周遭的大姊姊們俐落地替伽瑪擦乾淨臉上的鼻血。

「請……請您過來這邊。」

看著雙頰羞紅的伽瑪，我湧現了「這傢伙完全沒有成長呢」的想法。

在伽瑪領導下，我在那張巨大椅子上就座。從椅子上看到的景色……非常不錯。

這太棒了。

打通樓層的巨大空間、從天窗灑落的橘紅色陽光、在紅毯旁單膝跪地的美女們。這是王者的感覺，成為闇影世界的王者的感覺。真虧伽瑪能準備好這麼燒錢的布景安排呢。

打從內心感動不已的我，蹺起二郎腿、以左手托腮、舉起右手，將藍紫色的魔力凝聚在右手掌心，再向天花板釋放。

藍紫色的光芒直衝到接近天花板的高度，分裂成無數個光點在室內降落。

「這是獎勵，收下吧……」

光芒之雨。這些雨點落在單膝跪地的女子們身上，將她們的身體暫時染成藍紫色。

不過，這些雨點其實也只有消除疲勞、讓體內的魔力循環變好，或是治療輕微傷勢這點程度的效果而已啦。

「這一天、這一刻，我畢生都會珍惜。」

跪在我身旁的伽瑪以顫抖的嗓音這麼說。她的演技還真不錯。

不過，做此反應的人不只是伽瑪。跪在紅毯旁的那些美女，每個人的身子都止不住打顫，甚至還有人潸然落淚。領著我進來的那個大姊姊，現在也哭到不停吸鼻子的程度。看來，伽瑪給她們做的演技指導也很完美。

「妳做得很好，伽瑪。對了，關於這個商會，我有一件事想問妳。」

沒錯，這個商會。無論是巧克力，或是剛才在賣場裡走馬看花時發現的商品，甚至是這棟建築物本身的設計，從頭到尾，感覺都是不屬於這個世界的東西。

「請您儘管開口問。」

「四越商會的商品，難不成都是我過去跟妳提過的那些東西？」

不知為何，從以前開始，伽瑪就對我所擁有的知識相當感興趣。每次被戴爾塔打得慘兮兮的時候，她總會哭喪著臉來找我，表示想聽我說些新奇的事情。那時，我把諸如巧克力這類存在於自己的前世——亦即日本的東西隨便加油添醋後，當成「闇影睿智」告訴伽瑪。

「是的，我試著以自身綿薄的力量，重現吾主過去告訴我的、有如天神所傳授的驚人知識的其中一小部分。」

「是……是嗎？」

不，就算妳說那是知識，但我告訴妳的，也只有「只要用一大堆砂糖去煮有苦味的豆子，再讓它凝固，就會變成一種叫做巧克力的美味甜食喔」而已啊。這樣是要怎麼重現啦。是智商的問題？這就是智商的差異嗎？

不過，算了。這個世上有天才，也有笨蛋。就只是這麼一回事而已。

但我還是有個無論如何都得問的問題。

「阿爾法和其他人知道這個商會的事嗎？」

「是的，當然知道。」

是這麼一回事啊。

這是只有我成了局外人的狀況呢。我也能理解啦，畢竟成員中只有我是男性，所以很難加入女性陣營嘛。

「看……看起來感覺賺了不少？」

「現在，我已經在國內外的主要都市開設了店鋪，商業版圖正在順利擴大當中。不過，重點在於如何在擴張商業版圖的同時，讓闇影勢力跟著深入紮根。」

不需要這種聽起來像是勉強加上去的闇影設定啦。所以，事實就是……

她們將我排除在外，然後以我提供的知識為根據，賺進大筆大筆的錢財。要是能分一點紅利給我，我就不用為了撿拾金幣而整個人趴在地上，或是像一條狗那樣追逐被扔出去的金幣了。

不過，沒關係。畢竟她們也為我準備了這麼大規模的布景安排。這樣就很足夠了。

可是，就算這樣，只有一點點的話……

「那個，我想跟妳商量一下，能借我一點錢嗎？」

之後我會還給妳們的。大概。

「是，我馬上派人準備。」

伽瑪隨即同意我的要求，然後對領著我進來的那個大姊姊下達指示。
等了一會兒之後，我的眼前出現了承載著金幣的一台推車。
上頭的金幣堆得像一座小山。
在推車上頭閃閃發光的金幣，以我完全不曾見識過的分量出現。少說也有十億戒尼吧。
「這……這樣實在太……」
不行。借了這麼多錢不還的話，就真的太糟糕了。
「唔！您覺得太少了嗎？我馬上派人追加……」
「不，用不著。」
我打斷伽瑪的話，將手伸向金幣。
我的右手一把插入眼前這堆誇張的金幣小山。金幣發出唰啦啦的聲響滑落。
這時候的關鍵，在於讓大家把注意力放在我的右手上。我繃緊所有神經。
然後——
「哼！」
我一把握住十五枚左右的金幣後，向眾人展示自己的手掌心，再緩緩收進右邊口袋。這樣就有一百五十萬戒尼了。
不過，我的左邊口袋同樣也放著價值一百五十萬戒尼的金幣。
我在眾人將目光集中於自己右手的時候，以最快的手速用左手握住一把金幣，然後在無人察覺的情況下放入口袋。若是阿爾法或戴爾塔也就算了，但伽瑪不可能看穿這招。

「那……那麼少量的金幣就行了嗎？就算將這裡所有的金幣都獻給您也……」

這麼表示的伽瑪，看起來模樣有些滑稽。

她以為我只借了一百五十萬戒尼。但實際上，我入手的是多達兩倍的三百萬戒尼。

「這樣就夠了，非常充裕。」

我強忍著想要狂笑的衝動這麼回應。

「是，那我馬上命人收拾。」

伽瑪拍了幾下手，一旁的大姊姊們隨即將承載著金幣的手推車撤收。接著，伽瑪來到我的跟前，單膝跪地後開口：

「我明白吾主本日來訪的理由。想必是為了那件事吧。」

「嗯。」

我點點頭。那件事是哪件事？

「真是萬分抱歉。目前，我們還在持續搜查當中，仍無法特定犯人的身分。不過，請吾主再稍候一陣子。現身於王都、身穿漆黑裝束、以『闇影庭園』的名號招搖撞騙的那個愚昧之人，敝人伽瑪絕對會妥善收拾。」

「嗯……」

這種事我還是初次耳聞耶。

情。

「嗯……」

發出沉吟聲之後，闇影陷入了沉思。看著這樣的他，一抹不安從伽瑪湛藍的眸子裡閃過。

一滴淚水不經意地從她的眼角滑落。看到那令人懷念的藍紫色魔力，伽瑪回想起過往的事情。

伽瑪的人生，是從一陣藍紫色的光芒開始。

倘若沒有他，伽瑪恐怕會以腐爛的肉塊之姿死去吧。被家人拋棄、被祖國放逐、失去了一切之後，她陷入了痛苦、恐懼與絕望的深淵。拯救了這樣的她的，是一名釋放出藍紫色光芒的少年。伽瑪一輩子都不會忘記那道光。對她來說，那是生命之光。

藍紫色的光芒蘊含著生命——阿爾法以前曾這麼說過。這不是什麼理論，而是憑藉本能明白的事情。伽瑪也同意這一點。

那道光絕不是單純治療表面上的傷口而已，而是能更深入治癒人的生命的東西。接觸到藍紫色的光芒後，伽瑪感覺存在於自己內心的枷鎖被解開了。一直壓抑著的某種重要的東西被解放出來，讓她有變回真正的自己的感覺。

那天，伽瑪重生了。在得到「伽瑪」這個名字的瞬間，她便決定要將自己的嶄新人生獻給他。

然而，和這樣的心願背道而馳，她成了「七影」中立場最低的成員。她被之後加入的新人迎頭趕過，吃了好幾次敗仗，趴在地上嚐盡了屈辱。曾幾何時，伽瑪領悟了無論自己多麼努力，都無法贏過其他成員的事實。

她陷入苦惱。自己的存在價值究竟為何？如果以後也只能當個礙手礙腳的存在，以讓人不忍卒睹的模樣活下去的話，還不如消失比較好。這麼下定決心的那天，不知為何，闇影傳喚了她，然後對她提及「闇影睿智」的話題。

那是以智力，而非武力戰鬥的方式。伽瑪一頭栽進了「闇影睿智」的世界。判斷這是自己唯一生存方式的她，如同字面上那樣，拚了命將「闇影睿智」重現。

事後想想，他或許早已看穿了一切吧。無論是伽瑪的煩惱，或是她所應選擇的道路，闇影是在洞悉這一切的狀態下，將「闇影睿智」傳授給伽瑪。

當下，伽瑪只覺得揪心。站在自己絕對無法觸及的高度的他，讓伽瑪揪心不已。

對闇影而言，自己是必要的存在嗎？想到這裡，伽瑪的淚水溢出眼眶。所以，她擦乾了眼淚繼續努力。

讓「闇影庭園」更加壯大、強大、成長為配得上他的組織的那一天，這份心意……一定能夠獲得滿足吧。

「原來如此。是這麼一回事嗎？」

他的聲音將伽瑪拉回現實。

「我心裡大概有個底。我會去探探。」

闇影彷彿看穿了一切的嗓音，讓伽瑪胸口一緊。

這次，自己可能又會幫不上任何忙了。他總是只憑瑣碎的情報，就能夠得出答案。即使是伽瑪動員了所有部下，都無法獲得的線索，他卻總能輕而易舉地發現。
不過，伽瑪不會放棄。總有一天，她會得到他的認可……她已經決定不再放棄了。
「紐，過來這邊。」
伽瑪開口呼喚將闇影領至此處、有著深褐色髮絲的女性。
「這孩子叫做紐，是我們的第十三號成員。」
「哦。」
闇影瞇起雙眼望向紐。那犀利的眼神，想必已經看穿了紐的實力吧。
「雖然入團的時間還不長，但她的實力已經獲得了阿爾法大人認可。無論是打雜或聯絡員都好，請您隨意使喚她。」
「我是紐。還請您多多指教。」
紐的嗓音因緊張而微微顫抖。
「有任務要指派時，我會呼叫妳。」
「是！」
朝闇影低頭致意後，紐便退下了。
「好啦，我差不多該回去了。」
說著，闇影起身。
「啊，對了，我想買巧克力。能給我最廉價的產品，然後再打個友情折扣變得更便宜嗎？」
「我馬上命人準備最高級的巧克力。」

「那個……最高級的要多少錢？」

「友情折扣價有十成的優惠。」

「十成……那不就是免費了嗎？太幸運了！啊，這樣的話，我想要三人份。」

「我明白了。」

看著闇影完全化身成一個普通人席德．卡蓋諾，伽瑪不禁會心一笑。

「要趕不上門禁時間啦！」

「都是席德同學動作太慢了！」

「對不起嘛，我不是給你們巧克力了嗎？」

我們三人在太陽已經完全下山的王都裡狂奔。

我們會搞到這麼晚，有部分原因，在於尤洛和賈卡不停執拗地追問那個大姊姊的事情。我記得她叫紐來著？總之，我以打太極拳的方式回答了他們的問題。

然而——

我沒料到亞蕾克西雅真的會變成隨機殺人魔。倘若不是戴爾塔的話，除了亞蕾克西雅以外別無他人。那傢伙終於把事情搞砸了嗎——聽到這個消息時，我在內心如此斷言。擁有公主這種受到上天眷顧的身分的她，到底是被什麼驅使，才會做出這種事情……？

女人心海底針啊。

不過，我倒覺得變成隨機殺人犯，其實也不算太糟糕的生活方式。就算有這樣的人生也不錯啊。然而，倘若對方是頂著「闇影庭園」的名號到處招搖撞騙，那就另當別論了。很遺憾，我不打算原諒這樣的行為。

就在這時候——

「噯，你們有沒有聽到什麼聲音？」

「本人什麼都沒聽到耶。」

跑在前方的尤洛和賈卡如此交談。

雖然他們倆看起來沒有聽得很清楚，但我可是確實聽到了。

那是刀劍相交的聲響。有人在遠處戰鬥著。

我停下腳步。

「喂，你怎麼啦？」

「會趕不上門禁時間喔！」

尤洛和賈卡慢了幾拍停下腳步。

我指著旁邊的一條暗巷表示：

「我去那邊大便一下。」

尤洛和賈卡露出一臉「這傢伙認真的嗎？」的表情。

「要是現在不解決，我等一下會邊跑邊大便失禁。」

「這的確是很嚴重的事情。」
「是要選擇遵守門禁時間，還是保住尊嚴的問題呢。」
他們的神情變得嚴肅起來。
「別管我了，你們先走吧。我不想被任何人看到……」
「唔！我明白了，我絕對不會把你在路上拉屎，結果趕不上門禁的事情告訴任何人！」
「不管其他人怎麼說，你的選擇都很正確，席德同學……本人是這麼想的！」
「我已經撐不住了……你們……你們快走！」
「席德……我不會忘記你的！」
「席德同學……就算你是在路上拉屎的人，我們也一輩子都是朋友喔！」
「快走……快走啊啊啊啊啊啊啊啊！」
尤洛和賈卡轉身奔去。
目送他們的背影離開後，我踏入暗巷，朝劍戟聲傳來的方向前進了片刻。
循著聲響踏出步伐的我，最後抵達了暗巷的深處。
那裡有兩名魔劍士在戰鬥。
其中一人是穿著熟悉的制服和短裙的亞蕾克西雅。另一人則是全身上下都做漆黑打扮、臉上還戴著面具的男子。
情況很詭異。倘若以「闇影庭園」的名義為非作歹的黑衣人是亞蕾克西雅，那我還能理解，但眼前卻出現了跟這種想像完全相反的光景。我消除自身的氣息爬到建築物屋頂上，從一旁窺探這兩人的戰鬥。

「放棄吧。你是贏不了我的。」

這場戰鬥，是亞蕾克西雅占了上風。黑衣男子雖然也不算弱，但還是比不過最近實力大幅成長的亞蕾克西雅。

黑色大衣被劃開，鮮血將石子路染紅。只要再給對方一擊，應該就會分出勝負了。

「為什麼要殺害無罪之人？這就是你們的戰鬥嗎？」

「吾等為『闇影庭園』……」

「闇影庭園」——黑衣男子確實說出了這四個字。

「你從剛才就只會重複這句話。這是叫做闇影的那個男人下達的命令嗎？」

「吾等為『闇影庭園』……」

黑衣男子再次重複這句話。

錯不了，這個黑衣男子就是打著「闇影庭園」的名號惹是生非的人。

抱歉喔，亞蕾克西雅。原來妳是清白的呢——我在內心這麼謝罪。

不過，這個男人為什麼要自稱是「闇影庭園」的一分子？

儘管是個極為基本的疑問，但我卻明白了答案。正因為我是我，才能明白的答案。

那就是憧憬。

黑衣男子對「闇影庭園」……對「影之強者」懷抱著憧憬。我無法否定這樣的心情。因為我所做的這一切，出發點也完全是自身對於「影之強者」的憧憬。我因為崇拜電影、動畫和漫畫裡頭的「影之強者」，所以試著模仿他們。這便是一切的開端。

他也踏上了同樣的道路，開始模仿「闇影庭園」。沒錯，他是「闇影庭園」在這個世上的頭號跟隨者。

我的胸口湧現了一股熱潮。明白自己所選擇的道路是正確的，又看到這件事受到他人認同，讓我非常開心。

然而，我不能認同這樣的做法。因為我可是「影之強者」。若是放過以自己隸屬的組織之名招搖撞騙的人，我便再也無法當個「影之強者」。一如他是「影之強者」，我同樣也是「影之強者」。這方面，我可不會做出半點通融或妥協。

「結束了。」

在亞蕾克西雅的劍將跟隨者的劍彈飛時，我察覺到其他正在靠近這裡的氣息。

「結束了。」

亞蕾克西雅將男子手中的劍彈飛。

落在石子路上的劍發出清脆的撞擊聲。

就在這時——

「……！」

亞蕾克西雅以翻滾閃開突然從背後襲來的斬擊。

在千鈞一髮之際擋下追擊後，她朝對方的腹部踹了一腳，藉此拉開距離。亞蕾克西雅一邊調整有些紊亂的呼吸，一邊凝視著新出現的敵人。

又多了兩名魔劍士。都是一身黑的男子。

看到第一個敵人撿起劍，亞蕾克西雅不禁咂嘴。

這樣敵人就增加為三個了，而且還都是實力高強的人物。

如果只有一個敵人，她還打得贏。就算有兩個，她也不會輸。然而，若是增加為三人的話……

「你們三對一打一個手無縛雞之力的弱女子，太過分了吧？」

希望對方願意聽她說話就好。

「對了，我們改成一對一，然後打三場怎麼樣？不行？」

敵人緩緩將她包圍住。

為了不讓敵人繞到自己的背後，亞蕾克西雅緩緩移動著自己所在的位置。

「看看後面嘛，今晚的月色好美喲。」

她僅以視線牽制企圖潛入自己身後的敵人。雙方握著劍的手都不斷小幅度動作，試探著彼此的能耐。

「哎呀，你們都不看嗎？還是看一下比較好喔。」

亞蕾克西雅微笑。她的一雙鮮紅眸子，在月光下閃過一道光芒。

「因為我的王姊就在你們身後呢。」

「……！」

上鉤了。

亞蕾克西雅隨即採取動作。銀白色的刀刃，朝狼狽轉身望向後方的敵人背部砍下。

——去死吧。

亞蕾克西雅沒有說話，只是發出笑聲。

黑色大衣被劃開，鮮血飛濺至空中。

然而，這一刀太淺了。得再給對方致命一擊……

這個瞬間，一股衝擊襲向亞蕾克西雅的腹部。

「啊咕……！」

那隻黑色的靴子深深陷入她的側腹。

可以聽見肋骨折斷的清脆聲響。

亞蕾克西雅吐了一口血，同時也將手中的劍刺向那隻黑色靴子。

但對方以分秒之差避開她的攻擊，亞蕾克西雅的劍硬生生刺向石子路面。

原本估算的攻擊距離被拉開了。

亞蕾克西雅朝旁邊啐了一口血，抹了抹自己的嘴角，手也因此染上血紅。

剛才那個瞬間，上鉤的只有兩人。沒上鉤的第三個人朝亞蕾克西雅的側腹猛踹一腳，阻撓她給同伴最後一擊。亞蕾克西雅以怨懟的眼神瞅著他。

三對一。人數仍沒有改變。

然而，狀況已經惡化了。敵方陣營中有兩人毫髮無傷、剩下的一人雖然身受重傷，但仍是能持劍的狀態。無法將他當作不存在。

相較之下，亞蕾克西雅則是肋骨骨折，斷掉的骨頭甚至還刺進了肺部。我會被殺掉——她這麼想。

所以，這麼做也是沒辦法的。

亞蕾克西雅從制服口袋裡取出某種紅色藥丸。那是她在縱火事件發生前悄悄偷走的藥。縱使厭惡自己施展的劍技變得醜陋，但總比被殺掉來得好。

她將藥丸湊近嘴邊。自己是正式上場時才會發揮實力的人，所以沒問題——亞蕾克西雅這麼祈禱，然後準備吞下藥丸。

就在這個瞬間——

漆黑的存在從空中降臨。

他宛如在夜空中遨翔的猛梟那樣靜悄悄降落。

漆黑的刀刃直接將其中一名敵人一刀兩斷，鮮血如同花朵那樣綻放開來。暗巷裡瞬間充斥著足以讓人嗆到的濃厚血腥味。

漆黑男子……闇影將刀身上沾染的血甩開，牆壁上跟著出現一道鮮血的軌跡。

「以『闇影庭園』之名招搖撞騙的愚蠢之人啊……」

闇影——亞蕾克西雅不可能忘記他。那是在她的面前展現出完美成熟的劍技、世上最強大的存在。

這樣的他，跟其他人卻是敵對關係……？

看起來，闇影似乎站在和那些黑衣男子敵對的立場上。

「你們就以性命贖罪吧。」

在闇影說出這句話的同時，黑衣男子也開始行動。

那是在一瞬間做出來的判斷。他們朝石子路面猛力一蹬，又踹著牆壁往上，企圖從建築物的屋頂逃走。

然而——

「真是愚蠢……」

闇影準備動身追上。

「你……你給我等一下……！」

亞蕾克西雅的聲音讓他止住動作。闇影緩緩轉身，對她投以傲視的眼神。

她手中握著的劍不停顫抖。我在做什麼蠢事呢……亞蕾克西雅其實也有這樣的自覺。

「我是亞蕾克西雅．米德加，是這個國家的公主。」

闇影只是直直盯著亞蕾克西雅。只要有那個意思，他可以在一瞬間奪取她的性命。

「告訴我你的目的。你是為了什麼而施展自身的力量？你在跟什麼戰鬥？還有……你打算與這個國家為敵嗎？」

闇影轉身。

「別介入。一無所知的人會比較幸福。」
「……！給我等一下，倘若你打算跟這個國家敵對的話……！」
「倘若我打算跟這個國家敵對，妳要怎麼做？」
駭人的殺氣朝亞蕾克西雅迎面撲來。
眼前若是出現自己絕對無法贏過的存在，人們總會出自本能地畏懼。然而，試著違抗本能，亦是人類應為之為。
「我會起身戰鬥。你一定會殺了王姊，而我絕不允許這種事發生。」
闇影邁開步伐，大衣衣襬跟著揚起。
「我能夠理解你的劍。就算現在做不到，但我總有一天必定……」
「妳想說自己有辦法殺了我？」
拋下這句話之後，闇影便消失在黑暗之中。
亞蕾克西雅在沒有半個人的黑暗中輕喃。
「對，沒錯……」
夜晚恢復了寧靜。
獨自被留在原地的亞蕾克西雅，按著自己的腹部蹲下來，整個人縮成一團。刀劍從她顫抖的手中滑落。
自己做了蠢事——她很清楚這一點。然而，直到最近，亞蕾克西雅才終於明白——自己揮劍的理由。對自己來說，最珍貴而屈指可數的東西——那就是世上唯一的一名王姊，以及唯一的一名友人。

「情況不太妙呢……」

她的意識逐漸朦朧。

亞蕾克西雅也知道，在這種暗巷裡昏過去的話，絕對不會有什麼好下場。因此，她試圖扶著牆壁起身。

就在這時候——

「亞蕾克西雅……亞蕾克西雅！」

遠方傳來呼喚她名字的聲音。

「王……王姊……王姊，我在這裡！」

「亞蕾克西雅……！」

腳步聲逐漸靠近。

某個柔軟的觸感，撐住了差點不支倒地的亞蕾克西雅的身體。

「亞蕾克西雅，妳怎麼自做主張做出這種事呢……！」

「王姊……」

亞蕾克西雅將臉埋進姊姊的胸口。

「之後，我會要求妳把剛才發生過的事一五一十說明清楚，妳做好覺悟吧。」

「……是。」

「還有這個東西出現的理由。」

「咦……？」

仔細一看，紅色藥丸在石子路上散了一地。是亞蕾克西雅方才不小心弄掉的。

「王……王姊，我什麼都不知道呢。」

「給我閉嘴。」

「真的啦，我真的什麼都不知道。」

「我可不會原諒妳。」

「嗚，我的頭……」

最後，亞蕾克西雅選擇以昏迷來敷衍帶過這一切。

兩個身影在夜晚的王都狂奔。

身穿黑衣的他們，一邊注意自己的身後，一邊跑進一條窄巷，然後才停下腳步。或許是跑得相當急吧，現在，他們將手撐在牆上，調整自己急促不已的呼吸。在這條暗巷裡，有片刻只能聽到他們的喘息聲。

就在這時候——

喀。

聲響從巷子深處傳來。

他們迅速轉身，試圖辨識黑暗深處有著什麼，然後發現某個漆黑的存在，正從黑暗之中朝他們靠近。

喀、喀。

對方每走一步，腳下的鞋子便發出清脆的聲響。

兩名黑衣人警戒地舉起劍。就在這個瞬間——

男子頭部生出了一把漆黑的刀刃。

在沒有任何預兆的情況下，刀刃突如其來地貫穿了男子的頭部。

「啊……啊……啊嘎……！」

漆黑的刀刃被抽出後，發出死前最後一聲慘叫的男子，在鮮血飛濺的狀態下倒地。

「……！」

另一名黑衣人連忙拉開距離的時候，一名男子的身影從黑暗中現身。他穿著漆黑的長大衣，握著一把漆黑的刀，以像是魔術師會戴的那種面具遮住了半張臉。

「等很久了嗎……？」

他以宛如從地底深處傳來的低沉嗓音開口。

「噫……」

黑衣男子發出僵硬的慘叫聲，同時不斷後退。

「為何如此恐懼？」

他問道。

「難不成……你以為自己能逃掉嗎？」

黑衣男子隨即轉身欲逃。

然而——

「啥！」

「太厲害了，闇影大人。」

轉身的下一刻，一名女子出現在眼前。是個穿著連身短裙、散發著高雅氣質的美人。

「能這麼快掌握到對方的行蹤，真不愧是您。」

「是紐啊。」

「是的。」

兩人隔著黑衣男子對話。被夾在中間的他，只能狼狽地將背靠上牆壁。

「接下來請交給我處理。我會負責套出情報。」

漆黑男子收回漆黑的刀身入鞘。

「……可別搞砸了。」

「是！」

接著，漆黑男子轉身消失在黑暗之中。另一頭的美女則是低著頭目送他離去。

現在，這條窄巷裡只剩下黑衣男子，以及身穿連身短裙的美女。相較於全副武裝的男子，這名美女是連身裙加高跟鞋的打扮，手上沒有任何武器。

男子迅速做出判斷。

他隨即揮劍，企圖砍殺手無寸鐵的那名美女。
原本……應該是這樣才對。
連身裙揚起，雪白妖豔的美腿劃破了黑暗。
鏗！
男子的劍落在石子路面上。
下一刻，男子的八根手指頭落在這把劍的旁邊。
「啊……啊啊……！」
不知是想拾起自己的手指，又或是想撿起那把劍，男子伸出他只剩下大拇指的手。
然而，奮力踩下的高跟鞋，直接將他的手掌貫穿。
「噫嘰……！」
漆黑的刀刃從高跟鞋前端探出。
從斷指處湧出的鮮血在石子路上蔓延開來。
「我沒有闇影大人那般溫柔。」
冰冷的嗓音從上方傳來。
男子抬頭，發現美女投射在他身上的視線，犀利到足以令人凍結。
「你可別以為自己能善終喔。」
連身裙的裙襬再次揚起，雪白的膝蓋直擊男子的下顎。

隔天早上，一具死狀悽慘的屍體被人吊掛在王都的主要通道上。屍體的腹部上有著一行以鮮血寫成的文字。

「愚者的下場」。

那具屍體的表情因痛苦和恐懼而扭曲。

亞蕾克西雅躺在一張乾淨的床上，仰望著生性一板一眼的姊姊的臉。

「我明白妳所說的事情經過了。」

坐在床旁的愛麗絲這麼表示。

「王都的隨機殺人魔事件，並不是『闇影庭園』的成員做出來的事情，而是以這個組織的名義招搖撞騙的某個集團所為。」

「闇影是這麼說的。」

「闇影呀……到頭來，我們還是沒能掌握跟他相關的確切情報。」

愛麗絲垂下眼簾，看起來像是在思考什麼。

「先前的王都同時攻擊事件發生時，我也看到了八成隸屬於『闇影庭園』的某個強力魔劍士。」

「她說自己叫阿爾法是嗎？」

愛麗絲點點頭。

「從其他的報告內容看來，名為『闇影庭園』的這個組織擁有相當高的戰鬥力。根據妳的報告，我們又得知了名為闇影的男人的存在，以及『闇影庭園』這個組織名稱。可是，關於『闇影庭園』的情報，目前能明白的就只有這些呢。其他全都成謎，就連組織目的都無從得知。」

「闇影跟迪亞布羅斯教團站在敵對的立場上。所以，他們的目的或許跟教團有關？」

「只能從迪亞布羅斯教團找線索了嗎……」

愛麗絲嘆了一口氣。

「王姊……？」

「我原本以為那單純只是信奉魔人迪亞布羅斯的宗教團體，但這個組織似乎比我想的更加偏執而瘋狂。」

「妳是指那起縱火案嗎？」

「除了那件事以外，其實，『緋紅騎士團』的預算案一直無法通過呢。恐怕得暫時自掏腰包來經營了。」

亞蕾克西雅蹙眉。

「除了騎士團以外，文官裡頭也有教團的勢力滲透嗎？」

「不知道。有可能是教團的成員混入，也可能是純粹被金錢收買……因為這支騎士團原本就是我強行成立的，所以我也沒辦法擺出太強硬的姿態呢。」

「我可以出資支援。」

「有妳這份心意就夠了。妳也知道『緋紅騎士團』的成員人數吧？」
愛麗絲苦笑著表示。
「八個人。」
「沒錯，只有八個人。就算光靠我的資產，也可以營運個十年沒問題。」
「可是，這樣的話，就無法進一步擴大騎士團了。」
「現階段擴大規模也沒有意義呀。畢竟我們連誰是敵人、誰是同伴，都還分不清楚。」
「王姊，那個……」
亞蕾克西雅一臉欲言又止地望向自己的姊姊。
「『緋紅騎士團』的敵人，是『闇影庭園』，還是迪亞布羅斯教團呢？」
「兩者都是。只要這兩個組織還潛伏在這個國家裡，我就不允許他們為所欲為。」
愛麗絲露出微笑回答：
「王姊……妳不能跟闇影交手。」
亞蕾克西雅緊緊揪住身下的床單。
「妳怎麼還在說這種話呢，亞蕾克西雅……」
「王姊，因為妳不了解闇影，所以才能這麼說。將王都的夜晚染成藍紫色的那一擊，妳應該也看到了才對！」
「關於那件事，我們已經得出『那是古文物的力量失控導致的現象』這樣的結論了呀。」
「怎麼會呢！我都親眼看到闇影釋放出那一擊了！」

愛麗絲靠近床畔，凝視著亞蕾克西雅的一雙紅色眸子開口：

「那不是人類能夠釋放出來的威力。妳是因為被幽禁太多天，所以記憶也變得模糊。而且，也可能是因為奇怪的藥物讓妳產生幻覺。我並不認為妳在說謊，我想，妳恐怕只是累了吧。」

「王姊！」

愛麗絲以雙手包裹住亞蕾克西雅的手。

「更何況，倘若那個攻擊真的是名為闇影的男子釋放出來的，那我就更不能逃跑了。如果我逃走，誰來守護這個國家呢？」

「王姊……」

愛麗絲摸了摸亞蕾克西雅的頭髮，然後從床畔起身。

「妳就好好休息，專心養傷吧。」

「……等我的傷治好了，馬上會回去協助妳。」

「這倒不用。」

「咦？」

「我忘記說了，妳暫時被禁足了。」

「咦咦！」

「竊取證物。」

看到愛麗絲亮出紅色藥丸，亞蕾克西雅只能像金魚那樣，無聲地將嘴巴一開一闔。

「妳就好好反省吧。」

大門喀鏘一聲關上。

Not a hero, not an arch enemy,
but the existence intervenes in a story and shows off his power.
I had admired the one like that, what is more,
and hoped to be.
Like a hero everyone wished to be in childhood,
"The Eminence in Shadow" was the one for me.
That's all about it.

The Eminence in Shadow

I can't remember the moment anymore.
Yet, I had desired to become "The Eminence in Shadow"
ever since I could remember.
An anime, manga, or movie? No, whatever's fine.
If I could become a man behind the scene,
I didn't care what type I would be.

五章

在和平的日常中登峰造極的路人之路！

The Eminence in Shadow
Volume One
Chapter Five

The Eminence in Shadow

CHAPTER 5

有人在看著我。

踏進自己班上的教室後，我感受到不少視線投來。大家全都看著我竊竊私語。

「你看，就是那傢伙。」

「一邊跑步一邊大便失禁的……」

「聽說他刻意在路上這麼做，想引來眾人注目呢。」

我怒瞪尤洛和賈卡，他們的視線都在半空中游移。

「嗨……嗨，昨天那真是一場災難耶。」

「早……早安啊，昨天辛苦你了。」

「嗯，早安。雖然我覺得今天面臨的考驗更嚴苛就是了。」

兩人以僵硬的笑容回應我。

我重重嘆了一口氣。

「對……對了，你們有把昨天的巧克力帶來嗎？」

尤洛取出被包裝成禮物的一盒巧克力。

「本人也有帶來。」

賈卡回答。

「我姑且帶了。」

我跟著開口。

「好，那就趁午休時間來進行送禮大作戰吧。」

「唔呼呼，真令人期待呢。」

「是啊。」

然後，午休時間到了。

因為尤洛表示他要先示範給我們倆看，我和賈卡便跟上他的腳步。

來到高二的教室外頭後，尤洛待在走廊上等，我和賈卡則是在一段距離外靜觀事態發展。

「對方是學姊嗎……尤洛同學也真有兩下子耶。」

「是啊。」

片刻後，一名有著甜美長相的少女從教室裡走出來。

「那……那個，請收下這個。」

在尤洛將巧克力遞給那個女孩子的瞬間——

「喂，你找我的未婚妻有什麼事？」

他的肩頭被人一把揪住。
出現在尤洛後方的，是一名肌肉健美又結實的學長。
「呃，不，我是……」
「過來跟我說明一下吧。」
我跟賈卡無視尤洛尋求協助的視線，直接轉身離開。
「我們走吧。」
「是啊。」
尤洛的慘叫聲從後方傳來。

賈卡選擇的地點是圖書館。令人感激的是，這是魔劍士學園和學術學園共用的圖書館。想當然爾，魔劍士學園那些肌肉發達、頭腦簡單的學生，幾乎不會過來使用這種設施。當然我也是。
「你的對象是學術學園的學生啊？」
「是的。本人可不會重蹈尤洛同學的覆轍。本人已經把對方的情報全都調查過一輪了。從她的交友關係到飲食喜好、宿舍房間的號碼、習慣去哪一間廁所、鞋子的尺寸和腳味、內褲顏色、三圍等等，還從她用過的杯子……」
「夠了，快上吧。」

我將賈卡推進圖書館裡，然後直接離開，並不打算看到最後。

「呀啊啊啊啊啊啊！這個人是跟蹤狂！」

尖叫聲隨即從後方傳來。

我拎著裝有巧克力的袋子在校園裡漫步。因為我平常不會造訪圖書館周邊的區域，所以覺得格外新奇。

然後，我向第一個跟自己擦身而過的學術學園的女學生搭話。

「給妳巧克力。」

「咦？」

她是個有著粉紅色頭髮的美少女。將巧克力的袋子交給她後，我便快步離開。

「咦？咦？」

身後傳來她困惑的嗓音。

雖然覺得自己好像在哪裡見過她，但我直到最後都沒能想起來。

「這是什麼東西呢……」

一名少女在研究室裡不解地歪過頭。這名粉紅色頭髮的美少女，以冷靜的眼神望向放在盒子裡的茶色物體。

她試著拿起那些似乎散發著甜膩香氣的物體，但仍無法判斷那是什麼東西。印象中，將這個遞給自己的少年說是「巧克力」。

「雪莉，妳怎麼了？」

一名中年男子從後方呼喚少女。他摻雜著幾絲斑白的頭髮，向後梳成整齊的西裝頭。

「魯斯蘭副學園長……」

「我們不是約好了嗎？在兩人獨處的時候，妳要叫我爸爸。」

「爸爸……」

雪莉露出有些困擾的笑容。

「所以，那盒巧克力怎麼了嗎？」

「這是我從魔劍士學園的男孩子那邊收到的。」

「哦。」

魯斯蘭摸了摸自己嘴上的鬍子。

「那是最近在女性之間口耳相傳的一種高級點心吶。一定是送給妳的禮物吧。」

「咦？可是，對方是我不認識的人呢。」

「這就是所謂的一見鍾情啊。那可是必須從一大早開始排隊，才買得到的最高級的夢幻巧克力呢。他恐怕為了妳付出了相當多努力。」

「一見鍾情……」

雙頰微微泛紅的雪莉輕喃。

「妳打算怎麼回應對方？」

「回應……？」

「他想必在等妳的答案喔。」

「可……可是，我……」

雪莉整臉泛紅，視線也在半空中游移。

「除了研究以外，妳也要學習與他人交流相處的方式比較好喔。學園就是這種地方嘛。」

「……是。」

看到雪莉垂下頭，魯斯蘭對她投以溫柔的微笑。

「那麼，古文物的研究進行得還順利嗎？」

「我才剛開始著手呢。」

雪莉帶著略微泛紅的臉頰，露出有些困擾的微笑回答。

「這倒也是。」

「不過，我明白了一件事。那個古文物使用了某種具有特徵的暗號。」

「具有特徵的暗號？」

雪莉將相關資料攤開在魯斯蘭面前。

「我想，那應該是古代國家或組織所使用的暗號。另外……這跟我母親過去致力研究的暗號也十分相似。」

「是嗎，路克蕾亞的……她也是一名十分優秀的研究者吶。」

魯斯蘭像是在遙憶往昔那樣閉上雙眼。

「我想知道母親直到死前，都在研究的這些暗號的意義。」

凝視著資料的雪莉，側臉看起來完全就像個敏銳聰穎的研究者。

「妳接到了一份很棒的委託呢。」

「是的。」

被魯斯蘭輕輕摸頭後，雪莉露出燦爛的笑容。

「那個古文物現在在哪裡？」

「保管在另一個有騎士看守的房間裡。」

「不放在妳的手邊沒關係嗎？」

「只有需要的時候，我才會去那個房間研究。畢竟一個人思考的時間很重要，而且，要在其他騎士面前做研究，也會讓我緊張。」

「這樣啊。咳！咳咳……不……不好意思……」

魯斯蘭將臉別到一旁猛咳。

「爸爸！你還好嗎？」

雪莉連忙趕到他身旁為他輕輕拍背。魯斯蘭的體型十分瘦弱，兩頰也因消瘦而凹陷。

「我……我沒事，沒事的。」

魯斯蘭一邊調整自己紊亂的呼吸，一邊這麼回答。

「最近原本狀況都還不錯呢。這種病還真是難纏啊。」

「爸爸……」

「妳不用太過擔心我。對了，學術都市又提出讓妳去留學的邀請了呢。」

「學術都市拉瓦卡司……」

「這個世界最優秀的領導人，對妳的研究成果表示認同呢。到拉瓦卡司去的話，妳一定能更進一步地成長。這可是一樁美事啊。」

雪莉搖搖頭。

「我怎麼能丟下生病的爸爸離開呢。」

「雪莉，妳不用擔心我。」

「在母親死後，如果沒有爸爸收留我當養女，我一定早就死掉了。我想要……想要拯救當初救了我的爸爸。」

雪莉以濕潤的雙眼這麼表示。

「雪莉……看來我有個很棒的女兒呢。」

魯斯蘭露出溫柔的微笑。

「研究繼續加油。還有，記得吃掉那個男孩子送妳的巧克力喔。」

「……好的。」

語畢，魯斯蘭離開了研究室。

獨自被留在裡頭的雪莉，鼓著紅撲撲的臉頰將一顆巧克力放入口中。

「好甜……好好吃。」

然後又將手伸向第二顆。

度過身邊沒有尤洛、賈卡和亞蕾克西雅的和平的一天後，我一個人走在返回宿舍的路上。

我穿越被夕陽染紅的庭園，就在附近的學生人數愈來愈少的時候，突然有一名女學生朝我走近。她身穿學術學園高二生的制服，將一頭深褐色長髮盤成丸子頭，在有點土氣的眼鏡後方，則是一雙和髮色相同的眸子。

不過，路人資歷很長的我可以明白，她是一名偽裝成路人角色、乍看之下並不起眼的美女。

「噯，學弟，可以聊聊嗎？」

我聽過這個嗓音。

「是紐嗎……」

我低聲這麼詢問後，紐輕輕點頭。優雅又成熟的大姊姊，透過眼鏡、化妝和改變髮型，成功變身成另一個人。

我們繼續壓低嗓音對話。

「妳在這個學園念書嗎？」

「不，這套制服是借來的。做這種打扮，比較不會引人注目。」

「原來如此。」

對這間學園裡的學生而言，陌生的臉孔，恐怕遠比熟識的臉孔要來得多。因此，只要穿上制服，基本上應該不會引來他人懷疑。

「要在哪裡聊？」

「那麼，我們到那邊的長椅上坐坐吧。」

能夠將庭園美景盡收眼底的那張長椅，現在附近沒有半個人。我們在夕陽的光芒有些刺眼的長椅上並肩坐下。

藐視著學園庭園，紐瞇起藏在鏡片後方的一雙眼睛。

原本，她應該會是就讀於這間學園的高二生才對。她對自己擁有和平而安穩的未來一事深信不疑，直到淪為〈惡魔附體者〉，然後被一切拋棄的那天為止。

到頭來，一切都只是幻想。

家人、朋友、和平——讓紐深信不疑的這些理所當然的日常，到頭來只是在薄薄的冰上打造而成的高塔，她是個渾然不知冰層下方有著什麼，只顧著在上方開心嬉鬧的孩子。

紐以摻雜著羨慕和憐憫的眼神，眺望著在庭園裡來來去去的學生。其中也有她認識的人。

她過去是出身於侯爵家的千金大小姐，在社交界相當吃得開。那段日子，她過得十分輝煌燦爛。

不過，都已經是過去的事了。她從侯爵家的歷史上被抹去，成了不曾存在的存在。

過去曾經深交的友人之中，又有幾個人還記得她呢？

「對喔，之前有過那種人呢」——

比起親暱，對方恐怕只會用不屑的語氣討論紐的八卦吧。畢竟〈惡魔附體者〉就是這樣的存在。

如果只是想見闇影，紐其實沒有必要在天還沒黑時潛入學園。她只是無法捨棄還殘留在內心的一絲希望罷了。在這間和平學園的某個角落，或許還有自己的棲身之處——她作著這般愚蠢的夢。

紐笑了。

即使世界表面的舞台上沒有自己的棲身之處，她仍有懷抱相同理念的同伴。更何況……還有敬愛的主君在身邊。

他在隻身一人的狀態下，揭開這場戰鬥的序幕。即使最後只剩下他一人，他也會持續奮戰吧。他的存在便是「闇影庭園」的支柱。

人類是很弱小的生物，因此會想依附至高無上的存在。對整個世界來說，倘若至高無上的存在是神，那麼，對「闇影庭園」而言，闇影便是至高無上的存在。

可是，他比神更理想。因為，只要張開眼，就能看到他在自己的視野之內；只要伸出手，就能碰觸到他。

「嗯？怎麼了？」

「您的肩膀上有髒東西。」

紐從他的肩膀上取下一截線頭，然後凝視著他的側臉開口。

「這件事還請您對伽瑪大人保密。要是被她知道我在太陽下山前的時段潛入學校，她一定會生氣的。」

「我知道了。不過，真是令人吃驚耶。原來化妝可以讓一個人變這麼多啊。」

「因為我的長相比較缺乏特徵，所以想改變個人的印象也很簡單。此外，該說是以前累積起來的功力嗎……我挺擅長化妝的呢。」

「哦～那麼，之前在四越商會的裝扮也是？」

「是的，我刻意化了讓自己看起來比實際年齡大的妝容。」

「這樣啊。順帶一問，妳現在幾歲？」

「這是祕密。」

紐回以一個性感的笑容。

「我今天是來向您報告昨天那些黑衣男子的相關情報。」

「嗯。」

「我對黑衣男子進行訊問，但沒能問出什麼情報。因為經歷了激烈的洗腦，他的精神已經崩壞。從其他的特徵看來，我判斷他應該是等級三的迪亞布羅斯之子。」

「嗯？」

迪亞布羅斯之子。

迪亞布羅斯教團會針對孤兒或窮苦人家的孩子，就算只擁有一丁點魔力適應度，他們也會從中擄走，然後在專門的設施裡將他們培育長大。在設施裡，他們會對孩子進行嚴格的訓練和洗腦教育，同時反覆對他們投予藥劑。據說，能活著從這種設施畢業的人，還不到當初被擄進去的一成。第三級的迪亞布羅斯之子，是教團口中的瑕疵品，多半都會被當成棄子送上戰場。因為精神已經崩壞，所以他們不會洩漏情報，還擁有遠比一般騎士更高的戰鬥力。

第二級的迪亞布羅斯之子，會擁有相對穩定的精神狀態。占極少數的第一級，則是據說擁有全世界數一數二的力量的強者。

不用說，這些知識想必都是闇影已經知悉的內容，理應無須說明。於是紐略過了這部分。

「很明顯的，這一連串的事件，背後都可以嗅到教團的影子。可以想像他們這麼做的目的，是想將我們引誘出來。」

「嗯。」

「然而，他們的目的並不僅是如此而已。前幾天，王都出現了具名的第一級迪亞布羅斯之子。被發現的這個第一級之子是『叛變遊戲』的雷克斯。雖然判斷他們是為了某種目的而集結在一起，但我們不慎跟丟了雷克斯，目前仍在進行相關調查。」

「嗯？」

具名之子。

在迪亞布羅斯之子裡頭，對組織特別有貢獻的人，便能獲得這樣的稱號。幾乎所有的具名之子都隸屬於第一級，但偶爾也會有罕見的第二級具名之子。此外，有些具名之子最後甚至被拔擢為圓桌騎士的一員，因此，在組織裡頭，具名之子被說成是晉升為圓桌騎士的跳板。

此外——

某個原本是第一級具名之子的人，現在成了「闇影庭園」的一員。這些情報也全都是她所提供的。

這種程度的情報，想必無須對睿智的闇影一一說明——這麼想的紐，又略過了這一段。

「請您多加留意。教團正在策劃著什麼。我們也會持續調查，若是明白了什麼，再向您報告。」

「嗯。」

夕陽沒入地平線的彼端。餘暉將天空的雲朵染成一片橘紅。

紐用手揊著微微出汗的頸子，而後起身。一旁的他也在伸了一個懶腰之後站起來。

就像這樣，兩人有如情侶般有說有笑地度過學園生活——這種未來的可能性，其實也曾經存在過吧——紐不禁嘲笑內心仍有這種依戀的自己。

不過，至少現在——

「那麼，學弟，好好充當女性的護花使者吧。」

「護花使者？感覺像這樣嗎？」

紐將自己的手纏上他伸出來的左手。兩人就在依偎著彼此的狀態下邁開步伐。這種未來的可能性，想必一定存在過——紐的臉上浮現微笑。

遠處有個男學生不知道吶喊了什麼。

「便便男——！」

紐不禁咂嘴。

她對那個破壞了此刻浪漫氣氛的男學生的長相有印象。過去，當紐還是社交界之花時，那個廢物曾經對她死纏爛打。紐決定待會兒一定要痛毆他一頓。

不知為何，身旁的他的視線一直在半空中游移。紐用力將他的左手臂重新抱緊。

要論學園最強的魔劍士的話，直到前年，都還是愛麗絲．米德加這名人物。

不過，在她畢業後，米德加魔劍士學園便迎來了無人稱王的時代。每個人都這麼想。

然而，王者突然其來地降臨了。

無人能夠想像到的這名人物，以無人能夠想像到的方式，以絕對王者的身分，君臨米德加魔劍士學園的頂點。

她的名字是蘿絲．奧里亞納。

她是來自藝術之國奧里亞納王國的留學生，也是奧里亞納國王拉斐洛．奧里亞納的女兒。

奧里亞納王國是米德加王國的同盟國，所以她的留學計畫也是早已決定好的事情。然而，完全無人能夠想像，這名藝術大國的公主殿下，竟然會成為米德加魔劍士學園的絕對王者。

不過，老實說，能不能想像這種事，其實都無所謂。

問題在於這個蘿絲．奧里亞納，是我在選拔大會中的初賽對手。

棄權這個選項是存在的。

因為被高年級生疼愛了一番，尤洛現在全身上下都是瘀青。賈卡則是因為擅闖女生宿舍，現在是被禁足的狀態。也就是說，只要刻意找一些理由，我也可以免於參賽的命運。

但仔細想想，在初賽中慘兮兮地敗給絕對王者，感覺也相當有路人角色的風格吧？

錯不了的，這很路人。

豈能棄權。身為路人角色，我背負著必須呈現出「世上最路人的戰鬥」的使命啊。

所以，我在眾多觀眾的注目下拔劍。

我的視線落在蘿絲．奧里亞納公主身上。

她蓄著一頭蜂蜜金色的優雅豎捲髮，身穿剪裁時髦的戰鬥服，手上握著一把偏細的劍。她的五官線條十分柔和，身材也不是蓋的，而且全身上下都散發著時尚的氣息。不愧是藝術之國出身。

此外，身為高二留學生的她，同時還是這間學園的學生會長。基於她的美貌、實力和人望，會場中為她加油打氣的吆喝聲也相當驚人。

沒有半個人喊我的名字。你們好歹也為自己國家的選手加油一下吧——我不禁這麼想。不過，也罷。

這才是屬於路人角色的舞台。簡直太棒了。

我不停顫抖，手中的劍跟著發出喀鏘喀鏘的聲響。

過去，我有參加過如此令人緊張的戰鬥嗎？勝利、殺害、乾淨徹底，不留一丁點痕跡地蒸發——我追求的不是這種簡單的結果，而是比任何人都更像個路人的敗北方式。

何謂路人的風格？

這甚至踏入了哲學的領域。

不過，無須擔心。為了這天，我已經將「路人式奧義四十八招」修練到極致的程度。

「蘿絲．奧里亞納對席德．卡蓋諾！」

裁判唸出了我的名字。

蘿絲蜂蜜金色的雙眸和我的兩隻路人眼，在相視之下迸出火花。

蘿絲．奧里亞納啊，妳跟得上嗎？

跟得上這場極致的……屬於路人的戰鬥嗎！

「比賽開始！」

裁判這麼宣布的瞬間，蘿絲細長的劍便開始動作，以犀利而美麗的軌道朝我的胸口襲來。

倘若身為普通的路人角色，這是很難即時做出反應的一擊。

不過，我看得到。

雖然看得到……但我不會做出反應。絕對不能做出任何反應。

因為我只是個路人角色。

直到細長的劍尖觸及我的胸口前，我都不動聲色。她所使用的是這場比賽專用的劍，刀刃已經刻意磨鈍過，但要是被砍到，恐怕也不可能毫髮無傷。

劍尖刺到我的胸口。

這個瞬間，我採取了行動。

我沒有做出任何預備動作，只是以腳趾的力量向後跳，同時利用劍尖推擠胸口的這股力道，讓整個身子旋轉。

同時，我從袖口的暗袋取出裝有前幾天收集來的血液的袋子並扯破。

這些動作還花不到零點一秒的時間。

整個人飛向後方的我，除了身體像陀螺那樣不停旋轉以外，還把宛如噴泉般湧出的血濺得到處都是。

「呸嘎啊啊啊啊啊啊啊啊啊啊啊啊啊！」

紅色龍捲風濺出的血沫，在空中描繪出完美的藝術品。

「路人式奧義之螺旋迴轉式受身血腥龍捲」。

接著，我狼狽地墜落地面、再反彈起來，然後翻滾了好幾圈。

一陣歡聲雷動，震撼了整座競技場。

「咕……咕哈！咕喔噁噁噁噁噁噁噁噁！」

我又扯破一包血袋，佯裝出吐血的樣子。

太完美啦！

會場裡的每一個人，想必都會對我的路人身分深信不疑吧。對於自己滿分的演技，我很想露出一口白齒燦笑，但還是得強忍這樣的衝動。

還沒結束。

這場戰鬥還沒完呢。

「咕咳……咕喔喔喔喔喔喔喔喔喔！」

我裝出再過十秒就會死去的重傷模樣，然後從原地站起來。

沒錯……因為「路人式奧義」還有四十七招沒有展現出來呢。

他為什麼還站得起來？

看著無論被自己摺倒幾次，都還是重新站起來的那名少年，蘿絲．奧里亞納不禁感到恐懼。

現在的他渾身是血，就連舉劍的動作也搖搖晃晃，根本不是能繼續戰鬥的狀態……不對，應該說他還能站著，就已經算是奇蹟了。

雖然蘿絲這把劍很細長，但重量絕對不輕。儘管刀刃事先被磨鈍了，注入其中的魔力可不曾少過。要是直接被刺中，對手很有可能因為這一擊而倒地不起。

然而——

這名少年到底已經接下她的劍幾次了呢？

不只是一兩次而已。在接下超過十次的斬擊後，他依然以不屈不撓的鬥志再次站起來。

為什麼這麼堅持？他所受到的傷害，理應已經超過肉體能夠承受的界限才對。但他的雙眼卻仍炯炯有神。

我還有必須做的事——他熾熱的雙眸彷彿在這麼訴說。

沒錯，他的精神已經超越了肉體。是他不屈不撓的精神，在支撐早已超過極限的肉體。

少年這樣的身影，讓蘿絲不自覺地感動。他到底是懷著多麼堅定的決心，來參加這場比賽的呢？他想必有什麼絕對不能認輸的理由。

他和蘿絲之間的實力差距大到無法計算。他獲勝的可能性連萬分之一都不到。然而，他卻壓根沒有放棄。

他以一雙熾熱的眼睛瞪著蘿絲。

還沒有結束。我還不能在這裡結束——

以不屈不撓的精神超越肉體的極限，挑戰自身絕對打不贏的對手的勇敢身影，讓蘿絲大為感動。她打從內心對名為席德．卡蓋諾的少年浮現敬意，並誠心向他賠罪。

蘿絲以為這名少年是可以輕而易舉打敗的對象，因此過分小看他了。單純就以刀劍分個高下的戰鬥來說，少年根本不堪一擊。然而，若是論及精神、心靈上的勝負，蘿絲覺得自己完全輸給對方。

「這是最後一擊了。」

正因如此，蘿絲選擇盡速結束這場戰鬥。倘若這樣的對戰持續下去，恐怕直到斷氣的前一刻，少年都會掙扎著再次起身吧。蘿絲不想殺了他……殺了這名還有著燦爛未來的少年。

競技場的歡呼聲在不知不覺中沉寂下來。所有人都被少年的模樣嚇到噤聲。

蘿絲將這天最強大的魔力凝聚在自己的劍上。空氣跟著被撼動，觀眾們也開始議論紛紛。

然而，儘管如此——

「你還是不肯放棄嗎？」

他雙眼透出來的光芒非常、非常熾熱。即使面對蘿絲的這一擊，他的眼中依舊不見任何畏懼，有的只是蘊藏在其中的無限鬥志。

所以，蘿絲只能施展出全力。

蘿絲舉起因凝聚大量魔力而隆隆作響的那把劍。就在這個瞬間——

「停下來！快住手，我宣布這場比賽結束！」

判斷再繼續打下去會發生危險的裁判，出聲中止了這場比賽。

蘿絲不禁鬆了一口氣。

但少年的反應卻不一樣。

「怎麼這樣！我還有三十三招……」

我還能繼續打——他的雙眼這麼訴說。

「蘿絲．奧里亞納獲勝！」

全場觀眾發出熱烈歡呼聲祝福蘿絲。

蘿絲揮揮手回應他們，同時向癱坐在地上的席德·卡蓋諾深深一鞠躬。

比賽結束後，差點馬上被帶往醫務室的我，抓緊一瞬間的機會溜掉了。

好險啊。

要是被人發現我的身體其實毫髮無傷，事情就不妙了。我差點就得出手砍傷自己了呢。

我從選手專用的出入口離開，來到沒什麼人的走廊上。

剩下的三十三招奧義，只能等明年再表演了嗎……不，之後應該還會有適當的表現機會。

「那……那個……」

「嗯？」

這時，突然有個不認識的學生朝我搭話。對方是穿著學術學園制服、有著粉紅色頭髮的美少女……雖說不認識，但又有點似曾相識的感覺。

「你的傷勢不要緊嗎？」

「好……好像……有勉強逃過受重傷的結果……大概？」

我自然地擺出以手按著胸口的動作。

「太好了。我看了剛才的比賽。」

「這……這樣啊。」

「我很少去看這類比賽，不過，你就算被打倒，還是不斷勇敢站起來的樣子，真的非常帥氣呢。」

「呃，那樣很帥嗎……？」

「是的……」

雙頰微微泛紅的少女點頭。

竟然會覺得一個路人角色很帥氣，看來這個女孩子的審美觀有點獨特呢。不過，畢竟現場的觀眾很多，所以或許多少也有人湧現了這樣的感想吧。

「呃，這個……」

少女戰戰兢兢地朝我遞出一小包東西。

「這是？」

「作為回禮，我烤了一些餅乾……」

是對於我讓她看了一場精彩比賽的回禮嗎？

「謝謝妳。」

反正機會難得，我就收下吧。

少女露出看起來很開心的微笑。

「如……如果你不介意的話，我想從朋友開始。」

「朋友？好啊。」

除了一部分例外，避免讓女性感到難堪，是我做人處事的原則之一。

「太好了。爸爸，我交到朋友了呢。」

爸爸？

少女的視線前方，有一名個子高挑、梳成西裝頭的髮型裡混著幾絲白髮的男子朝這裡走來。我對這名身材消瘦的男子有印象。

「魯斯蘭副學園長……」

他是這間學園的副學園長，據說過去是曾在武心祭中拿下冠軍的一名劍豪。而稱呼這名男子為爸爸的這個少女——

「雪莉．巴奈特……！」

「是？」

根據我個人的調查，她是差不多等同於「學術學園中最主要的角色」的存在。會給主角一針見血的建議、破解故事中出現的巨大謎團，或是打造出足以用來打倒大魔王的強大裝備——這是我擅自為她加上的角色設定。因為我基本上不太可能直接跟學術學園的學生戰鬥，這些設定其實怎麼樣都無所謂，所以我就忘了。

「你是席德．卡蓋諾對吧？」

魯斯蘭副學園長來到雪莉身旁。

「是的。」

「你的傷勢還好嗎？」

「我奇……奇蹟似的活下來了呢……啊，對了，或許是對方有手下留情？」
副學園長以手撫摸下巴，發出「唔」的沉吟。
「說得也是。對手是蘿絲的話，想必不會搞錯下手的力道。不過，你還是要好好讓醫生看過喔。」
「是的，一定。」
我一定不會去看醫生的。
魯斯蘭點點頭，然後將手放上雪莉的肩頭。
「這孩子總是只顧著埋頭做研究，所以沒幾個朋友呢。」
「爸爸！」
副學園長一邊哈哈笑，一邊接著往下說。
「現在雖然能像這樣露出笑容，但她其實也經歷過很多事情。請你跟雪莉好好相處吧。這是身為一名人父的請求。」
魯斯蘭的表情看起來很認真，一旁的雪莉則是露出有些困擾的微笑。
我沒辦法把非路人角色的女孩子當成對象耶……現在的氣氛似乎不適合這麼回答。
「……好的。」
「那麼，接下來就把場子交給兩個年輕人吧。」
這麼說之後，副學園長拍了拍我的肩膀，隨後便離開了。
「那個，請你多多指教。」

「嗯，多指教嘍。」

「那麼，現在要來做什麼呢？」

她微微歪過頭。

「啊，對了，得先讓你去找醫生才行呢。對不起，我興奮過頭了。」

她露出困擾的微笑。

「不，不用了，我沒事。」

「咦，可是……」

「沒關係，我之後會去看醫生，絕對會去。嗯，對了，我們來喝茶吧。」

「請問，你真的不要緊嗎？」

「不要緊、不要緊。」

「魔劍士好厲害呀。」

「魔劍士很厲害呢。」

跟路人角色有一大段差距的美少女朝我微笑。

之後，我們倆一起吃餅乾配茶，在閒聊一陣子之後才向彼此道別。跟雪莉聊過後，我覺得她給人一種普通女孩子的印象，不過，據說她似乎承接了騎士團的委託，正在研究某個珍貴的古文物。我回以「好厲害啊」的感想。順帶一提，她做的餅乾有著純樸的美味。雖然她是個跟路人朋友相差甚遠的存在，但反正我和學術學園幾乎沒有共通點，所以應該安全吧。

隔天，為了不讓大家起疑，我以療傷為理由請假了五天。

再次踏進教室裡的時候，班上同學對我的態度變得溫柔了一點。

自從跟席德變成朋友的那天以來，雪莉每天都有種輕飄飄的感覺。

目前，他待在宿舍裡休養在選拔大會中受的傷。

比賽結束後，雪莉曾主動向他攀談，那時席德表示自己不要緊，還陪雪莉一起喝茶聊天。

不過，看樣子他似乎還是太勉強自己了。雪莉不禁擔心起他的傷勢。

原本想去探望他，但又怕這麼做只會給對方添麻煩。可是，畢竟還是很在意，也好想和他說說話。

「唉……」

雪莉停下古文物的分析作業，嘆了一口氣。

就連做研究，都讓她提不起興致。

她果然還是有種雙腳踩不到地、輕飄飄的感覺。

午後的陽光照進研究室裡。

不管做什麼，腦中想的都盡是他的事情。

收到他的巧克力當下的情景、他在比賽中不願認輸的身影，以及兩人一起喝茶時閒聊的話題。雪莉不斷回想起這些。

上課的時候、做研究的時候，以及躺在床上，直到睡著為止的時間，她都一直在想這些事情。

「我到底是怎麼了呢……」

她拉開桌子的抽屜，取出裡頭原本裝著巧克力的空盒。

雖然已經把巧克力吃光了，但她實在無法將這個有著精美裝飾的空盒丟棄。

盒子裡頭仍殘留著巧克力甜膩的香氣。

此外，有個讓雪莉挺在意的傳聞。

據說席德和亞蕾克西雅女王兩人曾經是情侶。

雪莉基本上對這類傳聞都不太清楚，不過，既然會從魔劍士學園傳到學術學園來，代表這個傳聞的可信度應該不算低。

「嗯～！」

雪莉看著被外頭的風吹得鼓脹的窗簾，伸了一個大大的懶腰。

「好，我決定了。」

繼續這樣下去，自己恐怕會無心做任何事情。

她打算直接把真相問個清楚。

叩叩叩。

雪莉輕敲女生宿舍其中一間房間的大門。

傳聞中的那名女學生，目前似乎是被禁足在在自己房裡的狀態。

「我是學術學園二年級的雪莉．巴奈特。」

她隔著門板向對方說明身分，然後等了半晌。

「請進。」

人聲傳來的同時，房門跟著打開。

「妳找我有什麼事嗎，雪莉學姊？」

「是的，不好意思，突然過來打擾。」

「請進來裡頭吧。」

房間的主人亞蕾克西雅邀請雪莉入內。

裡頭十分寬敞，裝潢設計給人沉靜的感覺。跟一般的學生宿舍房間相比，這裡的空間顯得更大。

亞蕾克西雅提示雪莉在沙發上就座。

「妳要喝紅茶嗎？我這邊也有最近成了熱門討論話題的咖啡。」

「啊，沒關係，請不用費心。」

「請不用客氣。」

「那……那麼，請給我咖啡。」

「好的。」

亞蕾克西雅以熟練的動作沖泡起咖啡。

事到如今，雪莉才開始緊張起來。

她原本懷著「我高二，亞蕾克西雅高一，所以應該沒問題吧」這種莫名其妙的長輩理論，一鼓作氣地找上門來，但仔細想想，亞蕾克西雅可是王族成員之一。

情況會不會有點糟糕？

不不不，我可是學姊呢，得抬頭挺胸才行。

「我可以猜到妳特地過來找我的理由。」

聽到亞蕾克西雅這麼說，雪莉的肩頭抽搐了一下。

「呃，呃……」

「是跟古文物分析有關的事情吧？」

「啊，不是的。」

咖啡杯發出「喀鏘」的清脆聲響。

在略微尷尬的氣氛中，亞蕾克西雅將咖啡杯放在桌上。

「請用。」

「謝……謝謝妳。」

然後在雪莉對面的位置坐下。

「嗚，好苦喔……」

啜了一口咖啡後，雪莉輕聲發出哀號。

「加一點砂糖和牛奶，會變得比較順口喔。」

「好……好的。」

原本只是想自言自語，但似乎被亞蕾克西雅聽到了。

雪莉反射性地在咖啡裡加入大量的砂糖和牛奶，然後喝了一大口。

「啊，真好喝。」

「這……這樣呀……這是四越商會最高級的咖啡豆，妳能喜歡真是太好了。」

「四越商會……啊，是賣巧克力的店對吧？四越商會真的好厲害啊～這杯咖啡又甜又有奶香，非常好喝呢。」

「就……就是說呀……」

亞蕾克西雅一臉很想說「那幾乎是砂糖跟牛奶的味道而已」。

「那麼，能請問妳是為了什麼事情過來找我嗎？」

「啊，對喔。」

雪莉放下咖啡杯，以有些難以啟齒的表情，斷斷續續地這麼開口。

「其實，我有一件事情想詢問亞蕾克西雅學妹。」

「是。」

「那……那個……請問妳過去是不是有跟某位男性交往呢？」

「呃……？」

「就……就是……我聽說妳曾經跟席德．卡蓋諾交往過。請問你們兩位目前仍在交往嗎？」

「呃，噢……」

為了理解雪莉這個問題真正的用意，亞蕾克西雅細細觀察她臉上的表情。

雪莉的視線在半空中游移不定，肩膀看起來也相當緊繃。

或許，她原本就不太擅長和別人交流吧。

雖然已經明白雪莉現在非常緊張的事實，但亞蕾克西雅仍無法判斷她這麼問的目的。

「我們已經分手了。」

亞蕾克西雅盡可能裝出平靜的態度這麼回答。

「這樣啊，太好了……」

雪莉的嗓音，聽起來似乎打從內心放心和喜悅。

亞蕾克西雅的茶杯發出「喀鏘」的碰撞聲。

「啊，可是可是，你們曾經交往過的傳聞，那確實是真的吧……？」

下一刻，她突然又以幾分不安的嗓音問道。

「我們其實沒有真的交往。當初只是因為諸多理由，所以必須假扮成男女朋友而已。」

「啊，原來是這樣嗎？太好了～」

說著，雪莉發出「唔呼呼」的輕笑聲。

亞蕾克西雅的茶杯再次發出「喀鏘」的碰撞聲。

「其實，我在前幾天和席德變成了朋友呢。」

「咦？這……這樣呀……」

「是的。所以才會對你們是否在交往的事這麼在意。」

「請問，難道妳只是想來問我這件事而已嗎？」

「是的！因為這件事讓我在意到甚至無心做研究，總覺得這樣下去不行呢。能明白你們目前沒有在交往，真是太好了！」

「真……真是太好了呢。」

亞蕾克西雅以顫抖的手將杯緣湊近嘴邊。裡頭的液體已經一滴不剩。

「謝謝妳！啊，還有感謝妳招待我的咖啡！」

雪莉帶著跟剛才造訪這裡時截然不同的燦爛表情離開。

下一刻，某種易碎物被打破的清脆聲響傳來，但並沒有傳入滿心都是幸福感的雪莉耳中。

Not a hero, not an arch enemy,
but the existence intervenes in a story and shows off his power.
I had admired the one like that, what is more,
and hoped to be.
Like a hero everyone wished to be in childhood,
"The Eminence in Shadow" was the one for me.
That's all about it.

The Eminence in Shadow

I can't remember the moment anymore.
Yes, I had desired to become "The Eminence in Shadow"
ever since I could remember.
An anime, manga, or movie? No, whatever's fine.
If I could become a man behind the scenes,
I didn't care what type I would be.

六章

學園被恐怖分子占據的「那個場景」

The Eminence in Shadow
Volume One
Chapter Six

回歸正常的學生生活後，隔天，上午的最後一堂課結束得比較早。

「待會兒，學生會選舉的候選人，以及負責為她站台的學生會長會過來演講，大家還先不要離開。」

老師對已經蠢蠢欲動的同學這麼說。

「雖然不是什麼重要的事啦，不過，三年級的學生現在去哪裡了？」

「天知道。」

聽到一旁的尤洛隨意提起的疑問，我打著呵欠回答他。

「你說高三的學生？他們這週去校外教學……」

坐在前方的賈卡轉過頭來這麼說的時候，教室大門被打開，兩名女學生走了進來。老師則是在她們之後走出教室。我認得她們其中的一人，亦即前幾天和我對戰過的蘿絲．奧里亞納學生會長。儘管是平凡無奇的制服，穿在時髦的人身上，就是能散發出一種神祕的時髦感，這究竟是為什麼呢——這是我百思不解的一個疑問。

「呃，今天很感謝老師給我這段寶貴的時光。我是學生會選舉的……」

感覺還不習慣這種場合的高一女學生，以有些生硬的嗓音開口。會讓這種演講內容左耳進右耳出的人，只有我一個嗎？

我跟尤洛一起漫不經心地聽著演講，還不忘打呵欠。賈卡則是在做什麼筆記的樣子。

在某個不經意的瞬間，我覺得自己的眼神好像跟學生會長交會了。如果她還記得在初賽被自己打得落花流水的這個路人選手，那未免也太厲害了。

「喂，學生會長在盯著我看耶。」

尤洛一邊整理瀏海一邊這麼說。

「就是啊。」

「喂喂，我搞不好會被挖角去學生會喔。」

「就是啊。」

「喂喂喂，我可不喜歡麻煩的事情耶。」

「就是啊。」

在這樣的情況下，時間慢慢過去。接著，我突然感覺到魔力的狀態變得不太尋常。

「咦？」

「怎麼啦？」

我隨時隨地都會進行操作、駕馭體內細微魔力的訓練，但現在，魔力卻變得無法凝聚起來。感覺好像有什麼阻礙了魔力流動。如果強行破除這個阻礙，或是讓魔力流變得更細微，或許就能順利凝聚起來了吧。

在我思考這些時，我感覺到有幾名人物的氣息正在靠近這間教室。

「要來了……」

我只是想試著說一次這句話。

下個瞬間——

突然有一陣劇烈的爆炸聲傳來。教室大門在同時被炸開，整個班級也跟著騷動起來。

下一刻，一群持刀的黑衣男子闖入教室。

「所有人都不准動！這間學園現在被吾等『闇影庭園』占據了！」

他們這麼叫囂，然後封鎖了出口。

「不是吧……」

我的輕喃被周遭驚慌失措的人聲蓋過。

沒有一個學生敢輕舉妄動。

這是演習？還是惡作劇？又或是……來真的？幾乎所有學生，都無法確實理解魔劍士學園遭到武裝分子襲擊這樣的事實。

然而，我是這個班上唯一完全理解了實際情況的人。我明白這些人是玩真的、明白魔力波動受到阻礙，也明白其他班級此刻八成也發生了同樣的事件。

「太酷啦……」

我情不自禁地出聲讚嘆。

這些傢伙做到了。真的做到了。成就了讓全世界的少年憧憬的「那個場景」。妝點了我們的青春妄想日記其中一頁的「那個場景」。

他們真的做到了學園遭到恐怖分子攻擊的「那個場景」了啊！

我因感動而全身打顫。

我不知道妄想過這樣的情況多少次了。幾百、幾千……幾億次。我妄想、幻想出來無以數計的各種不同情境，終於在這個瞬間到來了。

「所有人都不准從座位上起身，給我把雙手舉高！」

黑衣男子們以手中的劍這麼威脅開始察覺到真相的學生們。

這還真像是個中高手的玩法耶。他們選擇了恐怖分子陣營。然而，選擇學生陣營才是正統又王道的做法。

怎麼辦？

該採取什麼行動？

無限的可能性在我的眼前拓展開來。

「看來，你們似乎不知道這裡是什麼地方呢。」

這時，一個威風凜凜的嗓音響徹了室內。一名少女將手撫上原本佩在腰間的細劍，與黑衣男子們對峙。

「想占據魔劍士學園？你們的腦袋恐怕不太正常吧。」

蘿絲．奧里亞納隻身一人站出來面對他們。

「我應該有要求你們丟掉武器才對，小ㄚ頭。」

「我拒絕。」

語畢，蘿絲拔劍。

「哼，剛好拿妳來殺雞儆猴一下。」

黑衣男子同樣舉劍。

糟糕了。

她還沒發現此刻無法在這個空間裡使用魔力的事實。

「……？這是怎麼……」

手握細劍的蘿絲，臉上明顯浮現動搖的神情。

「妳終於發現啦。」

黑衣男子在面具後方嘲笑。

糟糕、糟糕了。再這樣下去——

「但已經太遲了。」

黑衣男子朝蘿絲揮劍。被封印住魔力的她，沒有能力擋下注入大量魔力的這一劍。

我踹飛椅子衝了過去。

「……！」

快住手。這樣不對。

我加快大腦的處理速度，讓整個世界彷彿以慢動作運行。

這個瞬間，充斥在我心中的，是激昂的焦躁和怒意。

「……啊啊啊！」

再這樣下去，她會成為被恐怖分子殺害的犧牲者一號。

這是不能發生的事情，也是絕對無法容許的事情。

「啊啊啊啊啊啊啊啊啊啊啊啊啊啊啊啊啊！」

在一個班級中，最先被恐怖分子殺掉的，向來都是……

路人角色的……職責才對啊！

「給我住手喔喔喔喔喔啊啊啊啊啊啊啊啊啊啊啊啊啊啊啊啊啊啊啊啊啊啊啊啊！」

我發出來自靈魂深處的咆哮聲，介入那兩人之間。

眼看銀白的刀刃急速逼近，蘿絲有預感自己會命喪於此。

她無法凝聚魔力的瘦弱肉體，不可能擋下或迴避這一擊。儘管蘿絲想做出下腰的動作，試著讓傷口變得淺一些，但就連這樣的反應動作，都緩慢到令人焦急不已。

來不及了。

死近在眼前。這就是現實。

就在這時候，一陣吶喊聲貫穿了她的鼓膜。

「給我住手喔喔喔喔喔啊啊啊啊啊啊啊啊啊啊啊啊啊啊啊啊啊啊啊啊！」

下一秒，某個從一旁衝出的東西將蘿絲撞飛。

「呀啊……！」

她緊急做出減輕衝擊的動作，跌在地上滾了幾圈。然而，再次站起來的時候，映入眼簾的，卻是令蘿絲大為震撼的光景。

「怎麼會……」

出現在那裡的……是無力倒地、渾身是血的少年身影。流淌在地上的鮮血慢慢地擴散開來。是致命傷。

「呀啊啊啊啊啊啊啊啊啊！」

不知是誰發出的尖叫聲在教室裡迴盪。

儘管這麼做會讓衣物沾染血漬，蘿絲仍衝上前擁住少年的身體。這名少年，是最近讓她留下深刻印象的一名人物。

「席德．卡蓋諾……」

聽到蘿絲的輕喚，少年微微睜開眼。

「笨蛋，你為什麼要替我擋下那一擊……？」

兩人不過是最近才剛認識的關係，甚至還不曾好好交談過。對方理應沒有賭上性命拯救自己的理由。

正當少年開口想說些什麼的時候——

「咳……咳咳！」

他吐出了大量的鮮血。

「席德！」

少年咳出的血，噴濺到蘿絲白皙的臉頰上。

滿臉是血的他露出微笑……隨後便沒了氣息。那張臉上的表情，是成就了大業的男人的表情。

「為什麼……」

一滴淚珠滑落蘿絲的臉頰，她緊抱著少年的遺骸嗚咽起來。

看著死去的他的臉，蘿絲彷彿覺得一切的謎底都揭曉了。

他在選拔大會中展現出來的異常鬥志。

他凝視著蘿絲的熾熱眼神。

以及他挺身拯救了蘿絲的理由。

這些事，現在全都能串連在一起。

蘿絲並不是一個遲鈍的女孩子。身為公主的立場，再加上她自身出眾的美貌，打從年幼時期開始，便有無以數計的人為她傾心不已。

不過，她過去從未感受過這般熱切又誠摯的心意。愛她愛到甚至不惜獻上自身性命的人，至今從不曾出現過。

「謝謝你……」

蘿絲已經永遠無法回應這名少年的心意了。但她在內心發誓，絕不會讓他這條命白白犧牲。

「這樣的警告效果應該不錯吧？」

黑衣男子站到蘿絲面前。

「……！」

蘿絲緊咬下唇，憤恨地抬頭怒視黑衣男子。

「妳還打算跟我們作對嗎？」

「咕……我會服從。」

蘿絲垂下頭。她已經發誓不會糟蹋少年的心意了。現在還不是反擊的時候。

「哼。現在，所有人都移動到演講廳！」

黑衣男子們開始行動。他們讓學生從座位上起身，以束帶將他們的雙手固定在身後，然後將學生們一一帶出教室。沒有半個人敢反抗。

最後離開的兩名男學生，回頭朝教室裡看了一眼。

「席德……」

「席德同學……」

他們欲言又止地凝視著死去少年的臉龐。

「快走。」

黑衣男子將他們迅速趕出教室。走廊上的腳步聲逐漸遠離，寂靜籠罩了這一帶。

而後——

理應已經死去的少年，這時手臂微微抽動了一下。

確認教室裡已經空無一人之後，我以拳頭猛捶自己的胸口。

（快動、快點動！）

我捶了好幾拳，硬是逼自己呼吸。

（快給我動起來啊啊啊啊啊啊啊啊啊啊！）

之後，我成功了。

「咳……咳咳……咳！」

動起來了。

原本靜止不動的心臟，現在再次開始怦通、怦通地跳動。

「路人式奧義之十分鐘假死體驗（Heart Break Mob）」。

在心臟停止跳動後，以細微的魔力讓腦部血液繼續流動，實現平常不可能實現的「從長時間心跳停止的狀態復甦，卻不留半點後遺症」——就是這樣的奧義。

這是個只要走錯一步，就可能直接到另一個世界去的高風險奧義，不過，有時還是必須賭命一搏。例如今天這種情況。就只是這樣罷了。

「痛死了……」

我試著確認背後的傷勢。因為其他人可能會從近距離檢視我受傷的程度，保險起見，這次我是真的讓自己挨下這一刀。想當然爾，我有避開致命傷，但為了追求逼真度，我選擇製造出不算淺的刀傷。

我嘗試以魔力對傷口施加應急處理。將魔力流加工到極細的程度的話，就可以無視那些阻礙，自由自在地進行運用。此外，若是將魔力加壓後，再一口氣釋放出來，我想應該也能強行破壞那些阻礙。

「大概就這樣吧？」

傷口得等上好一段時間才會完全癒合，而且，要是之後被人看到我毫髮無傷的樣子就麻煩了，因此，我決定讓傷勢維持在不會影響我行動的狀態。只要表示自己是「奇蹟似的撿回一命」，應該就不會有問題了。

「嘿咻。」

我從原地站起身，確認肉體和魔力流動的狀態。我拭去臉上的血跡，將一身凌亂的制服整理好。

午後的涼爽微風從窗外透進來，將白色窗簾吹得鼓脹。不停擺動的窗簾，讓強烈的陽光和窗簾的影子不斷變換形狀。倒在地上的椅子、歪七扭八的課桌、被炸燬的大門，還有殘留在地上的血跡——這些都顯示出平靜的日常生活已經告終的事實。

我閉上眼，深呼吸一口氣。

「好，走吧。」

然後踏出教室，在無人的寂靜走廊上邁開步伐。

因為過度專注在解讀這個鍊墜型古文物上，雪莉．巴奈特沒能及時發現外頭的騷動。
「這是……」
她將古文物放在掌心上，捧到眼前細細觀察。下一刻，她像是察覺了什麼似的瞇起那雙粉紅色的眸子。
「這……難道是……」
雪莉的視線緊盯著手上的古文物，另一隻手則是在紙上振筆疾書。
她完全沒有注意到周遭吵吵鬧鬧的現況。無論是爆炸聲，或是走廊上急促的腳步聲，都沒有傳進她的耳裡。
「怎麼樣？」
「有集團群眾對這間學園展開攻擊。」
「沒辦法使用魔力的話，我們也不能輕舉妄動了啊。」
就連這兩名騎士的對話，雪莉都完全聽不到。
「難道……這難道是……」
她就是如此專注地在研究這個古文物。雪莉原本就有著在專心做研究時，會將周遭人事物的影響完全隔絕在外的傾向，但今天的情況特別誇張。這個古文物擁有足以奪去她所有注意力的重大要素。

羽毛筆不停寫下一行又一行的文字。

只差一步，那雙粉紅色的眸子就能看穿這個古文物的真實面貌了。

就在這時候——

窗戶突然被震碎，一名黑衣男子跟著闖入研究室。

玻璃碎片輕輕劃過雪莉的臉頰。

「好痛……！」

「來者何人！」

兩名騎士舉劍。

臉頰傳來的刺痛感，終於讓雪莉注意到眼前的情況。

「咦？咦？」

匆忙揣著古文物躲到桌子底下後，她輕撫自己的臉頰，發現有些滲血。

「吾等乃『闇影庭園』……呃，還是『闇影守護者』來著？算了，管他的。我是雷克斯，『叛變遊戲』的雷克斯大人。」

黑衣男子從面具下方發出笑聲。

「這東西有夠不方便的。」

說著，他脫下面具扔到一旁。蓄著一頭偏灰的紅髮、看起來很輕佻的這名男子，宛如飢餓野狗的眼神中帶著笑意。

「噫！」

看到面具滾到自己腳邊，躲在桌子下方的雪莉更往後退了一點。

「『闇影庭園』？你就是傳說中那個……」

「雖然不知道你的目的為何，但大舉進攻學園，你以為自己還能夠全身而退嗎？」

聽到兩名騎士的發言，雷克斯笑了。

「八成無法全身而退吧。『闇影庭園』也真是辛苦啊。順帶一提……」

至此，雷克斯頓了頓。

「我已經忘記這次攻擊行動的目的了。」

然後發出咯咯咯的笑聲。

「你在開玩笑嗎？」

「不，我沒在開玩笑啊。怎麼樣都無所謂啦。我的工作只有回收鍊墜型古文物而已。上頭表示，只要我順利拿到，之後想怎麼大鬧特鬧都沒關係啊……」

說著，雷克斯犀利地瞇起雙眼。

「你們知道那玩意兒在哪兒嗎？」

然後瞪著兩名騎士這麼問。

「唔……我聽不懂你在說什麼。」

「我們什麼都不知道。」

聽到騎士們的回答，雷克斯露出滿面笑容。

「這看起來是知情的表情啊……！」

他的魔力震撼了這一帶的空氣。雷克斯以大量的魔力對這個空間施壓。

「……！」

幾乎要因此發出尖叫的雪莉，連忙摀住自己的嘴巴，然後在地上匍匐前進。還差一點……還差一點就能爬到大門的地方了。

「好啦～要先從誰下手呢？」

雷克斯以宛如飢餓野狗的眼神環顧整個研究所。

「從那邊那位小姐開始好嘍。」

語畢，他的身影消失。

回過神來的時候，雪莉發現雷克斯就站在自己面前。

「呀啊啊啊啊啊啊啊啊啊啊啊啊！」

「再會啦。」

「不要啊……！」

雪莉用力閉起雙眼，抱住頭縮成一團。

不過──

「別想得逞。」

雷克斯揮下的斬擊劈向地面。

戰戰兢兢地睜開雙眼後，雪莉看見一名蓄著宛如雄獅鬃毛那樣的落腮鬍、身材十分高大的騎士，現在舉劍擋在自己的面前。

「哦～明明無法使用魔力，你還挺有兩下子的嘛。」

「魔力並不代表一切。若雙方存在著實力差距，要接下對方的攻擊，便是輕而易舉。」

「實力差距……？你該不會以為自己比我還強吧？」

雷克斯以猙獰的表情怒瞪那名身材高大的騎士。

「我確實這麼想。」

「我姑且問問你的名字吧。」

「我是『緋紅騎士團』的副團長『獅子髯』紅蓮。」

另一名騎士站到紅蓮身旁。

「我是『緋紅騎士團』的馬可。」

「我沒問你啦。」

最後，馬可望向雪莉開口：

「妳快逃吧。」

下一刻，戰鬥便開始了。

雪莉匍匐前進著來到走廊上，然後卯出全力衝刺。聽著從後方傳來的慘叫聲，她以雙手緊緊掩住耳朵。

我來到頂樓，從這裡遠眺整座學園的狀況。

現在，可以看到眾多學園相關人士都被關在演講廳裡。那裡是個就算湧進全校師生，都還綽綽有餘的大規模空間。學園總會在那裡舉辦開學典禮，有時也會有戲劇表演，或是邀請名人來演講。

聽聞騷動而趕來的騎士團已經集結在學園外頭，但他們仍保持著一段距離，遲遲沒有靠近。或許再靠近的話，就會踏入魔力流動被某種力量阻礙的作用範圍吧。校舍裡頭幾乎感覺不到人的氣息，只剩黑衣男子們在尋找是否有學生仍躲在某處。

我眺望著學園的現況，然後哼笑一聲。

這就是我想體驗的事。

遭到攻擊的學園、被限制行動的學生、神祕的恐怖組織，以及從頂樓遠眺這一切的我。我的「人生想做的事情清單」，終於可以打一個勾了。

「從頂樓俯瞰下方的我」。

條件達成。

那麼，在天黑之前的這段時間，要來玩什麼呢？其實，看到那群黑衣男子闖進教室裡時，我湧現了這樣的感想——

這些人實在太欠缺美感了。

現在是陽光燦爛的大白天。在有著蔚藍天空和宜人微風的這個時間帶，竟然穿著黑色大衣登場？

太扯了。

他們犯了一個錯誤……沒錯，他們太輕視ＴＰＯ（註：時間、地點和場合）了。穿搭的自由每個人都有，但要是沒有注意到ＴＰＯ，就可能把自己打扮成相當不合宜的模樣。輕視ＴＰＯ的這些人，無疑是一群很遜的傢伙。黑色大衣一定要在晚上穿才行啊。

不過，我原本就打算慢慢享受這起事件，所以，就算得多花一些時間，我也覺得完全無所謂。要是讓它早早落幕，未免就太可惜了。

我決定採用「慢慢等到晚上」大作戰。

我一邊思考這些，一邊俯瞰學園的風景時，發現有兩名黑衣男子走在連接不同校舍的外部走廊上。在大白天穿著烏漆墨黑的長版大衣，看起來真的超遜耶。

嗯……來玩狙擊手遊戲好了。

我從史萊姆戰鬥裝束上捻下一塊大拇指尺寸的史萊姆，將它搓揉成圓形，再注入魔力，然後整個人趴在屋頂上，做出要用指頭彈別人額頭的動作。

「蠢蛋，你們剛好在我的狙擊軌道上啊。」

這麼輕喃後，我將史萊姆彈射出。

咻！

在一陣劈開空氣的聲音後，史萊姆彈貫穿了一名黑衣男子的頭部。

「啊……」

下一秒，同一顆子彈又貫穿了另一人的心臟。竟然一箭雙鵰啊。我本來還想擊出第二發呢，有種吃虧的感覺。

「算了，下個目標是……」

我捻著史萊姆彈，像是在使用狙擊用單筒望遠鏡那樣瞇起一隻眼。

我發現對面的校舍有個渾身破綻的笨蛋在奔跑。

「目標確認，對方是一名粉紅色頭髮的少女……咦？」

那不是雪莉嗎？

她在幹嘛啊？看她那種一邊東張西望、一邊往前走的樣子，絕對會被敵人發現啊。

「雪莉，妳已經被發現了啦。」

我看到一名黑衣男子出現在雪莉後方，他就要朝她撲過去了。

我將史萊姆彈瞄準目標……然後發射。

咻！

黑衣男子瞬間被爆頭。

「任務達成。」

雪莉就這樣若無其事地繼續往前走，最後消失在我的視野之中。

唔，我有種感覺。

我的路人直覺告訴自己，現在主線劇情已經出現進展。在主線劇情接近高潮的時候，英姿煥發地現身的「影之強者」……感覺不錯喔。

好。我將魔力注入雙腳，判斷沒有任何人看到我之後，便高高跳起。

「喝！」

我一口氣跳到了對面校舍的頂樓。隨後，我又直接往下跳，攀住窗框潛入校舍裡。朝走廊上望了一眼之後……找到了。

不斷東張西望，看起來極度可疑的一顆粉紅色腦袋。

「都說妳已經被發現了嘛。」

雪莉的後方又出現了一名黑衣男子。

在他一把抓住雪莉之前，我以最快的速度衝了出去。

「咦？」

感覺到背後似乎有什麼動靜的雪莉轉身。

雖然她好像聽到了一陣劃破空氣的聲音，但……眼前沒有半個人。直直通往遠處的這條走廊異常安靜。

「是我的錯覺嗎……？」

雪莉一邊慎重地觀察周遭的情況，一邊發出啪噠啪噠的腳步聲前進，懷裡則是緊緊揣著那個鍊墜型古文物。

無法使用魔力……剛才的騎士是這麼說的。倘若他們所說的是事實，這件事恐怕就和雪莉有關，而她也猜得到這樣的現象出現的理由，以及這個古文物……

雪莉再次將古文物牢牢擁在懷裡。

「我得做點什麼才行……！」

她想起為了讓自己逃跑而挺身作戰的那兩名騎士。她不能讓他們的死白費。

雪莉這麼想著，在走廊的轉角處拐彎時——

「啊！」

瞥見一名黑衣男子後，雪莉連忙躲起來。

——糟糕，我好像跟他對上視線了。

接著，她聽到一陣劃破空氣的聲響。

「不要緊，他沒有發現我……沒有發現我……」

雪莉這麼祈禱，然後再次探頭望向轉角處……

「太好了，他真的沒有發現我……」

黑衣男子消失了蹤影。

雪莉繃緊神經，一邊慎重地觀察周遭的情況，一邊啪噠啪噠地邁開步伐。

「啊！」

有一名黑衣男子，隔著教室的窗戶望著走廊。
雪莉連忙躲起來，但已經太遲了。黑衣男子打開教室大門走了出來。
「噫！」
雪莉抱著頭，緊緊閉上雙眼。
……
…………
她聽到一陣劃破空氣的聲響。
「咦？」
雪莉戰戰兢兢地睜開雙眼，發現剛才那名黑衣男子已經不見蹤影。
「太好了，沒有被他發現……」
雪莉再次繃緊神經，啪噠啪噠地往前走。
無論是走廊轉角處、教室裡頭、當然還有自己的背後，她都仔仔細細確認過。
東張西望，左看右看。
一邊確認周遭動靜、一邊前進的她，自然忽略了自己腳下的狀況。
「啊！」
然後跌了一跤。
整個人趴倒在地上之後，被拋到半空中的古文物映入雪莉的眼簾。
「啊啊！」

古文物要掉到地上了……在墜地的前一刻，有人伸手將其撈住。

雪莉抬起視線，發現自己最近認識的那名友人出現在面前。

「席德……！」

然而，他卻是渾身染血的狀態。

「你還好嗎！看起來傷勢好嚴重……」

「沒事的。我奇蹟似的撿回了一命，所以完全沒問題。」

不知為何看起來一臉疲態的他，以一雙死魚眼望向雪莉。

「我有很多話想對妳說。例如不要自言自語、不要一邊想事情一邊走路，還有走路時要注意自己腳下等等。」

說到這裡，他重重嘆了一口氣。

「但總之，先把妳腳上那雙不停啪噠啪噠作響、吵死人的樂福鞋脫掉吧。」

雪莉點了點頭。

在一邊掩護雪莉、一邊前進的狀態下，我們最後抵達了位於一樓深處的副學園長室。順帶一提，在跟她會合之後，我大概又若無其事地讓五名黑衣男子安靜退場了。

我們推開有些厚重的大門入內。

房間正中央擺了一組品味很不錯的會客用沙發和茶几，靠牆處則是整排高大的書櫃。後方的辦公桌上堆放了大量的資料，柔和的陽光從面北的窗戶照射進來。整體給人的感覺，是一個洋溢著知性的大人的空間。

雪莉以熟練的動作拉開辦公桌抽屜，翻找裡頭的東西。

「盡量不要製造太大的聲響喔。」

粉紅色的腦袋在辦公桌的另一側朝我點點頭。

「呼～」

我在雙人沙發上伸直雙腿坐下，然後重重吐出一口氣。

累死我了。

雖然可以確定雪莉是這次的主要角色，但看來是沒辦法了。她絕對無法把主線劇情走完。一般來說，在這種情況下，她身邊應該還會有個同伴角色，但這號人物感覺完全不存在。這個主線劇情有著很大的缺陷。

煩惱到最後，我還是以「救星路人」的立場介入這個路線。我是路人，所以絕不會在光天化日之下活躍。絕對不會。

「找到了。」

雪莉從辦公桌對側捧著一疊資料走回來，全數攤開在會客用茶几上。

「這些是？」

上頭充斥著讓人完全摸不著頭緒的的文字、圖形和算式。

「這是名為『貪婪之眼』的一種古文物。我想，現在妨礙魔力流動的原因，八成來自於它。」

雪莉拿出一張素描為我說明。紙上畫著一顆看似跟乒乓球差不多大小、散發著邪惡氣息的球體。

「這個『貪婪之眼』會吸收周遭的魔力，然後儲存在內部。因此，在『貪婪之眼』啟動後，想在其影響範圍內凝聚魔力，將會變得非常困難。」

「但那些黑衣人可以正常運用魔力耶。」

「他們應該是事先讓『貪婪之眼』記住自己的魔力波長了吧。我已經確認過了，它不會吸收事先記錄過的魔力。此外，極度細微的魔力，或是有如洪流般猛烈的魔力，好像也不容易被吸收，但我們並無法駕馭這樣的魔力。」

嗯。

「光是這樣，這個古文物就已經相當棘手了，但儲存在『貪婪之眼』內部的魔力，甚至還能拿出來使用。根據我的考察，我想，其原本的目的應該和魔力運用有關，但因為難以長期保存魔力，所以被視為有缺陷的古文物。」

「無法長期保存魔力，但短期的話就沒問題，是嗎？」

「是的。目前，有許多魔劍士被囚禁在演講廳裡頭。倘若把從他們身上吸收到的魔力釋放出來……或許足以將整座學園炸燬。」

「哦……」

「這個『貪婪之眼』是我以前研究分析過的古文物。考量到危險性，我沒有在學界發表相關研究，而是交由國家部門保管，但現在……為什麼會發生這種事呢？」

雪莉怯生生地望著我這麼說。

「可能是有相同的量產品存在，又或是有人把它偷出來了吧。那麼，有辦法對付這個『貪婪之眼』嗎？」

「有的。」

雪莉點點頭，然後掏出一條有著較大鍊墜的項鍊。

「這條項鍊看起來髒兮兮的呢。」

「這個應該是『貪婪之眼』的控制裝置。我想，當初打造出『貪婪之眼』的人，應該是打算跟這個控制裝置配合著使用吧。這麼做的話，就能夠讓這個原本無法長期保存魔力的古文物瑕疵品搖身一變。」

「可以變得能長期保存魔力嗎？」

「關於這點，我必須同時對兩者進行研究，才能夠下定論，但我認為這樣的可能性是存在的。」

「嗯。」

「透過這個控制裝置，可以讓『貪婪之眼』暫時停止運作。被囚禁在演講廳裡頭的人，應該就能趁這段期間重獲自由。」

「聽起來不錯耶。然後呢？」

「呃，因為我對這個古文物的分析研究還沒有完全結束，所以我必須先繼續分析。」

「嗯。」

「分析完畢後，讓已經啟動的這個古文物靠近『貪婪之眼』。」

「怎麼靠近？」

「呃……因為地表的戒備森嚴，所以，我打算從地底靠近演講廳。」

雪莉露出有些困擾的微笑。

「從地底？」

「是的。」

語畢，雪莉從靠牆的書櫃上抽出幾本書。下一刻，書櫃緩緩旋轉九十度，通往地底的一座階梯跟著亮相。

「好厲害啊。」

我超愛這種機關呢。

「在這間學園，有幾處設施還保留著逃生用的暗道。不過，這條暗道看起來似乎好一陣子無人使用了。」

雪莉的雙眸浮現悲傷的情緒。

「階梯上也積了一層灰塵……上頭看不到任何腳印。要是爸爸有從這裡逃走就好了。」

「妳是說魯斯蘭副學園長？我記得他是妳的養父？」

「他原本是支援母親做研究的贊助者。我一直受到他諸多照顧，在母親死後，也是他收留了無依無靠的我，養育我成人。」

「是個好人呢。」

「是的，非常好的人。我一直單方面受到他的幫助，所以……這次輪到我幫助他了。」

說著，雪莉露出真心的笑容。

「希望他也平安無事就好。那麼，從地底靠近演講廳之後呢？」

「啊，呃……從地底靠近演講廳之後，把已經啟動的古文物扔進演講廳裡。」

「會不會被敵人弄壞掉？」

「就算被弄壞，也可以暫時讓『貪婪之眼』停止運作，所以沒問題。在這之後，就要靠演講廳裡頭的魔劍士們的努力了……」

雖然是稍嫌後繼無力的計畫，但只要我以闇影的身分大鬧一場，大概就沒問題了吧。我反而應該感謝雪莉打造出能讓我好好活躍的這種場面呢。

「太棒了。就這麼做吧。」

「太好了，那我馬上開始分析。」

「我的背很痛，所以幫不上什麼忙，還請妳多加油嘍。」

能聽到這種可靠的作戰計畫，真是太好了。這樣一來，感覺救星路人也不需要再次上場了吧。

「席德，你不要太勉強自己喔。我會加油的。因為我過去什麼都做不到，這次，我一定要拯救爸爸和大家。」

「嗯，加油。啊，我去一下廁所。」

我留下專注分析古文物的雪莉，獨自到外頭蹓躂蹓躂。

雷克斯打開演講廳的大門，光明正大地走了進來。後頭跟著幾名黑衣男子的他，有著一雙宛如飢餓野狗的眸子。

看到他們走近，被迫坐在椅子上的學生們紛紛垂下頭。

這座大型演講廳，是將三層樓高的空間整個打通的大廳，每個出口都有黑衣男子鎮守著。學生們隨時都在他們的監視之下，連交談都不被允許。雷克斯帶著輕佻的笑容穿越演講廳，走進位於後方的休息室。

「那麼，結果如何？」

待雷克斯關上門，坐在裡頭的一名黑衣男子隨即發問。

那是個低沉又頗具威嚴的嗓音。他以面具遮住臉、穿著一身黑色裝束的打扮，和其他成員沒什麼兩樣，但只要看一眼，就能明白這名男子的層級完全不一樣。

「你還真心急耶，『瘦騎士』先生。學園的鎮壓行動已經差不多結束了，雖然外頭來了吵吵鬧鬧的騎士團，但他們一點用處都沒有。」

「這些事怎麼樣都無所謂。我是在問你有沒有把那個古文物收回來。」

「噢，古文物啊，古文物……」

雷克斯聳聳肩，望向「瘦騎士」說道：

「我想，八成在那個小女孩手上吧。粉紅色頭髮的。」

「你還沒有拿到？」

雷克斯搔搔頭移開視線。

「嗯，就是這一回事。」

「少跟我開玩笑了。」

「瘦騎士」的魔力高漲到足以撼動周遭空氣的程度。面對這樣的殺氣，雷克斯的表情不禁僵硬起來。

「別生氣啦。我大概知道那女孩在哪裡，我馬上就過去回收古文物。」

「你知道自己的惡作劇，對我們的計畫造成了多大的影響嗎？要是再搞砸，我會殺掉你。明白了吧？」

「我知道了、我知道了啦。」

雷克斯做出舉起雙手的投降姿勢。「瘦騎士」以犀利的眼光看著這樣的他離開休息室。

「啊，對了對了。」

離開之前，雷克斯又補上這麼一句。

「學園裡可能有個不太妙的傢伙在喔。」

雷克斯轉頭窺探「瘦騎士」的反應。後者以沉默催促他往下說。

「有好幾個第三級被做掉了。第二級也死了兩個。有心臟直接被擊潰的人，也有要害部位被貫穿、留下一個小洞的人。後者應該是被細劍之類的武器殺掉的吧。所有人都是一擊斃命。感覺對方挺有兩下子的。」

儘管嘴上這麼說，雷克斯卻像頭飢餓的野狼那樣獰笑。

「哦……是『闇影庭園』嗎？終於把他們引誘出來了。」

「就是啊。你也要小心一點比較好喔。」

「咯咯……你要我小心？」

「不過，你大概不會有問題吧，前圓桌騎士殿下。」

「哼。你絕對要把古文物跟『闇影庭園』成員的腦袋給我一起帶回來。」

「早知道就不說嘍。」

雷克斯揚唇輕笑，然後踏出了休息室。

獨自被留在裡頭的「瘦騎士」發出咯咯笑聲。

「這一切終於要實現了……」

他從懷裡掏出泛著不祥光芒的古文物，以詭異的眼神凝視著。

「這樣一來，我就能光榮重返圓桌騎士的行列。」

男子咯咯咯的詭異笑聲在室內迴盪。

那是雷克斯和部下一同走在校舍走廊上時發生的事情。

正在尋找古文物下落的他們，突然遭遇了不可思議的現象。原本走在雷克斯前方的部下，就這樣一瞬間從他的眼前消失。

「啥？」

不明白發生了什麼事的雷克斯左右張望，但並沒有看到可疑的人影。要說線索的話，大概就只有剛剛聽到的一陣類似劃破空氣的聲音。

咻、咻。劈開空氣的聲音再次傳來。

接著——

「……！」

原本站在雷克斯身旁的部下突然消失。

不過，這次他勉強看見了。對方是個身穿學生制服、渾身是血的少年。那傢伙以掌心將他的部下打到昏厥，然後拖走。

那是必須讓雷克斯將自己的視力強化到極限，全神貫注地凝視，才終於能瞥見的神速技巧。

「小心點，有敵人！」

雷克斯這麼吶喊，開始警戒周遭的動靜。

「……啊？」

然後茫然地杵在原地。

原本應該在他身後的部下，現在一個人都不剩。不知不覺中，在這條長長的走廊上，只剩下雷克斯一個人。

接著，又是咻的一聲。

聽見這個聲響的下一秒，雷克斯卯足全力保護自己的心臟。

「咕……！」

對方的掌心擊中他的手臂。

啪嘰。

伴隨著令人不舒服的骨頭碎裂聲，雷克斯被狠狠打飛至後方。

「混……蛋！」

不過，他隨即重新站好腳步，抽出自己的劍。

然而，眼前已經看不到半個人。

雷克斯不禁咂嘴。

僅是剛才那發自掌心的一擊，便足以將他受到魔力保護的左手臂打到骨折。要是他來不及防禦，現在心臟想必已經被震得粉碎了吧。

咻。

這次，雷克斯在聲音傳來的同時採取了行動。

他憑藉直覺朝背後那個存在揮刀。時間有對上。

然而——

這傢伙……竟然又進一步加速！

雷克斯的劍在少年身後揮空。他在千鈞一髮之際護住了自己的心臟。

「啊嘎……！」

但沒能守住肋骨。

為了降低對方的攻擊威力，雷克斯往後方退開，同時以雙眼捕捉少年的身影。但現在，就連想看到對方的殘象，都變得格外困難。

「……嘖！」

雷克斯啐了一口混著血的口水，再次擺出應戰架勢。

無法以肉眼確認敵方的身影，也沒辦法反擊的他，現在就只是在單方面地挨打。從客觀角度來看的話，這可以說是已經徹底走頭無路的狀態。然而……這點程度的困境，他早已克服過好幾次了。

這就是具名之子雷克斯。

「看樣子，你用了性能很不錯的古文物啊。」

雷克斯刻意以敵方也聽得到的音量開口。

他知道對方用的是什麼伎倆。

光是這短短幾回合的交手，就已經讓雷克斯看穿了。敵方的動作速度遠超過人類所能抵達的境界。也就是說，他必須藉助一般人不可能擁有的力量，才能做到這種程度的事情。

「戰況乍看之下好像對我不利，但我可不會上當喔。你也打得很吃力對吧？」

想讓自己的動作速度超越人體界限，勢必得伴隨某種犧牲。雷克斯可沒有漏掉這樣的形跡。
「你的制服上沾滿了血喔。」
沒錯……少年制服上的血跡，讓雷克斯解開了這個謎團。
對方是透過古文物的力量，來獲得超出常理的動作速度，但同時，他的肉體也付出了代價。從他的出血量看來，這樣的事實可說是一目了然。少年馬上就會瀕臨極限了。屆時，只要還能穩穩地以雙腳站著……就是雷克斯的勝利了。
只憑蛛絲馬跡的情報，即可看透敵方的一切——這就是具名之子「反叛遊戲」的雷克斯。
「在我看來，大概再兩三招吧？那就是你的極限啦！」
雷克斯使勁這麼吶喊。
然而，對方沒有半點反應。自雷克斯開口之後，他便沒有任何動靜，只是一貫維持著沉默。
「被我說中了吧？」
雷克斯揚起嘴角獰笑。
他看見勝算了。不過……儘管如此，雷克斯本人也不到能從容應戰的地步。換個角度看，這也代表著他還得再承受兩三次無法以肉眼捕捉到動作的手掌攻擊。
「喂，怎麼悶不吭聲的啊？」
正因如此，雷克斯刻意擺出強勢的態度。他不能讓敵人察覺到自己怯懦的感情。
這場戰鬥……是高水準的心理戰。
「出招啊，膽小鬼！」

咻。

劃破空氣的聲音傳來的同時，雷克斯以直覺迴避對方的這一擊。

他將上半身傾斜，試著離開敵方掌心的攻擊軌道。

然而——

好快！

他緊急舉起右手臂防禦。

「嘎啊啊啊！」

右手臂發出清脆的骨頭斷裂聲。雷克斯憑著毅力握著手中的劍後退。

然而，敵人追了過來。

原本都只會使出單次攻擊的敵人，現在卻再次追上來。

這就代表……對方想透過這一擊一決勝負。

「放馬過來啊啊啊啊啊啊啊啊啊啊啊啊啊！」

鼓起幹勁咆哮的同時，雷克斯護住自己的要害。

對方的肉體已經瀕臨極限。

只要能撐過這一擊，勝利就屬於雷克斯了。

下一刻，對方的掌心刺入雷克斯的腹部。

「嘎哈！啊啊啊啊啊啊啊啊啊！」

被打飛的雷克斯嘔出鮮血。他將牆壁撞出一個大洞，然後跌進教室裡滾了好幾圈，還撞壞了一堆課桌椅。

「咳、咳咳……！」

雷克斯按著腹部不停吐血，斷裂的肋骨刺進了他的內臟。

然而……他還活著。全力傾注在防禦上看來奏效了。

「嘿嘿……」

他以滿是鮮血的嘴唇嗤笑一聲，然後抬起頭。他看到——

「這……這是怎麼搞的啊……」

教室裡有無數具屍體躺倒、堆疊在一起。

全都是黑衣男子的屍體。每個人身上都看不到太多外傷，因此能判斷是被一擊斃命。

那傢伙難道一個人撂倒了這麼多的迪亞布羅斯之子……？

喀、喀、喀。

走廊上傳來一陣響亮的腳步聲。

喀、喀。

腳步聲在教室外頭停了下來。

接著是一陣沉默。

雷克斯發現自己握劍的掌心異常地大量出汗。

喀鏘。

打破沉默的，是門把的轉動聲。

然後……教室大門敞開。

門口看不到半個人。

只有一陣咻的聲音傳來。下一刻，雷克斯的右手臂被砍斷。

接著又是一陣咻的聲音。雷克斯的左手臂也被砍斷。

咻。

咻。

咻。

聲音不斷。

每當這個聲音響起，雷克斯就會失去一部分的肉體。

「啊……啊啊……啊啊啊……啊啊……」

最後，在頭顱被砍飛的那個剎那，雷克斯終於領悟到眼前這名人物根本沒有極限。

「你真是太棒了。」

他在殞命的瞬間聽到了這句話。

紐站在一片狼藉的研究室裡，俯瞰著地上的一具屍體。有著一頭深褐色秀髮，以及相同顏色的眸子的她，臉上戴著一副俗氣的眼鏡，身上則是穿著學術學園的制服。儘管刻意打扮成不起眼的模樣，但她仍散發出一股藏不住的性感氣質。

「『緋紅騎士團』的『獅子鬃』紅蓮嗎……」

那具屍體的雙眼直直望向前方，表情看起來相當痛苦。看來他生前吃了不少苦頭。儘管是騎士團中頗具盛名的一名人物，但只要魔力被封印住，仍會變得不堪一擊。

紐的注意力隨即轉移到其他人身上。還有另一名騎士倒在這個研究室裡。他仍有著微弱的呼吸。

「馬克．格蘭傑……原來你加入了『緋紅騎士團』呀。」

那是一張存在於紐的記憶之中的臉孔。他有著動人的湛藍色髮絲，以及端整的相貌，身為魔劍士的實力也很高強，是個據說將來有望成為騎士團長的男人。回想起來，他從以前正義感就很強。

馬可過去曾是紐的未婚夫。

兩人寫信交流過很多次，也在舞會上共舞過。然而，到頭來，這個人仍舊只是父母替自己決定好的對象罷了。紐不知道馬可是怎麼想的，不過，直到最後，她都不曾對馬可懷抱過愛意。但她並不討厭他。儘管對馬可沒有愛，紐仍認為他是個不錯的男人。對於兩人將來會結婚一事，她其實也沒有什麼不滿，再說，跟廣受眾人看好的他結婚的話，自己想必也能迎接光輝燦爛的未來。

由他人決定的人生。由他人決定的對象。由他人決定的將來。

過去，紐幾乎沒有自我的意志。她一直都遵守著周遭環境的價值觀，聽從旁人的指示或建議過生活。她並不覺得這樣有什麼不好，不過，現在回想起來，這實在是一種令人窒息的生活方式。

看著他的臉，讓紐想起了參加舞會時的記憶。回想起過去在舞會上拉著長相帥氣的馬可到處跑，像是企圖向人炫耀的那個自己，她不禁露出苦笑。

想要在此刻馬上忘掉的回憶，最後總會變成永遠都忘不掉的一段回憶。

「紐，妳在做什麼？」

聽到突然從背後傳來的呼喚聲，紐轉過頭。儘管沒有察覺到任何氣息，但她並不太吃驚。因為她知道聲音的主人是誰。

「闇影大人……」

不知何時，一頭黑髮、樣貌平凡的少年出現在研究室裡。他從紐的身旁走過，打開研究室的某個櫃子。

「這個人以前是我的未婚夫。」

「哦～妳要拿他怎麼辦？」

「我個人沒有讓他活下來的理由，但也沒有必須殺他的理由。」

「那就維持現狀吧。」

少年這麼回答，同時伸手在櫃子裡翻找什麼。

紐離開馬可的身邊，來到少年身旁。

「闇影大人。雖然遲了些，但我有事向您稟報。」

「嗯。」

「目前，『闇影庭園』已經潛伏在學園外圍待命。只要您一聲令下，大家隨時都可以採取行動。」

「嗯。」

「只是，在魔力受限的狀態下戰鬥，仍然伴隨著風險。能夠發揮平常水準的實力的，恐怕只有『七影』的幾位成員，然而，現在人在王都的就只有伽瑪大人。然後……那個，伽瑪大人她比較不擅長這方面的……」

「她的戰鬥天賦是零呢。」

「那個……是的。而我……我能夠施展的力量，大概也只有平常的一半……」

「這樣啊。」

「伽瑪大人目前正在指揮全體人員的行動。她推測魔力受限的狀態應該不至於持續太久，所以指示大家不要勉強出動，先靜待時機到來。」

「嗯。」

「黑衣男子目前全數鎮守在演講廳裡，沒看到任何動靜。從現況看來，他們似乎沒有提出任何要求。騎士團已經包圍了這座學園，但在他們之中，算得上戰力的人，恐怕只有愛麗絲・米德加和其他的騎士團長。再加上騎士團之間平日的對立關係，想確實攜手進攻，或許也是很困難的事情。」

「嗯。」

「若您沒有什麼特別的指示，成員們就會等到敵方有所動作後，才會展開行動。」

「嗯。」

「這樣的安排可以嗎？」

「嗯……啊，等等。」

「是。」

「我想找幾樣東西……祕銀鑷子、地龍的骨骼粉末，還有淡灰魔石的……」

紐從櫃子裡陸陸續續將少年所說的道具找出來。

「謝謝。哎呀~妳真是幫了一個大忙。」

「不，請別這麼說。那個，可以請問您這些東西的用途嗎？」

紐這麼詢問以雙手環抱住眾多道具的少年。

「噢，妳說這些？要用來調整古文物的。」

「調整古文物嗎……」

紐壓根沒想到這名少年竟然還精通古文物的研究。不過，像他這樣的存在，擁有能研究古文物的睿智和能力，其實也沒什麼好不可思議的。但話說回來，他為何要在這種情況下調整古文物？

「阻礙魔力流動的，是名為『貪婪之眼』的古文物。要調整的是另一種能讓它暫時失去作用的古文物，現在也已經進入最終調整階段了。」

「原來如此……不愧是闇影大人。」

沒想到他竟然已經查明阻礙魔力流動的原因，甚至還在著手準備相關對策。而且，想讓能夠如此廣範圍地阻礙魔力流動的古文物暫時失效，必須擁有的相關知識學問可不少。若沒有國家最頂尖等級的學識，這便等同於不可能的任務。紐再次對少年無以計量的睿智肅然起敬。

「我想，在太陽下山的時候，應該就能完成了。」

「那麼，我們會配合這樣的狀況進行準備，以便屆時能夠馬上出動。」

「真令人期待啊～」

「是的。」

目送少年揣著道具離開後，紐轉身確認她的前未婚夫的意識。

她漆黑的刀刃抵上他的頸子。

呼吸跟脈搏都很正常，沒有紊亂的跡象。雖然還活著，但很明顯已經昏過去了。

「你撿回一條命了呢。」

以刀刃在馬可的頸子上留下一道淺淺的傷口後，紐便消失了蹤影。

「我回來嘍。」

看到席德揣著一堆用具踏進室內，雪莉朝他露出微笑。她從席德手中接過那些道具並排在桌上。

「謝謝你。這樣就可以完成了。」

「加油喔。」

雪莉隨即進入古文物的調整作業。席德則是躺在沙發上看書。

平靜的時光流逝。

從窗外照射進來的陽光，開始慢慢染上橘紅。

席德不時會從沙發上爬起來去上廁所。看到他這麼頻繁地跑廁所，雪莉拿了一些腸胃藥給他，結果席德以一臉複雜的表情收下。

時間來到了傍晚。陽光中的橘紅色變得更為強烈，落在地上的影子也變得越發漆黑。在雪莉點燈後，外頭的天色顯得更加灰暗。待太陽完全沒入地平線之後，雪莉的調整作業也終於結束了。

「完成了。」

雪莉將項鍊拿給席德看。蹺起腳看書的席德朝項鍊瞄了一眼。

「好厲害啊。」

「是的，我成功了。」

「嗯，太陽也下山了，感覺進度很理想。學園的未來就要靠妳嘍。」

席德起身拍了拍雪莉的背這麼說。

「已經沒有我幫得上忙的事情了。用妳的雙手拯救這個世界吧。」

「我……我會加油的。」

雪莉以有些緊張的嗓音這麼表示後，便拎起提燈走向通往地底通道的階梯。

「真的很謝謝你，席德。託你的福，我才能拯救爸爸。」

最後，雪莉再次轉身向席德鞠躬道謝。

「我也只有幫一點小忙而已。希望妳爸爸平安無事。」

「是。」

微笑著這麼回應後，雪莉踏下階梯。

走了一段感覺相當潮濕的階梯後，底下的空間有著截然不同的空氣。只有雪莉手中的提燈能充當照明的這個昏暗地底通道，有著錯綜複雜的路線設計，只要一個地方走錯，便無法抵達自己想去的目的地。

「呃……」

雪莉攤開地圖，確認通往演講廳的路線。

「先一直直走，然後在第三個岔路往左……」

一開始，她原本走得戰戰兢兢。

片刻後，過去跟養父一起走過這個地底通道的回憶慢慢復甦。那時，雪莉吵著要工作中的養父陪她玩，養父於是領著她來這裡探險。對雪莉來說，那是一段十分難忘，也非常珍貴的回憶。

她沒有關於父親的記憶。在雪莉出生沒多久之後，父親便過世了。她對母親的記憶也很模糊。在雪莉九歲生日的那天夜晚，她的母親被侵入家中的強盜殺害。

雪莉還記得那晚躲在衣櫃裡時，從縫隙中窺見的那個黑色身影。母親的尖叫聲，以及那個令人毛骨悚然的狂笑聲，至今仍在雪莉的夢中折磨著她。

這起悲劇發生後，雪莉有整整幾年的時間都無法開口說話。她將周遭所有人拒絕在外，發狂似的埋首於母親留下來的古文物上，然後像是要繼承母親的衣缽那樣，開始致力於相關研究。

拯救了這樣的她的人就是養父。他收養了雪莉，從旁支持她進行研究，同時以親情灌溉她，最後，雪莉終於能夠再次開口說話了。對她來說，跟養父之間的回憶，就等於跟家人的回憶。

養父一直支撐著她。回報這份恩情的日子到來了。

「我得努力才行。」

雪莉獨自在昏暗的地底通道裡前進。她踏出的腳步，現在不再有一絲畏懼。

又過了片刻，她抵達了目的地。

「這裡就是演講廳的下方……」

前方分支出好幾條岔路。

通往一樓的路，從那裡走向中央，然後再上二樓……

雪莉一邊將眼前的路和地圖做比對，一邊繼續前進。

最後，她找到了。

「啊……！」

那是介於二樓和三樓之間的一個小型排氣口。雖然大小無法讓人進出，但想從這個排氣口將項鍊扔出去，則是綽綽有餘。

雪莉從排氣口悄悄觀察外頭的情況。

席德曾說過，想消除自己存在的氣息，最關鍵的一點在於放鬆。放鬆全身的力氣，然後慢慢呼吸。

演講廳裡頭坐著許多名學生。也有少少幾名老師。黑衣男子人數則不算多。雪莉判斷，只要阻礙魔力流動的要素消失，大家應該有能力馬上從這裡逃出去。

很好。

雪莉離開排氣口，取出懷裡的項鍊，再把準備好的魔石和項鍊組合。隨後，項鍊開始泛出白色光芒，表面也有文字跟著浮現。

雪莉將發光的項鍊緊緊握在手中，然後毫不遲疑地從排氣口將它扔進演講廳裡。

終章

蘿絲睜亮她蜂蜜金色的雙眸，仔細觀察演講廳裡的黑衣男子們。

在她被帶到演講廳來以後，已經過了好一段時間。夕陽沒入西山的現在，提燈溫暖的光暈照亮了演講廳。

用偷藏的小刀切斷了綑綁雙手的束帶後，蘿絲佯裝成尚未脫困的模樣，繼續坐在椅子上，然後悄悄將小刀交給她身旁的學生會成員的少女。對方想必會以同樣的方式，繼續將這把小刀傳下去吧。

她隨時都能採取行動。然而，蘿絲很清楚，就算她採取行動也無濟於事。

儘管黑衣男子人數並不多，但個個都是讓人無法輕舉妄動的強者。再加上，他們還有領導者指示行動。其中，名為雷克斯的男子，以及八成是他上司的「瘦騎士」，實力更是高出這些人一大截。有幾名老師沒能正確評估敵我的力量差，企圖出手反抗，最後都被殘忍殺害。就算現在處於能夠自由驅使魔力的狀態，蘿絲也無法判斷自己是否贏得過這些人。

幸運的是，她有好一會兒沒看到雷克斯這個人了。雖然希望他已經被外頭的騎士團打倒，但……蘿絲不認為雷克斯這般實力高強的人會輸給騎士團。老實說，她現在很希望能在雷克斯回來這裡以前做點什麼。

「瘦騎士」基本上都待在後方的休息室裡，但偶爾會走到演講廳來巡邏，同時咒罵雷克斯為何還沒有回來。從「瘦騎士」縝密的魔力濃度，以及他舉手投足的動作看來，他的實力想必已經超越了高手的領域。說不定還凌駕於那個愛麗絲．米德加之上……但願事實並非如此。倘若真的是這樣，就算蘿絲的魔力能恢復正常，她打贏「瘦騎士」的可能性，恐怕也是微乎其微。

不管怎麼說，現在還不是行動的時候。然而，她沒剩太多時間，卻也是不爭的事實。

隨著時間經過，蘿絲感覺魔力一點一滴地從她的肉體流失。雖然這應該跟她無法使用魔力的現象有關，但蘿絲並不明白確切的理由。她現在多少還保有一些餘力，但擁有的魔力量較少的學生，已經開始出現身體不適的症狀。再經過幾小時的話，恐怕會出現魔力缺乏症發作的學生。這樣一來，他們將永遠失去反擊的機會。

蘿絲感受到湧上心頭的不安和焦急。

而壓抑住這些情緒的，一直都是那名少年的身影。

每當回想起挺身救了自己一命的席德的英姿，蘿絲的胸口便會湧現一股熱潮。絕不能讓他的這片心意白費——蘿絲在內心反覆這麼呢喃，靜待最佳的時機到來。

而這樣的瞬間十分唐突地出現了。

演講廳突然被一道刺眼的白光照亮。

蘿絲不知道那是什麼。不過，比起思考，她的身體早一步動了起來。

這道光芒是什麼都無所謂。她只知道本能告訴自己這將是最後的機會。

在所有人被這道光照得睜不開眼睛的時候，蘿絲瞇起眼，衝向一名最靠近她的黑衣男子。

將手伸向他破綻百出的頸子時，蘿絲察覺到一件事。

她能使用魔力了！

蘿絲的手刀瞬間讓男子的項上人頭落地。

她不知道自己為何又能使用魔力了。但這不重要。蘿絲從沒了腦袋的男子腰間抽走他的劍，接著高高舉起，同時大喊：

「魔力流動已經恢復正常了！大家起身反擊吧！」

演講廳一陣騷動。

學生會的少女動了起來。她在轉眼間截斷其他學生的束帶，重獲自由的學生們開始採取行動。眾人團結一致的激昂情緒，撼動了演講廳裡頭的空氣。

蘿絲釋放出自身龐大的魔力，以這一擊將黑衣男子打飛。

只為了求勝。

這個瞬間，蘿絲明白自己成了反擊行動的精神象徵。

只要她持續奮戰，大家也會起身戰鬥。她必須不斷祭出能讓所有人看一眼就明白的勝利。

蘿絲沒有思考魔力分配的問題，只是一股腦兒地使出全力揮劍。

「跟上學生會長！」

「搶走他們的劍！」

注目、敵意，以及喝采。集這些於一身的蘿絲，撂倒了許多敵人、釋放了許多學生，而後仍持續戰鬥著。

無人不憧憬這樣的她、追隨她的身影。

然而，她無視魔力分配的行動，同時也是欠缺計畫性、只能逞一時之快的戰法。無論原本擁有的魔力多麼龐大，方才持續流失魔力好一段時間的蘿絲，現在已經瀕臨極限。

感受到這個事實的她，冷靜地判斷自己的極限落在哪裡。逐漸流失的魔力、變得遲緩的揮劍動作，以及愈來愈笨重的肉體。

原本攻擊一次就能打倒的對手，現在得攻擊兩次。攻擊兩次就能打倒的對手，變得要攻擊三次。

只差一點、還差一點……不同於蘿絲這樣的想法，不知不覺中，她被團團包圍了。

再一個……蘿絲此刻領悟到，再打倒一個人，便是她的極限。

演講廳已經被學生們高漲的情緒淹沒。就算蘿絲在這個時候倒下，也無人能夠攔阻他們了。

一名少年將心意傳達給蘿絲，蘿絲再將這份心意傳達給所有人。儘管有部分的人在過程中喪命，但這樣的心意確實被傳承下去了。

一切都沒有白費。

少年之死，以及即將迎來的自身之死。

出身於藝術大國的蘿絲，之所以會選擇握劍的人生，其實是有理由的。那是個她從未告訴過任何人的、源自於孩提時代的可笑夢想。但蘿絲仍以極其認真的態度在追夢。現在，自己是否更接近這個夢想一步了呢？

她這麼想著，同時揮下最後一劍。

這一擊已經幾乎不帶半點魔力。力道不夠，速度也很緩慢。

不過，砍下敵人腦袋的動作，卻比之前的任何一擊都更來得優美

這是蘿絲至今的人生當中，讓她實際感受最強烈的一擊。在這個瞬間，她覺得自己彷彿掌握到了某種重要的東西。

只是……

直到人生最後，才能迎來這樣的瞬間，讓她十分不甘心。看著從四面八方朝自己揮來的刀刃，蘿絲內心浮現了「真希望能再多活一天」的願望。

下一刻——

這樣的願望實現了。

一陣漆黑的旋風襲來。

伴隨四濺的鮮血，蘿絲身邊的敵人幾乎在剎那間被砍殺殆盡。

彷彿時間靜止似的，她的周遭變得一片寂靜。

穿著漆黑大衣的一名男子，佇立在大量屍體的正中央。

「劍法優美的少女……妳表現得很好。」

他以宛如來自深淵的嗓音對蘿絲開口。

這大概是在讚許蘿絲先前那一擊的發言吧。然而，蘿絲受到的震撼，並非言語所能表達。

「吾名闇影。」

自稱闇影的這名男子的劍術……實在太過驚人了。

「我……我叫蘿絲。蘿絲・奧里亞納……」

無法馬上從震撼中振作起來的她，以顫抖的嗓音這麼回應。

闇影的劍術，高超非凡到她遠不能及的程度。那是在勤勉不懈地進行修練，將無數的技巧融合、淘汰、淬煉後，才得以成就的劍技。蘿絲在他的劍法中感受到了悠久的時光。那是她至今從不曾見識過的完美劍法。

「來吧……吾忠實的僕人們……」

闇影朝上方釋放出藍紫色的魔力。在這樣的光芒照耀下，一群黑色裝束的人物躍入演講廳裡。

難道是敵方的增援部隊……？

閃過蘿絲心中的不安，到頭來只是無謂的憂慮。

黑色裝束的集團在華麗落地後，隨即和黑衣男子們展開戰鬥。

鬧內訌……看起來似乎也不是。沒看到騎士團的成員。蘿絲定睛一看，發現黑色裝束集團的成員清一色都是女性。而且——

「好強……」

每個人都很強。純粹的強大。

黑衣男子的人數在轉眼間銳減。

她們施展出來的劍法，全都和闇影的劍法相同。他便是這群優秀鬥士的頭領。

「闇影大人，幸好您平安無事。」

「紐嗎？」

一名黑色裝束的女子在闇影身旁單膝跪下。

「事件的主謀在學園放火，打算趁亂逃亡。」

「真是愚蠢……這裡就交給妳們。」

「是！」

「你以為自己逃得掉嗎……？」

闇影低聲嗤笑。他的黑色大衣被風揚起，接著是劈開演講廳大門的一刀。守在大門附近的黑衣男子們，瞬間成了沒有生命的肉塊。

那跟蘿絲的劍技有幾分相似。他像是刻意施展這樣的劍法似的揮刀，然後悠然消失在夜晚的黑暗之中。

對蘿絲來說，他的每一個動作，都是最棒的範本。

「妳沒事吧？」

被闇影喚作紐的女子朝她搭話。

「是的……」

「妳的劍法非常精湛。」

說著，紐舉起漆黑的刀參戰。

不過，紐的劍法也相當非凡。黑衣男子們只能單方面被她砍殺。

蘿絲覺得自己的常識……不，應該說是魔劍士的常識，似乎在此刻完全崩壞。漆黑裝束的集團成員揮舞的劍法，不屬於現存的任何流派。

是一種嶄新的劍術流派。

這等程度的流派、這等程度的集團，到底是從哪裡冒出來的？對於這行人至今完全默默無聞一事，蘿絲感到百般不解。

「著火了！這裡燒起來了！」

一陣吶喊聲將蘿絲的意識拉回現實。仔細一看，她發現演講廳後方出現了熊熊燃燒的火舌。

「離出口比較近的人先逃出去！」

蘿絲大聲指示學生行動。託黑色裝束集團的福，犧牲者並不多。這場戰鬥即將迎向結局。

蘿絲攙扶著傷患走向出口。

「騎士團來了！」

聽到這樣的通知，所有人都鬆了一口氣。同樣放心下來之後，差點因為全身無力而跌坐在地的蘿絲，連忙再次繃緊神經。

演講廳裡頭的學生陸陸續續被救出。火勢愈變愈強，黑衣男子們則是全數遭到殲滅。

同時，在不知不覺中，那些漆黑裝束的女子也全都不見了。

彷彿打從一開始就不存在那樣，她們沒有留下任何痕跡，在無人察覺到的情況下，俐落地消失蹤影。

一直協助救援行動到最後的蘿絲，轉頭眺望已經被熊熊烈焰吞噬的演講廳。

「他們究竟是……」

遠處的火光，將夜晚的副學園長室染上淡淡的橘紅色。

這個昏暗的房間裡有個人影。他從書櫃上取出幾本書扔在地上，然後點火。

微小的火舌緩緩覆蓋住書本，照亮了整個室內。

也照亮了體型消瘦的黑衣男子。

「你穿成這樣，是在做什麼呢……魯斯蘭副學園長？」

黑衣男子一震。原本應該只有自己在的這個室內，不知何時出現了另一名少年。

坐在沙發上的少年正蹺著二郎腿看書。他是蓄著一頭黑髮、感覺極其平凡的少年。不過，即使烈焰開始在男子腳邊擴散蔓延，他也連看都不看一眼，只是一直盯著眼前的厚重書本。翻頁的聲響聽起來格外清晰。

「真虧你能發現吶。」

黑衣男子這麼開口。拿下遮住臉孔的面具後，坦露出來的，是一張中年男子的面容。整齊的西裝頭髮型中摻雜著幾絲白髮的他，正是魯斯蘭副學園長。

魯斯蘭將面具扔入火中，甚至還脫下身上的黑色裝束，將它們一併燒掉。室內因為火光而變得更加明亮。

「作為參考，可以問你為什麼會發現我的真面目嗎，席德·卡蓋諾？」

魯斯蘭在席德對面的沙發坐下，拋出這個問題。

「看就知道了。」

朝魯斯蘭瞥了一眼後，席德的視線隨即又移回書本上。

「看就知道……是嗎？是走路的方式，還是舉手投足的動作呢……無論是何者，你的觀察力都很入微吶。」

魯斯蘭看著席德，席德則是看著書頁。

在火光照耀下，兩人的影子在室內不斷搖曳。

「作為參考，我也能請教你一個問題嗎？」

這麼問的同時，席德的視線仍未從書本上移開。魯斯蘭以沉默催促他往下說。

「你為什麼要做這種事？在我看來，你應該不是會對這種事情感興趣的人。」

「為什麼啊……這要稍微從過去說起了。」

將雙手交握在胸前的魯斯蘭這麼輕喃。

「過去，我曾是立足於頂點之人。那是你出生之前的事了。」

「我聽說你曾在武心祭中獲得冠軍。」

「武心祭這種東西，和頂點差得遠了。真正的頂點位於更高、更遠的地方。不過，就算這麼跟你說，你也不會明白吧。」

魯斯蘭笑道。但他的笑不帶嘲諷，反而透露出幾絲若有似無的疲倦。

「站上頂點沒多久之後，我就因病而不得不退居二線。含辛茹苦登上頂點後，我的輝煌年代卻在轉瞬間消逝。之後，我不停尋求能夠治好自己的疾病的方式，然後在名為路克蕾亞的古文物研究者身上看到了可能性。」

「這段故事會很長嗎？」

「有點長呢。路克蕾亞是雪莉的母親。她是個因為過於聰穎，反而遭到學術界排擠的不幸女人。不過，身為研究者的她擁有最顛峰的知識，對我來說，她的立場也能夠讓我方便行事。我資助她進行研究，讓她收集了數種古文物。路克蕾亞得以全心全意地研究古文物，我則是能夠利用她的研究成果。她對財富或名譽毫無興趣，所以，我們一直維持著不錯的合作關係。之後，我遇見了『貪婪之眼』。那正是我尋尋覓覓已久的古文物。可是呢，路克蕾亞她……那個愚蠢的女人竟然說『貪婪之眼』太過危險，她打算提出交由國家保管的申請。所以，我殺了她。從手腳到中央，一刀刀慢慢刺穿她的身體，最後刺穿心臟，再扭轉刀身。」

席德闔上書本，閉著雙眼傾聽這段過往。

「雖然『貪婪之眼』最後落入我的手中，但仍處於研究途中的狀態。不過，我隨即找到了一名再適合不過的後繼研究者。就是路克蕾亞的女兒雪莉。一無所知、從不懷疑的雪莉，完全不知道我就是她的弒母仇人，總是真心真意地為我著想，是個非常、非常可愛，也很愚蠢的女兒。託她們母女倆的福，『貪婪之眼』重現在這個世上。接下來，只要打造出用以收集魔力的舞台，再找個適合的偽裝，就萬事皆備了。今天這個日子……是讓我的心願達成的最棒的一天吶。」

魯斯蘭發出咯咯的嘲笑聲。

「如何？能當作參考嗎？」

聽到魯斯蘭這麼問，席德睜開雙眼。

「我大致上都明白了。只是……有一件讓我在意的事。」

「說說看吧。」

「你殺了雪莉的母親，而後又利用雪莉，這些都是真的嗎？」

席德將視線從書本上抽離，轉而望向魯斯蘭。

「當然是真的。你生氣了嗎，席德？」

「該怎麼說呢……我這個人習慣明確區分出對自己來說很重要的東西，以及不重要的東西。」

席德略微垂下眼簾。

「能問你原因嗎？」

「為了讓自己心無旁鶩吧……我有個無論如何都想達到的目標，但那個目標位在很遠的地方，因此，我在人生中不斷地斷捨離。」

「斷捨離？」

「隨著年齡增長，大家珍惜的東西都會愈變愈多。交到朋友、交到戀人、找到工作……重視的人事物就像這樣不斷增加。但我反而是不斷在執行斷捨離。那個不要、這個也不要——像這樣捨棄了許多東西。這麼做到最後，怎麼都無法捨棄的東西，就會被留下。我只會為了那個無法捨棄的一丁點東西而活，除此以外的事物，對我來說其實怎麼樣都無所謂。」

席德闔上書本，然後起身，將那本書扔進火堆裡。

「意思是，無論那對愚蠢的母女有什麼下場，都跟你無關是嗎？」

「不。雖然我很想說自己對這件事沒有半點感覺，但似乎也並非完全如此。我現在……覺得不太愉快呢。」

說著，席德拔出腰間的劍。

「我們開始吧。要是太悠哉，或許半路會殺出程咬金呢。」

「也是。雖然很遺憾，不過，說再見的時候到了。」

魯斯蘭也從椅子上起身，拔出自己的劍。

在火光照耀下，一對銀白色的刀刃在瞬間交鋒，分出勝負。

魯斯蘭的劍撕裂了席德的胸口，鮮血噴濺至半空中。

被打飛的席德撞破了副學園長室的大門，狠狠摔在大火熊熊燃燒的走廊上。他的身體在瞬間遭到烈焰吞噬、終至消失。

「再會了，少年。」

魯斯蘭收劍入鞘。走廊上的火延燒至室內，而且愈燒愈旺。就在魯斯蘭轉身，準備離去的瞬間——

「你想上哪兒去？」

「……！」

彷彿來自深淵那樣低沉的嗓音從背後傳來。魯斯蘭轉身，發現那裡站著一名全身漆黑的男子。他以像是魔術師戴的那種面具遮住臉孔，頭上的帽兜拉得很低，身上則是一襲黑色長大衣。

儘管鮮紅的火舌已經蔓延至他的大衣表面，男子卻絲毫不在意，逕自抽出漆黑的刀刃。

「你是……！」

魯斯蘭舉劍。

「吾名闇影。乃潛伏於闇影之中，狩獵闇影之人……」

「你就是闇影……」

舉起銀白色刀刃的魯斯蘭，和懶洋洋地讓漆黑刀身垂下的闇影。兩人開始對峙。

彼此相視了片刻後，魯斯蘭率先退到攻擊範圍之外。

「原來如此，你很強。」

「哦……？」

「我也是為了追求劍術而活的人。只要和敵手對峙片刻，大概就能推估出對方的情報。我也明白目前的我處於劣勢。不好意思，我必須使出全力應戰了。」

說著，魯斯蘭從懷裡取出紅色藥丸服下，接著又掏出「貪婪之眼」和控制裝置。

「『貪婪之眼』的真正價值，要將這兩者組合之後，才能發揮出來。就像這樣——」

伴隨著「喀嚓」的聲響，兩個古文物被組合在一起。下一刻，這組古文物綻放出炫目的光芒，泛著白色光亮的古代文字從古文物中浮現、擴散。這些古代文字在房裡形成不斷打轉的螺旋，魯斯蘭一邊狂笑，一邊將古文物按入自己的胸口。

「此刻，我將在此地重獲新生。」

古文物緩緩沒入魯斯蘭的胸口。

就像是沉入水底那樣，古文物穿透了他的衣服和肉體，直達體內。
「喔喔喔喔喔喔喔喔喔喔喔喔喔喔喔喔喔喔喔喔喔喔喔喔！」
魯斯蘭發出咆哮聲，還不停搔抓自己的胸口。
發光的古代文字聚集在魯斯蘭身邊，陸陸續續烙印在他的皮膚上。一陣更刺眼的光芒將整個房間染白。
而後——
待光芒完全收束，出現在那裡的，是單膝跪地、身上竄出裊裊白煙的魯斯蘭。
他緩緩起身。眾多細小的發光文字，像刺青那樣密布在他望向前方的那張臉上。
「太棒了……太棒了吶……我的力量恢復了，病也治好了……！」
以魯斯蘭為中心，在四周瘋狂席捲的強大魔力洪流，颳得周遭的火不停搖曳。
仔細一看，不只是他的臉，他的頸子和手上也布滿了發光文字。
「你能明白嗎！這高漲而狂暴的力量！這遠超過人類極限的魔力！」
接著，魯斯蘭嗤笑道：
「那麼，就先拿你來試刀好了。」
語畢，他的身影隨即消失。
下個瞬間，魯斯蘭已經出現在闇影身後，揮下手中的劍。
一陣尖銳的聲響，以兩人為中心點擴散開來，撼動了周遭的空氣。
「哦，真虧你能擋下。」

仔細一看，以漆黑刀刃擋下魯斯蘭這一擊的闇影，仍維持著望向後方的姿勢。魯斯蘭試著對自己的劍使力，但漆黑刀刃卻完全不為所動。

「我似乎有些太小看你了。那麼，這招如何？」

魯斯蘭的身影再次消失。

接著是連續傳來的尖銳撞擊聲。

一次、兩次、三次。

每當尖銳的聲響傳來，闇影便會稍微挪動他的劍來應戰。那是微乎其微、最低限度的動作。

聲響第四次傳來時，魯斯蘭的身影出現在闇影面前。

「連這些攻擊也能擋下嗎？我承認，你確實很強。」

他帶著從容的笑傲視闇影。

「為了對你的強大表示敬意，我也認真起來吧。」

魯斯蘭的架勢變得不一樣了。

他將手中的劍高舉過頭，並將自身龐大的魔力集中於上頭。劍身開始綻放出白色的光芒，巨大的魔力漩渦跟著形成。

「你就到另一個世界，向別人誇耀自己曾讓我使出全力的事實吧。」

魯斯蘭接著使出的攻擊，以極為驚人的威力和速度襲向闇影。

然而——

漆黑的刀刃卻輕而易舉地擋下了這一擊。

「什麼！」

漆黑刀刃和銀白劍刃之間迸出了火花。

「你連這一擊都能夠擋下嗎！」

「難道……你就只有這點能耐？」

兩人在極近距離之下瞪著彼此。

「咕……好戲現在才要開始吶！」

魯斯蘭的劍加快速度。

白色的殘像在空中狂舞，留下一道道美麗的軌跡。

「唔喔喔喔喔喔喔喔喔喔喔喔喔喔喔喔喔喔喔喔喔喔喔喔喔喔喔喔喔！」

伴隨咆哮聲施展出來的銀白色斬擊，全都被漆黑的刀刃反彈回去。

「啊啊啊啊啊啊啊啊啊啊啊啊啊啊啊啊啊啊啊啊啊啊啊啊啊啊啊啊！」

銀白色的斬擊和漆黑刀刃激烈衝突。劍刃交鋒的清脆聲響不斷傳來，宛如一首樂曲那樣，為烈焰燃燒的夜晚增添了幾分色彩。

不過，這首曲子也即將迎向終曲。

更勝一籌的漆黑刀刃，將魯斯蘭整個人打飛。他撞倒桌子，在地上翻滾了好幾圈。

「咕……這……這怎麼可能……！」

魯斯蘭以手按著劇烈疼痛的身體爬起來。雖然傷口馬上就癒合了，但古代文字透出來的光芒，似乎變得黯淡了一些。

「沒想到我會苦戰到這種程度啊。咯咯……真是了不起。不過，無論你是多麼強大的存在，你們都已經玩完了。」

「玩完了……？」

「哼。我已經透過各種安排，將這一連串的事件嫁禍給『闇影庭園』了。無論是證據或證詞，要什麼有什麼。就算擁有再強的戰鬥能力，也無濟於事。」

魯斯蘭笑道，他以扭曲的表情傲視著闇影。

不過，闇影也笑了。他震顫著喉頭，發出極為低沉的笑聲。

「有什麼好笑的？」

「以為我們這樣就會玩完的你，實在可笑至極。」

「你還在嘴硬啊。」

魯斯蘭收起笑容。

闇影只是搖搖頭，看起來彷彿在說「你什麼都不懂」。

「吾等原本便不是走在正義之路上的存在，但也不是邁向邪惡之路的存在。吾等只會於吾等的道路前進。」

說著，闇影甩動火舌蔓延的黑色大衣。

「若是你做得到，就把世上所有的罪惡都帶來吧。吾等將全盤接收。不過，什麼都不會有所改變。就算這樣，吾等也只會為應為之事。」

「意思是，你們並不害怕與整個世界為敵嗎？這是一種傲慢，闇影！」

「既然如此，你就粉碎吾等的傲慢給我瞧瞧吧。」

魯斯蘭咆哮著衝了過來。

他高舉過頭的銀白色劍刃襲向闇影。

然而，即將劈開闇影腦袋的瞬間，刀身卻偏移了軌道。

「什麼！」

鮮血四濺。

漆黑刀刃刺穿了魯斯蘭的右手腕。他隨即改以左手握劍，試圖退後。

然而——

「這怎麼可能！」

這次是左手腕被漆黑劍刃刺穿。

在魯斯蘭後退的同時，闇影的突刺攻擊仍不斷朝他襲來。

「咕……嘎……！」

俐落得甚至無法以肉眼捕捉到的突刺攻擊，讓魯斯蘭完全無力招架，只能任憑鮮血沾染全身。

手腕、腳尖、上臂、大腿。無數的突刺攻擊貫穿了魯斯蘭。

這樣的攻擊逐漸往他的身體正中央集中。

「從手腳到中央，一刀刀刺穿身體……」

闇影低沉的嗓音，穿插在此起彼落的突刺攻擊之中。

「最後刺穿心臟，再扭轉刀身……是吧？」

道出這句話的同時，漆黑刀刃貫穿了魯斯蘭的胸口。

「什……！」

魯斯蘭吐出鮮血，但仍握住刺進胸口的漆黑刀刃，企圖反抗。

他的視線和少年來自面具後方的視線對上。

「你……難道是席……！」

在魯斯蘭打算說些什麼的瞬間，漆黑的刀刃扭轉。

「嘎……啊嘎……啊啊……！」

在闇影抽出漆黑刀刃後，大量的鮮血跟著湧出。魯斯蘭雙眼的光芒，和古代文字的光芒一起消逝。最後留下來的，是一具身型消瘦的中年男子的屍體。

就在這時──一陣細微的腳步聲傳來。

「爸爸……？」

被魯斯蘭的血濺得滿身的闇影轉頭。出現在那裡的……是一名粉色頭髮的少女。

「爸爸啊啊啊啊啊啊啊啊！」

粉色頭髮的少女穿過闇影身旁，撲向魯斯蘭倒在地上的屍體。

「不要啊啊啊……爸爸……為什麼……怎麼會……！」

少女趴在身型消瘦的屍體上悲傷哭泣，但父親的身體再也不會動了。

少女的眼淚沾濕了魯斯蘭的臉。看著她落下的淚水，闇影轉身。

「妳什麼都不需要知道……」

隨後，他背對著哭泣的少女邁開步伐，在鮮紅烈焰中消失了身影。

背部受了重傷的少年，目前似乎被安置在校舍裡頭。

得知這個消息後，蘿絲隨即飛也似的趕向救護站。

校舍在深沉的夜色中熊熊燃燒。

沒有其他要務在身的老師和學生，以接力的方式將裝滿水的水桶運往火場，努力試著滅火。

騎士團則是負責救助傷患，以及前往追趕「闇影庭園」的成員。

蘿絲穿越這些忙亂奔波的人潮，抵達了帳棚搭建而成的救護站。

被安置的少年有著一頭黑髮，是魔劍士學園的一年級生。這些特徵都和他相符。

在那個當下，他應該已經死了。

不過，也沒人好好確認過他真的已經死亡。

因為無人有這樣的餘力和時間。

所以……或許……他說不定其實還活著。

他或許就在這個帳棚裡頭。

蘿絲無法完全捨棄這一丁點的希望。

腦中的理智以「這種事不可能發生」否定，內心的情感卻祈禱「但願他真的還活著」。

蘿絲發現了自己這樣的脆弱一面。

帳棚內部瀰漫著血腥味和酒精的氣味。醫護人員們為了治療傷患而忙得不可開交。

蘿絲一邊往帳棚深處前進，一邊確認每一名傷患的長相。

最後，她找到了那名黑髮少年。

他正趴在床上，讓醫護人員替他處理背部的傷勢。

他還能和醫生對答。

看起來意識是清楚的。

「請……請問，你是席德．卡蓋諾嗎？」

蘿絲以像是求救那樣的心情開口。

「我就是，妳是……？」

少年的臉轉了過來。這張臉，就是當初勇敢拯救了蘿絲的那名少年沒有錯。

「太好了……真的太好了……！」

「呃……等一……？」

回過神來的時候，蘿絲發現自己已經將席德擁入懷裡。

她將在自己胸口努力掙扎的那顆腦袋緊緊抱住，祈禱自己不會再次失去他。

蘿絲的胸口湧現一股熱潮。

「那……那個，傷口的處理還沒結束……」

「啊！對喔！」

聽到醫護人員帶著幾分顧慮的嗓音，蘿絲這才回過神來，放開懷裡的席德。

「請問席德同學的傷勢如何？」

「背後的刀傷有點深。不過，他的神經和內臟奇蹟似的沒有受到損傷，所以不會有生命危險。」

「哎呀，真的嗎！」

「是的，是真的。」

「哎呀！哎呀！」

蘿絲以輕微搖晃身體的方式，來表現內心無限的喜悅。

「那個……我想應該是我下意識避開了致命傷吧。不，我也不明白自己是不是下意識這麼做的，不過，我覺得自己大概就是透過這種方式奇蹟生還下來了吧。這是真的喔。」

不知為何，席德努力想辯解自己倖存的原因。

「是你平日的鍛鍊，在危急的情況下展現成果了吧。真是太厲害了。」

「不，我想應該不太一樣……」

為了配合席德的視線高度，蘿絲在他身旁單膝跪下。

「不，錯不了的。是你不懈的努力和熱忱，造就了這樣的奇蹟。」

說著，蘿絲輕撫席德的臉頰，在能夠感覺到彼此鼻息的極近距離之下凝視著他。

「呃……」

「無須再多說什麼。我已經確實感受到你的心意了。」

蘿絲以濕潤的眸子望進席德的雙眼。

她的雙頰染上宛如玫瑰那般嬌豔的紅潮。

「只要妳能接受我的生還是一場奇蹟就好。之後可別再說這發生得不太自然之類的喔。」

「好的，現在就請你先好好休息吧。」

「交涉成立。晚安。」

蘿絲深情款款地凝視著閉上眼睡去的少年身影。此刻，在內心翻騰高漲的情緒，是她過去所不曾體驗過的。

心臟怦通、怦通地跳著。

對蘿絲而言，這樣的心情，過去只是腦中的知識之一。

但現在，她終於明白了。

「既然這條命為你所救……那麼，我就獻上自己的心吧……」

蘿絲撫過席德的髮絲。

直到天亮為止，她都一直陪伴在熟睡的他身旁。

「妳不覺得這個做得挺有一回事的嗎？」

這麼說的同時遞出一張紙的，是一名美麗到讓人眼睛為之一亮的金髮精靈。她穿著宛如深沉夜色的一襲漆黑小禮服，現身在深夜時分的四越商會。

從美麗的精靈手中接過那張紙端詳片刻後，伽瑪不知該怎麼回應。

「阿爾法大人……那個，我不知道該做何……」

「對不起。這個問題很難回答對吧？」

被喚作阿爾法的美麗精靈輕笑出聲。她帶來的那張紙是懸賞海報。上頭描繪的人物，是身穿漆黑大衣的闇影。

「王國的宿敵闇影。隨機殺人、監禁、縱火、強盜……多麼罪大惡極的人呀。」

「『闇影庭園』的懸賞海報上也有您的名字。雖然只有名字而已。」

「讓我看看。」

阿爾法接過伽瑪取出的另一張懸賞海報細看。

「『闇影庭園』……這個組織也很誇張呢。」

暖爐的火光打在她的側臉上，映照出浮現在深沉夜色中、美到缺乏真實感的一張臉蛋。

「不過，真是可惜呢。我這麼努力趕回來，結果抵達的時候，事情竟然已經結束了。」

阿爾法以暖爐的火點燃懸賞海報。她看著從海報一角逐漸擴散的焦黑部分，然後這麼輕喃：

「吾等會將世上的罪惡全盤接收。不過，什麼都不會有所改變。就算這樣，吾等也只會為應為之事——這句話真是不錯……」

在阿爾法凝視下，懸賞海報慢慢化為灰燼飄散。

「在內心的某處，我一直以為自己是正義的一方。但原來他並非如此。」

在搖曳的火光照耀下，落在美麗臉孔上的陰影也跟著不停晃動，讓同一張面容呈現出不同的印象。有時看似女神、有時卻宛如惡魔。搖曳的火光讓阿爾法的形象隨性變換著。

「我們也必須回應他的覺悟才行。」

看到轉過頭來的阿爾法臉上的表情，伽瑪不禁屏息。

「指示目前沒有在職行任務的『七影』集合吧。」

「是！我馬上行動。」

伽瑪尊敬地垂下頭。冷汗從她的頸子流淌下來，消失在傲人雙峰之間的深溝。

感受到一陣微涼的晚風後，伽瑪抬起頭，發現眼前已經沒有半個人。

只剩下在暖爐裡不斷搖曳的烈焰。

「那個……！」

站在有半數建築物被燒燬的學園外頭的平凡黑髮少年，在聽到這個呼喚聲後轉過頭。

「噢，抱歉抱歉，我剛才在發呆。怎麼了嗎？」

「我聽說在這裡等的話，就可以遇到你。我有些話想跟你說……」

粉色頭髮的少女望著少年開口。

「好啊。反正還有一段時間，我才會被找去訊問事件相關情報。再說，學園最近也會停課好一陣子。」

「那個，前幾天真的非常感謝你。」

粉色頭髮的少女朝少年一鞠躬。

「託你的福，我受到了很多幫助。」

「我沒做什麼了不起的事情啦。」

「要是當初只有我一個人，我一定什麼都做不到。」

「沒關係啦，妳別放在心上。」

「我今天是想來跟你報告一件事。那個……我決定要去留學了。」

「噢，所以才會有這麼多行李嗎？」

粉色頭髮的少女提著大量的行李。

「是的，我現在準備要去搭馬車了。往拉瓦卡司的馬車。」

「學術都市嗎……好厲害啊。」

「因為我發現了一件自己必須完成的事情。但我目前擁有的知識完全不足，所以……」

「這樣啊，妳要加油喔。」

「而且……我也失去了繼續留在這裡的理由。」

少女以有些悲痛的表情轉頭望向校舍。

「雖然我很想跟你再多聊聊……」

「嗯，我們未來的某一天再見吧。」

「嗯，某一天再見。」

粉色頭髮的少女朝少年露出微笑，然後從他身旁走過。

「啊，等一下。」

「是？」

被少年喚住的少女轉過頭來。

「可以問妳必須完成的那件事是什麼嗎？」

聽到少年這麼問，少女露出有些困擾的微笑。

「這是祕密。」

「這樣啊。」

「不過，等到一切都結束之後……你願意聽我說嗎？」

「……好啊。」

朝彼此微笑後，兩人轉身，背對著背踏出步伐。

這時，一朵巨大的積雨雲遮住了盛夏的陽光。溫熱的風帶來了雨水的氣味。

「我……一定會……」

少女的輕喃聲乘著風傳入少年耳中。

本應不可能被任何人聽到的細語，被少年聽得一清二楚。他轉過頭，凝視少女走遠後愈變愈小的背影。

開始從空中降下的點點水滴，打濕了少女粉色的髮絲。

少年若無其事地再次邁開步伐。

兩人都沒有再回過頭。

Not a hero, not an arch enemy,
but the existence intervenes in a story and shows off his power.
I had admired the one like that, what is more,
and hoped to be.
Like a hero everyone wished to be in childhood,
"The Eminence in Shadow" was the one for me.
That's all about it.

The Eminence in Shadow

I can't remember the moment anymore.
Yet, I had desired to become "The Eminence in Shadow"
ever since I could remember.
An anime, manga, or movie? No, whatever's fine.
If I could become a man behind the scene,
I didn't care what type I would be.

The Eminence in Shadow
Volume One
Appendix

補遺

「路人也有屬於路人的戰鬥」。

（姓名）席德・卡蓋諾
（性別）男
（年齡）15

為了成為「影之強者」
進行諸多嚴苛的修行後，
因為一起悲劇性的意外
轉生到異世界的少年。
為了完成上輩子未能完成的夢想
而在異世界不斷努力當中。
其真實身分是不為人知的組織
「闇影庭園」的創辦人闇影……不過，
他只是創辦了組織，
雖君臨其上但沒有要統治，
他只想變身成闇影、
成為「影之強者」而已。

（姓名）阿爾法

（性別）女

（年齡）15

「倘若這是你所願，
那麼，我就獻上
這條性命吧……」

=Alpha

透過席德的治療（實驗）後，從腐爛的肉塊復甦的精靈少女。
她非常感激救了自己一命的席德，並對他傾慕不已。
是「闇影庭園」值得紀念的第一號成員，
位居「七影」的首席。因為席德什麼都不做，
實質上的組織領導人是她。「闇影庭園」之所以會急遽壯大，都是因為她的能力太[illegible]優秀的緣故。

Alexia
Midgar

「你真乖呢，波奇。
來～
去撿回來！」

（姓名）亞蕾克西雅·米德加
（性別）女
（年齡）15

＝Alexia Midgar

米德加王國的公主，
就讀於米德加魔劍士學園，
跟席德同學年。
表面上看起來是心地善良的公主，
本性其實是把席德當寵物玩弄的
超級虐待狂公主。
自年幼起便不斷被人拿來
與優秀的姊姊做比較，
因此懷抱著強烈的自卑感。
儘管對席德有好感，
卻無法坦率表現出來。

Sherry Barnett

（姓名）雪莉·巴奈特
（性別）女
（年齡）16

= Sherry Barnett

「等到一切都結束之後，你願意聽我說嗎？」

米德加學術學園的學生，
也是副學園長的養女。
曾在年幼時期目睹母親遭人殺害的光景，
在悲痛之餘，她決定
全心投入古文物的研究。
在國內被譽為首席的古文物研究者，
但在學園裡卻交不到什麼朋友，
讓她的養父有些擔心。
對做研究以外的事都很不擅長。

闇影大人戰記
完全版──第一集

作者：貝塔

藏身闇影，狩獵闇影──這是闇影大人所選擇的道路。所以，他的功勞也都會沒入黑暗之中，永遠不為人知。

無論降服了多麼強大的惡勢力、守護了多少存在、就算拯救了整個世界，也不會得到任何人的讚賞。這就是闇影大人所選擇的道路。

既然如此，就由我來將闇影大人的戰鬥、闇影大人的信念，以及闇影大人所選擇的道路，全都記述在這裡吧……直到這個世界認同他的存在，直到闇影大人所做的一切得到回報為止……

打從年幼時期開始，闇影大人便已經察覺到迪亞布羅斯教團存在的真相，於是持續鍛鍊自己，並下定決心獨自面對這個強大的敵人。在經歷無止盡的嚴苛修練後，他獲得了莫大的力量和闇影睿智。

然而，作為代價，闇影大人又失去了多少東西呢？每個人都會在孩提時代描繪的夢想、幸福的未來、朋友、戀人……捨棄了這一切的他，在前方等著的，只剩下一條修羅之路……捨棄自身的幸福去拯救他人。就像這樣，闇影大人也拯救了我們——被蔑稱為〈惡魔附體者〉、只能在絕望盡頭默默等死的我們。是他給了這樣的我們一條活路。

為了成為闇影大人的助力，我們決定一同和迪亞布羅斯教團奮戰。我們相信，在打倒迪亞布羅斯教團之後，闇影大人的幸福便會出現在前方……

～中略～

接下來，我將介紹闇影大人初期經歷過的兩場戰鬥。

其一是邪惡的迪亞布羅斯教團，為了讓魔人迪亞布羅斯的力量復甦，於是綁架了王族成員的事件。在這起事件中，遭到綁架的美麗公主有著一頭銀髮和淚

為了拯救這名公主，闇影大人起身行動了！

在美麗的公主陷入困境時，闇影大人帥氣登場，華麗地壓制了教團的刺客傑

諾。貴為國家劍術導師的男人，在闇影大人面前，卻無力得像個嬰兒。闇影大人的實力便是如此驚人。就這樣，愚蠢的傑諾被闇影大人最強大的奧義給摧毀了。這一擊將夜空染色、颳走烏雲，向全世界展現了闇影大人至高無上的威力！

其二，則是迪亞布羅斯教團的前圓桌騎士之一的魯斯蘭，竟然愚蠢到對闇影大人就讀的學園出手的事件。魯斯蘭以古文物封印了學生們的魔力，不過，這種招式不可能對闇影大人管用！即使處於有大批學生被擄為人質的情況下，闇影大人仍暗中陸續解決掉那些恐怖分子的成員。

隨後，闇影大人徹底發揮他的闇影睿智，輕而易舉地讓原本被古文物封印住的魔力恢復正常。就算是魯斯蘭，想必也會對這樣的闇影大人佩服得五體投地。闇影大人真正令人生畏的地方，不在他壓倒性的武力，而是那顆過於聰穎的腦袋——也有許多有識之士是這麼說的。釋放人質後，闇影大人早一步出現在準備逃亡的主謀魯斯蘭面前，粉碎了他的野心。為了拯救一名少女，闇影大人選擇獨自背負所有的罪惡……

那麼……第一集就寫到這裡吧。想記述闇影大人華麗的戰鬥，一集的頁數實在過於不足了。

不過，請放心。我在這裡答應各位，在第二集，我會再介紹兩場闇影大人的戰役。

下一章——阻擋在闇影大人前方的，是聖域的守門人？

為了探究魔人迪亞布羅斯之謎而潛入聖域時，「災厄魔女」歐蘿拉出現在闇影大人面前。兩人一起踏入聖域後，阻擋在前方的，竟是過去曾和魔人迪亞布羅斯交手過的英雄！在這場戰鬥的最後，又會有什麼在等著呢！

下下一章，潛藏於武心祭之中的惡意？

闇影大人決定隱瞞自己的真實身分參加武心祭。他這麼做的用意是……？在武心祭暗中活躍的闇影大人，即將和迪亞布羅斯教團的惡意正面衝突！在這場戰鬥的最後，闇影大人會湧現什麼樣的想法，又將拯救什麼？

闇影大人的粉絲必看！收錄兩篇闇影大人活躍事蹟的超豪華內容！闇影大人戰記完全版第二集，敬請期待！

非常感謝各位閱讀完《我想成為影之強者！》第一集。

這本《我想成為影之強者！》，是把我在投稿網站「成為小說家吧（小説家になろう）」上頭連載的內容集結而成的實體書。當初，我懷著輕鬆的心情開始寫網路小說，但因為一直沒收到什麼迴響，我原本想著：「等第一章寫完，故事告一個段落後，就暫時停筆好了……」不過，在這之後，這部作品在網站上的排行慢慢上升，命運也出現了相當大的轉變。

這部作品開始被許多人看到，也收到了大家的眾多感想，讓我覺得十分開心，同時湧現了「我想再多寫一些！」的想法。在繼續連載的時候，承蒙出版社提出將本作實體化的邀約，於是，這部作品才得以透過單行本的形式出版。原本被淹沒在網路汪洋中的本作，之所以能夠化為單行本問世，都是託為我加油打氣的眾多讀者的福。真的非常感謝大家。

像這樣站上撰寫「後記」的立場後，我才發現自己至今為止的人生當中，似乎都不曾好好讀過「後記」這種東西。在讀完本作的讀者當中，連我寫的「後記」都會看完的人，究竟有多少呢？我個人推測或許有一成左右吧。但我想，這一成的讀者，應該都是覺得這本書「很有趣」的讀者吧。願意連「後記」也看完的話，想必是這樣。一定是這樣沒錯！所以，連我的「後記」都看到這裡的各位！我有一個請求！能請各位把這本書介紹給學校或職場裡的友人、網友、有共通嗜好的朋友，或是自己親近的人嗎？在出版業不景氣的情況下，這本書也不例外，總是處於岌岌可危的狀態當中！我希望可以繼續出版讓大家都看得開心的續刊，若是各位能給我支持鼓勵，我會非常開心。各位讀者的口耳相傳，將會成為推廣作品的強大力量。只需要說一句「我很推薦這部作品喔」就足夠了！我在此誠心拜託各位！

那麼，接下來是最後的部分。面對初次的實體書出版業務，一直從旁協助完全不知所措的我的責編大人。描繪出超精美插圖的東西老師。以精緻的設計讓本書更增添一份色彩的BALCOLONY.的荒木大人。以及為我加油打氣的各位讀者。真的非常、非常感謝各位。

我們第二集再會吧！

逢沢大介

作者

逢沢大介

這是我第一本單行本。太棒了～！
今後，我會一邊重視身體健康和時間，
一邊繼續努力！

插畫

東西

不才敝人年紀尚輕，沒什麼東西好說。
只有繼續磨練一途。

國家圖書館出版品預行編目資料

我想成為影之強者! / 逢沢大介作 ; 咖比獸譯. -- 初版. -- 臺北市 : 臺灣角川, 2020.03-
冊 ; 公分. -- (Kadokawa fantastic novels)
譯自 : 陰の実力者になりたくて!
ISBN 978-957-743-636-8(第1冊 : 平裝)

861.57 109000727

Kadokawa
Fantastic
Novels

我想成為影之強者！ 1

（原著名：陰の実力者になりたくて！ 1）

2020年3月9日　初版第1刷發行
2023年8月10日　初版第7刷發行

作　　者：逢沢大介
插　　畫：東西
譯　　者：咖比獸

發 行 人：岩崎剛人
總 編 輯：蔡佩芬
副 主 編：楊鎮遠
美術設計：宋芳茹
印　　務：李明修（主任）、張加恩（主任）、張凱棋

發 行 所：台灣角川股份有限公司
地　　址：104台北市中山區松江路223號3樓
電　　話：（02）2515-3000
傳　　真：（02）2515-0033
網　　址：www.kadokawa.com.tw
劃撥帳戶：台灣角川股份有限公司
劃撥帳號：19487412
法律顧問：有澤法律事務所
製　　版：尚騰印刷事業有限公司
I S B N：978-957-743-636-8